마이클 K의 삶과 시대

LIFE & TIMES OF MICHAEL K
by J. M. Coetzee

세계문학전집
196

J. M. Coetzee : Life & Times of Michael K

마이클 K의 삶과 시대

J. M. 쿳시 장편소설

왕은철 옮김

문학동네

일러두기

1. 번역 대본으로는 *Life & Times of Michael K*(J. M. Coetzee, Penguin Classics, 1985)를 사용했다.
2. 주석은 모두 옮긴이주다.
3. 본문 중 고딕체는 원서에서 이탤릭체로 강조한 부분이다.

전쟁은 모두의 아버지이며 모두의 왕이다.
어떤 이들에게는 신으로, 어떤 이들에게는 인간으로 보인다.
어떤 이들은 노예로, 어떤 이들은 자유롭게 만든다.

차례

1부

그가 어머니에게서 세상으로 나오도록 도와주던 산파가 마이클 K에 대해 알게 된 첫번째 사실은 그가 구순열口脣裂이라는 것이었다. 달팽이 발처럼 말려 올라간 입술, 크게 벌어진 왼쪽 콧구멍. 산파는 산모에게 보이지 않게 아기를 잠시 가리고 아기의 작은 입술을 억지로 벌려보았다. 입천장은 갈라지지 않고 온전해 그나마 다행이다 싶었다.

산파가 산모에게 말했다. "기뻐하세요. 이런 아이들은 집안에 행운을 가져다주니까요." 그러나 첫눈에 안나 K는 다물리지 않아 분홍색 속살이 드러나 보이는 아기의 입술이 마음에 들지 않았다. 그녀는 지난 열 달 내내 자기 몸속에서 무엇이 자라고 있었던가 생각하며 몸을 떨었다. 아기는 젖을 빨지 못해 배가 고파 울었다. 그녀는 젖병을 사용해보았다. 아기는 그것도 빨지 못했다. 하는 수 없이 티스푼으로 떠먹였다. 아기가 기침을 하고 젖을 뱉어내며 울 때면 안절부절 조바심을 내면서.

"좀 자라면 입술이 다물릴 거예요." 산파가 장담했다. 그러나 입술은 다물리지 않았다. 충분히 다물리지 않았다. 코도 반듯해지지 않았다.

그녀는 일터에 아이를 데리고 갔다. 아이가 더는 갓난애가 아니게 자란 뒤에도 계속 데리고 다녔다. 사람들이 비웃으며 수군거리는 게 속상해 아이를 다른 아이들에게서 떼어놓았다. 여러 해 동안 마이클 K는 남의 집 마루를 닦는 어머니를 담요 위에 앉아 지켜보며 조용히 있는 법을 배웠다.

얼굴에 그런 흠이 있고 두뇌 회전이 빠르지 않았던 마이클은 학교를 아주 잠깐밖에 못 다니고 포러에 있는 헤이스 노리니어스에 맡겨졌다. 국고 지원을 받는 그곳에서 그는 다양한 신체장애가 있는 불운한 아이들과 함께 초보적인 읽기, 쓰기, 셈, 쓸기, 닦기, 침대 정리, 접시 닦기, 바구니 짜기, 목공, 땅파기 등을 배우며 나머지 어린 시절을 보냈다. 그리고 열다섯 살에 헤이스 노리니어스를 나와 케이프타운 시청의 공원·정원 관리부에 3(b)급 정원사로 취직했다. 삼 년 후 공원·정원 관리부를 떠난 뒤로는 한동안 직장을 잡지 못하고 침대에서 빈둥거리다 그린마켓광장 공중화장실의 야간관리인으로 취직했다. 그러던 어느 금요일 일을 마치고 늦은 시간에 집으로 돌아오는 길에 지하철에서 두 남자가 그를 덮쳐 두들겨패고 시계와 돈과 신발을 빼앗아 달아났다. 그는 팔뚝에 칼자국이 나고 엄지손가락 하나가 탈골되고 갈비뼈 두 개가 부러진 채 얼이 빠져 누워 지냈다. 이 사건 이후 그는 야간근무를 그만두고 공원·정원 관리부로 되돌아갔다. 그리고 서서히 직급

이 올라 1급 정원사가 되었다.

얼굴 때문에 K는 여자 친구들이 없었다. 그는 혼자 있을 때가 가장 편했다. 두 일자리 모두 혼자 있는 시간이 꽤 많았다. 그러나 공중화장실에서 일할 때는 하얀 타일에 반사되어 그곳을 그늘 한 점 없는 공간으로 만들어버리는 휘황찬란한 네온 불빛 때문에 괴롭긴 했었다. 그가 선호하는 공원은 키가 큰 소나무들이 있고 산책로에는 연한 색 나리꽃이 심긴 곳들이었다. 이따금 토요일에는 오정포* 소리도 듣지 못하고 오후 내내 혼자 일을 계속했다. 일요일 아침에는 늦게까지 잠을 잤고, 오후에는 어머니를 보러 갔다.

서른한 살이던 해 6월의 어느 늦은 아침 드발공원에서 낙엽을 갈퀴로 긁어모으던 마이클 K에게 전갈이 왔다. 두 사람을 거쳐 그에게 온 전갈은 어머니가 보낸 것이었다. 병원에서 퇴원해야 하니 데리러 와달라는 내용이었다. K는 연장을 치워놓은 뒤 버스를 타고 서머싯병원으로 갔다. 햇빛이 내리쬐는 출입구 밖 벤치에 어머니가 앉아 있었다. 옆에 단화를 벗어놓은 걸 제외하면 온전한 옷차림이었다. 그녀는 아들을 보자 다른 환자와 방문객에게 보이지 않게 손으로 눈을 가리고 울기 시작했다.

몇 달 동안 안나 K는 팔다리가 심하게 부어 고생했다. 나중에는 배까지 붓기 시작했다. 그녀는 걷지도 못하고 숨도 거의 쉬기 힘든 상태가 되어서야 병원에 들어갈 수 있었다. 찔리고 얻어맞고 총상을 입은

---

* 케이프타운 중심가에서 가까운 시그널 힐에서 낮 열두시면 두 발의 대포를 발사하여 시간을 알린다. 19세기 초 폴스(False)만 해안에 정박한 배들에 정확한 시간을 알리기 위해 시작되어 현재까지 2백 년 넘게 이어져오고 있다.

사람들이 질러대는 소리에 제대로 잠을 이루지도 못하며 병원 복도에 누워 닷새를 보냈다. 젊은이들이 고통스럽게 죽어가는 와중에 간호사들은 나이든 여자를 돌볼 겨를이 없어 그녀에게 신경을 쓰지 못했다. 병원에 도착해 산소호흡기 덕에 의식을 회복한 그녀는 부기를 가라앉히는 주사를 맞고 약을 먹었다. 그러나 환자용 변기가 필요해져도 가져다주는 사람이 없었다. 환자복도 지급받지 못했다. 한번은 벽을 짚어가며 엉금엉금 화장실에 가는데 회색 파자마를 입은 노인이 그녀를 가로막고 아랫도리를 드러내며 음탕한 소리를 해대기도 했다. 그녀는 생리적 욕구가 가장 고통스러웠다. 간호사들이 약을 먹었느냐고 물으면 먹었다고 대답했지만, 거짓말이었다. 호흡 곤란 증상은 완화되었으나 다리가 너무 가려웠다. 긁고 싶은 충동을 억누르기 위해 두 손을 깔고 엎드려 있어야 했다. 사흘째 되던 날, 그녀는 엉뚱한 사람을 붙잡고 집으로 보내달라고 애원했다. 엿새째 되던 날, 그녀가 눈물을 흘린 주된 이유는 이 지옥에서 빠져나가게 됐다는 안도감 때문이었다.

마이클 K는 휠체어를 사용하게 해달라고 접수대에 요청했지만 거절당했다. 그는 핸드백과 구두를 들고 어머니를 부축해가며 오십 보 떨어진 버스 정류장에 도착했다. 사람들이 길게 줄을 서 있었다. 기둥에 붙은 시간표에 따르면 버스는 십오 분에 한 대씩 있었다. 그러나 그들은 한 시간을 기다렸다. 그사이 그림자가 길어지고 바람이 쌀쌀해졌다. 마이클이 줄에서 자리를 지키며 기다리는 동안, 서 있기조차 힘든 안나 K는 거지처럼 무릎을 구부리고 벽에 기대앉아 있었다. 버스가 왔지만 빈 좌석이 없었다. 마이클은 가로대를 잡고 어머니가 휘청거리지 않도록 끌어안았다. 시 포인트에 있는 그녀의 방에 도착했을 때는 다섯시가 넘어 있었다.

안나 K는 대서양이 내려다보이는 시 포인트의 방 다섯 개짜리 아파트에 사는 은퇴한 양말 공장 사장 부부에게 고용되어 팔 년 동안 가정부로 일했다. 그녀는 계약 조건에 따라 아침 아홉시에 일을 시작해 오후에 세 시간 휴식하고 밤 여덟시까지 일했다. 그녀는 번갈아가며 일주일에 닷새와 엿새씩 일했다. 유급휴가도 이 주간 주어졌고, 단지 안에 그녀만의 방도 제공되었다. 급료는 적당한 편이었고, 집주인 부부 역시 괜찮은 사람들이었다. 게다가 직장을 구하기가 어려운 때였다. 안나 K는 불만이 없었다. 그런데 일 년 전부터 몸을 굽히면 현기증이 나고 가슴이 조여오기 시작했다. 그러다가 수종증水腫症이 시작되었다. 부어만 씨 부부는 그녀에게 요리만 맡기고 급료의 삼분의 일을 삭감해, 집안일을 시킬 젊은 여자를 따로 고용했다. 방은 계속 쓸 수 있었다. 그것은 부어만 씨 부부가 재량껏 할 수 있는 부분이었다. 수종증은 점점 악화되었다. 병원에 입원하기 전 몇 주 동안은 일을 전혀 못하고 침대에 누워 지내야만 했다. 그녀는 부어만 씨 부부의 자비가 끝나버리지 않을까 전전긍긍했다.

코트다쥐르 아파트의 계단 밑에 있는 그녀의 방은 한 번도 설치된 적 없는 에어컨을 위해 마련된 공간이었다. 문에는 붉은색 페인트로 해골과 X자로 교차된 뼈가 그려져 있고, 그 아래에 '위험DANGER—GEVAAR—INGOZI*'이라는 글자가 적혀 있었다. 전깃불도 없고 통풍장

---

* 각각 영어, 아프리칸스어, 줄루어로 '위험'. 아프리칸스어는 남아프리카공화국이 네덜란드의 식민지이던 때부터 사용되다 토착화한 네덜란드어다. 줄루족은 남아프리카공화국의 원주민 부족이다. 이후에 나오는 표지판 대부분이 이런 형식으로 쓰였다.

치도 없었다. 그래서 늘 곰팡내가 났다. 마이클은 어머니를 위해 방문을 열고 촛불을 켰다. 그리고 그녀가 침대에 들 준비를 하는 동안 문밖에 나와 있었다. 그는 그녀가 돌아온 그날부터 그다음주까지 저녁 시간을 그녀와 함께 보냈다. 그는 석유스토브에 수프를 데우고, 어머니가 편히 있을 수 있도록 살폈으며, 필요한 일을 처리하고, 그녀가 갑자기 울음을 터뜨리면 팔을 쓰다듬으며 위로했다. 어느 날 저녁, 시 포인트에서 출발하는 버스가 운행을 하지 않았다. 그날 밤에는 어머니의 방 매트 위에 자신의 코트를 깔고 잠을 자야 했다. 한밤중에 뼛속까지 스며드는 한기에 그는 잠을 깼다. 그대로 잠을 더 잘 수도, 통금 때문에 방을 나설 수도 없었다. 어머니가 끙끙 앓는 소리를 내고 코를 골며 자는 동안, 그는 의자에 앉아 떨며 날이 밝기를 기다렸다.

마이클 K는 그 좁은 방에서의 긴긴 저녁 시간들 때문에 그들 두 사람에게 강요된 육체적 친밀감이 마음에 들지 않았다. 그는 어머니의 부은 다리를 보는 게 불편해 침대에서 내려오는 그녀를 부축할 때면 눈길을 돌렸다. 어머니의 허벅지와 팔은 온통 긁은 자국투성이였다(한동안 그녀는 밤에 장갑을 끼고 자기도 했다). 그러나 그는 자신의 의무라고 생각하는 일을 소홀히 하지 않았다. 그는 헤이스 노리니어스의 자전거 보관소 뒤에서 그를 괴롭히던 질문, '나는 왜 세상에 나왔을까?'에 대한 답을 찾았다. 그는 어머니를 돌보기 위해 세상에 태어난 것이었다.

아들이 아무리 안심시키려 해도 방이 없어지면 무슨 일이 닥칠지 모른다는 안나 K의 두려움은 진정되지 않았다. 서머싯병원 복도에서 죽어가는 사람들 틈에 섞여 며칠 밤을 보낸 후, 그녀는 전쟁중 보기 흉한

병에 걸린 늙은 여자에게 세상이 얼마나 무관심해질 수 있는지 절실히 깨달았다. 더이상 일을 할 수 없게 된 그녀는 마냥 기대기 어려운 부어만 씨 부부의 선의와 똑똑하지 못한 아들의 충직함, 최후의 보루로 침대 밑 여행가방 속 핸드백에 넣어둔 돈만이 자신을 시궁창에 빠지지 않도록 붙들어준다는 걸 알았다. 핸드백 속의 지갑 하나에는 신화폐가, 다른 지갑에는 너무 의심스러워 신화폐로 교환하지 않은, 이제는 가치가 없어져버린 구화폐가 들어 있었다.

어느 날 저녁 마이클이 와서 공원·정원 관리부에서 해고당할 것 같다고 말하자, 그녀는 지금까지 마음속으로만 막연하게 꿈꿔오던 일을 구체적으로 생각해보기 시작했다. 아무런 희망이 없어 보이는 도시 생활을 청산하고 그녀가 어린 시절을 보낸 조용한 시골로 돌아가겠다는 계획이었다.

안나 K는 프린스 앨버트 지역의 한 농장에서 태어났다. 그녀의 아버지는 안정적이지 못했다. 술이 문제였다. 어렸을 때 그녀의 가족은 이 농장 저 농장을 옮겨다녔다. 어머니는 빨래와 여러 집의 부엌일을 했다. 안나는 어머니의 일을 도왔다. 나중에 그들은 오우츠호른 시로 이사를 했고, 안나는 그곳에서 잠시 학교에 다녔다. 그녀는 첫아이를 낳은 후 케이프타운으로 왔다. 그리고 또다른 남자와 두번째 아이를 낳았고, 세번째 아이는 죽었으며, 그다음이 마이클이었다. 안나의 기억에는 오우츠호른 이전이 그녀 인생에서 가장 행복한 삶이자 온기와 풍요의 시절로 남아 있다. 그녀는 닭들이 꼬꼬댁거리며 풀썩여 먼지 구덩이가 된 닭장에 앉아 있던 자신의 모습을 떠올렸다. 덤불 사이에서 달걀을 찾던 모습도 떠올렸다. 그녀는 바깥 계단에서 빗물 떨어지는 소리가 들리는 겨울 오후 내내 바람도 통하지 않는 방 침대에 누워 무분별한 폭력, 만원버스, 식료품을 사기 위해 늘어선 줄, 오만한 가게 주인, 도둑과 거지, 밤이면 울리는 사이렌 소리, 통금령, 추위, 습기 등에서 벗어나 시골로 떠나고 싶다는 생각을 했다. 어차피 죽을 거라면, 적어도 푸른 하늘 아래에서 죽고 싶었다.

그녀는 마이클에게 그 계획을 설명하면서, 죽음이나 죽는 것에 대해서는 한마디도 하지 않았다. 그러고는 그에게 공원·정원 관리부에서 해고당하기 전에 먼저 그만두고, 자신과 함께 기차를 타고 프린스 앨버트로 가지 않겠느냐고, 거기서 그는 농장 일을 알아보고 자신은 셋방을 하나 구하는 게 어떻겠냐고 제안했다. 만약 그의 숙소가 충분히 넓다면 자신이 함께 지내며 살림을 하고, 그렇지 않으면 주말마다 그가 그녀에게 들르면 되지 않겠느냐고 했다. 그녀는 자신의 말이 진심이라는 것을 증명하려고 아들에게 침대 밑에서 여행가방을 꺼내게 한 뒤, 그가 보는 앞에서 이 계획을 위해 여태껏 모은 돈이라며 지갑에 빽빽히 꽂힌 신화폐를 세어 보였다.

그녀는 마이클이, 조그만 시골 마을에서 낯선 두 사람을, 그것도 한 명은 건강이 안 좋은 노인네인데 받아주겠느냐고 되물을 거라 생각했다. 그래서 그에 대한 답까지 준비하고 있었다. 그러나 마이클은 단 한 순간도 어머니를 의심하지 않았다. 헤이스 노리니어스에서 지내는 동안에도 어머니가 자기를 그곳에 맡긴 이유가 있을 거라고, 처음에는 드러나지 않지만 결국에는 분명해질 이유가 있을 거라고 내내 믿었던 것처럼, 지금도 아무런 의심 없이 어머니의 계획이 두 사람 모두에게 현명한 판단이라고 받아들였다. 그는 누비이불 위에 펼쳐진 지폐들을 보는 대신, 너른 펠트* 위 흰 페인트를 칠한 오두막집 굴뚝에서 연기가 모락모락 피어오르는 모습과 건강을 되찾은 어머니가 미소를 지으며 현관 앞에 서서 긴 하루가 끝나갈 즈음 집으로 돌아오는 그를 반기는 모습을 머릿속에 그려보았다.

다음날 아침 마이클은 출근하지 않았다. 그는 어머니의 돈을 두 뭉치로 나눠 양말 속에 넣고 기차역으로 가서 매표소를 찾았다. 매표원은 K에게 프린스 앨버트나 그 부근까지 가는 차표 두 장을 파는 거야 문제없지만("프린스 앨버트요, 아니면 프린스 앨프리드요?" 매표원이 물었다), 예약 승차권과 더불어 케이프반도 경찰 관할 구역을 벗어나도 좋다는 허가서가 있어야 기차에 탈 수 있다고 말했다. 그리고 가장 빠른 예약일은 두 달 후인 8월 18일이며, 허가서는 경찰서에서만 발급받을 수 있다고 덧붙였다. K는 더 빨리 출발할 수 없는지 간청해보았지만 소용없었다. 매표원은 그에게 어머니의 건강상태는 고려 대상이 아니며, 오히려 아예 언급하지 않는 편이 좋을 거라고 충고했다.

K는 기차역에서 칼레돈 경찰서로 갔고 보채는 갓난아이를 데리고 있는 여자 뒤에 줄을 서서 두 시간을 기다렸다. 그리고 두 가지 서류 양식을 받았다. 하나는 어머니 것이었고, 다른 하나는 그의 것이었다. "파란색 양식에 기차예약표를 첨부해서 E-5실로 가세요." 접수대의 여자 경찰관이 말했다.

비가 오자 안나 K는 물이 안으로 스며들지 못하도록 문 밑에 낡은 수건을 밀어넣었다. 방안에서 소독약과 탤컴파우더 냄새가 났다. "여기

---

* 남아프리카의 초원.

사니까 돌 밑에 깔린 두꺼비가 된 것만 같다." 그녀가 속삭였다. "8월까지 기다릴 수는 없다." 그녀는 얼굴을 가리고 아무 말 없이 누워 있었다. 잠시 후 K는 숨을 쉬기가 힘들어졌다. 그는 모퉁이에 있는 빵가게에 갔다. 빵이 없었다. "빵도 떨어지고 우유도 떨어졌어요." 점원이 말했다. "내일 오세요." 그는 비스킷과 연유를 샀다. 그리고 내리는 비를 쳐다보며 처마 밑에 서 있었다. 다음날 그는 서류를 갖고 E-5실로 갔다. 그들은 프린스 앨버트의 경찰서에서 서류를 확인하고 승인해주면, 적법한 절차에 따라 허가서를 우편으로 보내주겠다고 말했다.

그는 드발공원으로 돌아갔다. 그리고 예상했던 대로 이달 급료를 끝으로 월말에 해고될 것이라는 말을 들었다. "상관없어요." 그는 감독에게 말했다. "어차피 어머니와 같이 떠날 거니까요." 그는 어머니가 헤이스 노리니어스에 찾아왔던 때를 떠올렸다. 그녀는 이따금 마시멜로를 가져오기도 했고, 초콜릿 비스킷을 가져오기도 했다. 그들은 함께 운동장을 거닐다 차를 마시러 안으로 들어가곤 했다. 부모 면회일이면, 소년들은 가장 좋은 카키색 옷을 입고 갈색 샌들을 신었다. 어떤 소년들은 부모가 없거나 부모에게서 잊힌 존재였다. "아버지는 돌아가셨고, 어머니는 일하셔." 그는 자기 자신에 대해서는 이렇게 말했었다.

그는 방구석에 방석과 담요로 잠자리를 만들어놓고, 어둠 속에 앉아 어머니의 숨소리를 들으며 저녁 시간을 보냈다. 그녀는 잠을 자는 시간이 점점 더 많아졌다. 때로는 그도 앉아서 잠이 들었다가 버스를 놓치곤 했다. 아침이면 머리가 지끈지끈 아팠다. 낮에는 거리를 배회했다. 오지 않는 허가서를 기다리는 동안 모든 것이 유보된 상태였다.

어느 일요일 아침 일찍 그는 드발공원으로 가서, 정원사들이 연장을 보관하는 헛간 자물쇠를 부쉈다. 그리고 연장과 손수레를 꺼내 시 포인트로 가져왔다. 그는 아파트 뒷골목에서 낡은 나무상자를 부숴 넓이가 0.2제곱미터쯤 되는 판자에 등받이를 붙인 뒤 그것을 철사로 수레에 동여맸다. 그런 다음 어머니에게 한번 타보라고 했다. "바람을 쐬면 좋을 거예요." 그가 말했다. "다섯시가 넘었으니 보는 사람도 없을 거고요. 아파트 앞에는 아무도 없어요." "아파트 안에 있는 사람들이 볼 수 있잖아." 그녀가 말했다. "나는 구경거리가 되고 싶지 않다." 다음날 그녀의 마음이 누그러졌다. 모자를 쓰고 코트를 입고 슬리퍼를 신은 그녀는 흐린 날의 늦은 오후 속으로 발을 끌며 걸어나와, 마이클의 도움을 받아 수레에 올라탔다. 그는 어머니를 태우고 비치 로드를 가로질러 포장된 해안 산책로 쪽으로 갔다. 개를 산책시키는 늙은 부부 외에는 아무도 없었다. 안나 K는 굳은 자세로 판자의 측면을 붙들고 차가운 바다 공기를 들이마셨다. 그녀의 아들은 산책로를 따라 100미터쯤 가서 어머니가 바위에 부서지는 파도를 구경할 수 있도록 수레를 세웠다. 그리고 100미터를 더 가서 세우고, 다시 되돌아왔다. 그는 어머니가 너무 무거운데다 수레까지 불안정하다는 것을 알고 당황했다. 수레가 기울어져 어머니가 떨어질 뻔한 순간도 있었다. "신선한 공기를 마시는 게 폐에 좋을 거예요." 그가 말했다. 다음날 오후에는 비가 내려 집안에 머물렀다.

그는 자전거 바퀴 두 개에 상자를 얹어 손수레를 만들어볼까 생각했다. 그러나 축을 어디서 구해야 할지 알 수 없었다.

그뒤 6월의 마지막 주 늦은 오후, 비치 로드를 빠른 속도로 달려내려가던 군용 지프가 길을 건너던 젊은이를 들이받아 보도 가장자리에 주차된 차들 사이로 날려버렸다. 지프는 길을 벗어나 코트다쥐르 밖의 웃자란 잔디 위에 멈췄다. 그리고 지프에 타고 있던 두 사람은 사고를 당한 젊은이의 화난 친구들과 맞닥뜨렸다. 싸움이 벌어졌고, 금세 사람들이 모여들었다. 주차된 차들이 박살나고 문이 열린 채 도로 쪽으로 밀쳐졌다. 통금을 알리는 사이렌이 울렸지만 아무도 신경쓰지 않았다. 오토바이의 호위를 받으며 도착한 구급차는 무수히 날아드는 돌에 쫓겨 바리케이드까지도 못 오고 방향을 돌려 달아났다. 그때 아파트 4층 발코니에서 한 남자가 권총을 쏘기 시작했다. 사람들은 소리를 지르며 황급히 피했고 해변이 바라보이는 아파트 건물 안으로 흩어져 들어가 복도를 따라 달리며 문을 쾅쾅 두드리고, 창문과 전구를 박살냈다. 권총을 쏜 남자는 숨어 있던 곳에서 끌려나와 의식을 잃을 만큼 발길질을 당한 뒤 도로에 내던져졌다. 어떤 주민들은 문을 잠그고 어둠 속에 몸을 웅크렸고, 또다른 주민들은 거리로 도망쳤다. 복도 끝에 오갈 데 없이 갇힌 한 여자는 옷이 찢겼고, 누군가는 화재용 비상구로 탈출하려다 발목을 삐었다. 문들이 부서지고, 아파트는 약탈당했다. 안나 K가 사는 방 바로 위의 집에서는 약탈자들이 커튼을 찢고 바닥에 옷가지들을 쌓고 가구를 부숴 불을 질렀다. 불은 번지지 않았지만 짙은 연기가 구름처럼 피어올랐다. 코트다쥐르, 코트도르, 코파카바나 밖 암석 정원 잔디 위에서는 계속 늘어나는 폭도들이, 그들 중 몇몇은 자기 발치에 훔친 물건들을 쌓아놓은 채, 성한 통유리가 하나도 남지 않을 때까지 바다 쪽으로 난 커다란 창문을 향해 돌을 던졌다.

번쩍이는 파란색 경고등을 켠 경찰차가 45미터가량 떨어진 산책로에 멈췄다. 자동소총이 발사되고, 자동차 바리케이드 뒤에서 그에 응사하는 소리가 들렸다. 군중이 고함을 지르고 아우성을 치며 비치 로드 아래로 퇴각하는 사이, 경찰차는 급히 후진해 떠나버렸다. 이십여 분이 더 지나고 날이 어두워지자 대규모 경찰 진압대가 도착했다. 그들은 피해를 당한 건물들을 한 층씩 차례로 접수해나갔다. 골목으로 달아난 적들은 저항하지 않았다. 재빨리 도망치지 못한 여자 약탈자 한 명은 총에 맞아 죽었다. 경찰은 인근 도로에 버려진 물건들을 수거해 잔디 위에 쌓았다. 아파트 주민들은 밤늦게까지 회중전등을 비춰가며 자기들 물건을 찾아다녔다. 자정 무렵 작전 종료를 선언할 때쯤, 가슴에 총을 맞은 폭도가 길 아래쪽에 있는 건물의 컴컴한 복도 구석에 웅크리고 있다 발각되어 끌려나왔다. 밤사이 경비대만 남고 본대는 물러갔다. 이른 아침이 되자 바람이 불고 비가 세차게 내리기 시작했다. 비바람은 지금까지 희망봉 주변의 동서 항로에서 안전지대 역할을 했던 에그리먼트와 말리부 하이츠뿐만 아니라 코트다쥐르, 코트도르, 코파카바나의 깨진 유리창을 두들기고 커튼을 때리고 카펫을 적시고 때로는 마룻바닥을 물바다로 만들었다.

이런 일들이 일어나는 동안, 안나 K와 그녀의 아들은 계단 밑 방에 생쥐처럼 조용히 웅크리고 있었다. 연기 냄새가 나고, 위에서 발소리가 쿵쿵거리며 지나다니고, 누군가 잠긴 문 손잡이를 잡고 덜거덕거려도 그들은 꼼짝하지 않았다. 그들은 소동과 비명과 총성과 유리 깨지는 소리가 인근 몇몇 아파트 건물에 국한되어 있다는 사실을 알지 못했다. 나란히 침대에 앉아 귓속말할 엄두도 내지 못하고 있는 동안, 시 포인트에서 진짜 전쟁이 일어나 그들을 찾아낼 거라는 확신이 점점 커졌다. 마이클은 자정이 훨씬 지나 어머니가 마침내 꾸벅꾸벅 졸 때까지 귀를 쫑긋 세우고 문 밑으로 들어오는 희끄무레한 빛줄기를 응시하며, 숨죽인 채 앉아 있었다. 어머니가 코를 골기 시작하자 그걸 멈추게 하려고 그녀의 어깨를 움켜잡았다.

그는 벽에 기대앉아 있다가 그대로 잠이 들었다. 잠에서 깨어났을 때는 문 밑으로 들어오는 빛이 더 밝아져 있었다. 그는 문을 열고 살금살금 나갔다. 복도에는 깨진 유리 조각이 널려 있었다. 건물 입구에는 헬멧을 쓴 병사 두 명이 그에게 등을 보인 채 간이의자에 앉아 빗줄기와 희끄무레한 바다를 바라보고 있었다. K는 다시 어머니의 방으로 살그머니 돌아와 매트에 누워 잠을 잤다.

그날 늦게 코트다쥐르의 주민들이 돌아오기 시작해 쓰레기를 치우거나 자기 물건을 꾸리거나 그저 부서진 물건을 바라보며 눈물만을 흘렸다. 비가 그치자 K는 그린 포인트의 올리펀트 로드에 있는 성 조지프 구빈원에 가보았다. 예전에 그곳은 아무런 질문 없이 수프 한 그릇과 잠자리를 제공해주던 곳이었다. 그는 어머니를 난리법석이 된 아파트 건물에서 데리고 나와 잠시라도 그곳에 묵게 할 수 있으면 싶었다. 그러나 긴 수염에 지팡이를 짚은 성 조지프의 석고상은 사라졌고, 문기둥에 붙어 있던 동판도 떼어졌으며, 유리창은 깨져 있었다. 그는 옆집 문을 두드렸지만 삐걱거리는 마루 소리만 들릴 뿐 아무도 나오지 않았다.

도시를 가로질러 출근하면서 K는 매일 가난하고 집 없는 사람들 무리와 마주쳤다. 지난 몇 년 사이 도심의 거리를 점령한 그들은 구걸을 하거나 도둑질을 하고 구호단체 앞에 줄을 서서 기다리거나 온기를 찾아 공공건물 복도에 앉아 있다가 밤이 되면 부두 주변의 부서진 창고에서 잠을 잤다. 경찰이 통제하지 않는 브리 스트리트 위쪽 버려진 건물 안에서 자기도 했다. 당국이 이주를 통제하기 전까지 케이프타운은 일자리를 찾아 올라온 시골 사람들로 넘쳐났다. 일자리도 없고 숙박시설도 없었다. K는 자신과 어머니가 저 굶주린 사람들의 바다에 빠지게 되면 어떻게 해야 하나 싶었다. 얼마나 오랫동안 어머니를 손수레에 태우고 거리를 돌아다녀야 음식을 얻을 수 있을까 싶었다. 그는 하루종일 정처 없이 헤매다 울적한 마음으로 집에 돌아왔다. 그리고 빛이 새어나가지 않게 담요로 스토브를 가리고, 수프와 러스크와 정어리 통조림으로 저녁을 준비했다.

그들의 희망은 도시를 떠날 수 있게 해줄 허가서에 달려 있었다. 경찰이 부어만 씨의 아파트로 허가서를 보내준다고 했건만, 우편함은 잠겨 있었다. 약탈을 당한 후 충격을 받은 부어만 씨 부부는 언제 돌아오겠다는 말도 없이 친구들을 따라 떠나버렸다. 안나 K는 아들에게 위층에 가서 우편함 열쇠를 가져오라고 했다.

K는 아파트에 들어가본 적이 없었다. 들어가보니 아파트는 난장판이었다. 부서진 가구, 찢어진 매트리스, 유리와 그릇 파편, 말라 죽은 화분, 침구류와 카펫 등이 거센 바람에 실려 창문으로 들어온 비에 젖어 있었다. 밀가루 반죽, 시리얼, 설탕, 고양이 배설 상자의 모래와 흙이 그의 신발에 들러붙었다. 부엌에는 냉장고가 앞으로 넘어진 채 여전히 돌아가고 있고, 냉장고 문 경첩 사이에 낀 누런 찌꺼기가 타일 바닥에 1센티미터쯤 고인 물에 스며나왔다. 선반에 있던 병들은 사라지고 포도주 냄새가 진동했다. 누군가 번쩍이는 하얀 벽에 오븐 청소용 스프레이로 '뒈져라'라고 써놓은 글씨가 보였다.

마이클은 어머니에게 올라가서 파괴의 현장을 직접 보라고 설득했다. 그녀는 두 달 동안 위층에 올라가보지 못했다. 거실 문가에 놓인 빵도마 위에 서서 그녀가 눈물을 글썽거리며 나직하게 말했다. "어째서 이런 짓들을 한 거냐?" 그녀는 부엌은 보고 싶어하지 않았다. "얼마나 좋은 분들이었는데!" 그녀가 말했다. "그분들이 어떻게 이걸 수습할지 모르겠구나!" 마이클은 어머니를 부축해 방으로 돌아갔다. 그녀는 부어만 씨 부부가 어디에 있는지, 누가 청소를 할지, 그들이 언제 돌아올지 거듭해서 물으며 마음을 가라앉히지 못했다.

마이클은 그녀를 놔둔 채 난장판이 된 현장으로 돌아갔다. 그는 냉장고를 바로 세워 안을 비웠으며, 깨진 유리를 구석으로 쓸어모으고 걸레로 물을 닦았다. 그리고 쓰레기 봉지 여섯 개를 가득 채워 현관문 앞에 쌓았다. 아직 먹을 수 있는 음식은 한쪽으로 치워놓았다. 거실은 치우지 않았지만 뻥 뚫린 창을 최선을 다해 커튼으로 막았다. 집주인이 아니라 어머니를 위해 이 일을 하는 거야, 그는 속으로 되뇌었다.

창문을 수리하고 이미 냄새가 나기 시작하는 카펫을 뜯어내기 전에는 부어만 씨 부부가 여기서 살 수 없을 게 분명했다. 그럼에도, 욕실을 보고 나니 자신이 이 아파트를 무단으로 쓸 수 있겠다는 생각이 처음으로 들었다.

"하루나 이틀 밤만요." 그는 어머니에게 간청했다. "그러면 어머니 혼자 주무실 수 있잖아요. 앞으로 어떻게 해야 할지 알 수 있을 때까지만요. 긴 의자를 욕실로 옮기면 돼요. 아침이면 모든 것을 원래 상태로 돌려놓을게요. 약속해요. 그들이 이 사실을 모르게 할게요."

그는 긴 의자를 욕실로 옮기고 그 위에 시트와 식탁보를 깔았다. 그리고 깨진 창문을 판지로 막고 불을 켰다. 뜨거운 물이 나와 목욕도 했다. 아침이 되자 그는 자신의 흔적을 지웠다. 우체부가 왔다. 그러나 부어만 씨의 우편함에는 아무것도 없었다. 비가 내렸다. 그는 밖으로 나가 버스정류장에 앉아 내리는 비를 바라보았다. 한낮이 되어 부어만 씨 부부가 돌아오지 않을 게 확실해지자 그는 아파트로 돌아갔다.

매일 비가 내렸다. 부어만 씨 부부에게선 아무 소식도 없었다. K는 악취를 풍기는 물웅덩이를 발코니 쪽으로 쓸어내고 막힌 배수관을 뚫었다. 아파트 안으로 바람이 불어 들어왔지만 곰팡이 냄새는 더 심해졌다. 그는 부엌 바닥을 청소하고 쓰레기 봉지를 아래층으로 옮겼다.

그는 밤뿐만 아니라 낮에도 아파트에서 지내기 시작했다. 그러다 부엌 찬장에 수북이 쌓인 잡지를 발견하고, 침대에 눕거나 욕조에 들어앉아 아름다운 여자들 사진과 달콤한 음식 사진을 넘겨 보았다. 그중에서도 음식 사진에 더 강하게 매료되었다. 어머니에게 버찌와 파인애플 링을 곁들인 반들반들 윤이 나는 구운 돼지 옆구릿살 요리와 크림을 얹은 라즈베리와 구스베리 타르트가 함께 놓여 있는 사진을 보여주었다. "이제 더는 그렇게들 먹지 않아." 그의 어머니가 말했다. 하지만 그의 생각은 달랐다. "돼지는 전쟁이 일어났다는 걸 몰라요. 파인애플도 전쟁이 일어난 걸 모르고요. 먹을 것은 계속 쌓일 거예요. 누군가는 그걸 먹어야겠죠."

그는 자신이 살던 숙소로 돌아가 밀린 방세를 냈다. "직장을 그만뒀거든요." 그가 수위에게 말했다. "어머니와 이곳을 떠나 시골로 갈 생각이에요. 허가서가 나오기를 기다리는 중이에요." 그는 자전거와 여행가방을 챙겨서 폐품처리장에 들러 1미터짜리 쇠막대를 구입했다. 좌석을 단 수레는 아파트 건물 뒤 골목, 그가 놓아둔 자리에 그대로 서 있었다. 이제 그는 자전거 바퀴를 이용해 어머니를 산책시킬 때 쓸 수레를 만드는 작업에 다시 착수했다. 바퀴의 베어링이 쇠막대 축 위로 부드럽게 미끄러지긴 했으나 어떻게 해도 바퀴가 빠지는 걸 막을 방법이 없었다. 몇 시간 동안 철사로 클립을 만들어보려고 애썼지만 허사였다. 그는 결국 단념했다. 어떻게든 되겠지, 그는 혼잣말을 하며, 분해된 자전거를 부어만 씨네 부엌 바닥에 놓아두었다.

거실의 잔해 속에 트랜지스터라디오가 있었다. 바늘은 주파수의 끝에 가서 꼼짝하지 않고, 배터리는 거의 닳은 상태였다. 그는 이내 라디오를 만지작거리는 걸 그만두었다. 그러나 부엌 서랍을 뒤적이다 전기코드를 찾아냈고 라디오를 콘센트에 연결할 수 있었다. 이제 그는 어두운 욕실에 누워 다른 방에서 들려오는 음악을 들을 수 있었다. 때때로 음악을 듣다가 잠이 들기도 했다. 아침에 일어나면 라디오에서 여전히 음악이 흘러나오거나 전혀 알아들을 수 없는 말로 이야기하는 소리가 들려왔다. 그는 그중에서 바케르스트룸, 피터즈버그, 킹 윌리엄스 타운 등과 같이 멀리 떨어진 곳의 지명을 알아듣기도 했다. 자기도 모르게 단조로운 목소리로 노래를 따라 부를 때도 있었다.

잡지를 남김없이 다 본 후 그는 부엌 싱크대 밑에 있던 오래된 신문들을 읽기 시작했다. 너무 오래된 것이어서 그가 기억하는 사건은 아무것도 없었다. 몇몇 축구선수의 이름만 알아볼 뿐이었다. 한 신문에 '카미스크룬 살인자 체포되다'라는 헤드라인과 함께 찢어진 하얀 셔츠 차림으로 수갑을 찬 남자가 굳은 자세의 두 경찰관 사이에 서 있는 사진이 실려 있었다. 수갑을 차서 어깨가 앞으로 쏠리긴 했지만, 카미스크룬 살인자는 카메라를 똑바로 응시하고 있었다. K가 보기에는 득의만만한 미소를 짓고 있는 것 같았다. 아래쪽의 두번째 사진은 멜빵 달린 소총을 검은색 배경에 촬영한 것이었는데, '살인자의 무기'라는 설명이 달려 있었다. K는 그 사건이 실린 신문을 며칠 내내 냉장고 문에 붙여두었다. 바퀴를 가지고 작업하다가 간간이 고개를 들면 어느 지점에서든 카미스크룬 출신 남자와 눈이 마주쳤다.

마땅히 할 일이 없어 거실에 줄을 치고 물에 젖은 책들을 걸어서 말리려고 해봤다. 그러나 시간이 너무 오래 걸려 곧 흥미를 잃었다. 그는 책을 좋아한 적이 없었다. 이오니아제도, 무어인의 스페인, 호수의 나라 핀란드, 발리섬 등 다른 나라에 관한 사진책을 몇 장씩 뜯어내며 시간을 보내긴 했지만, 라비니아 같은 이름의 남녀 군인들 이야기에는 전혀 흥미가 없었다.

그러던 어느 날 아침, 마이클 K는 현관문 자물쇠가 삐걱거리는 소리에 깜짝 놀랐다. 작업복을 입은 남자 네 명이 아무 말 없이 그를 밀치고 들어와 아파트의 물건들을 치우기 시작했다. 그는 황급히 자전거 부품들을 치웠다. 실내복을 대충 걸치고 나온 어머니가 계단에 있는 남자 중 한 명을 붙잡고 물었다. "주인 어른은 어디 계시죠? 부어만 씨는 어디 계세요?" 남자는 어깨를 으쓱할 뿐이었다. K는 거리로 나가 화물차 운전사에게 물었다. "부어만 씨가 보내서 왔나요?" 운전사가 말했다. "이 사람아, 그걸 말이라고 해?"

마이클은 어머니를 부축해 침대로 갔다. "그 사람들이 왜 나한테 아무것도 알려주지 않는지 이해가 안 되는구나. 누가 문을 두드리고 들어와 자기 가정부에게 이 방을 내주어야 한다고 당장 나가라고 하면,

나는 어찌해야 하지? 어디로 가야 한단 말이냐?" 그는 오랫동안 어머니 곁에 앉아 팔을 쓸어주며 탄식을 들었다. 그런 다음 자전거 바퀴 두 개와 쇠막대와 도구를 들고 골목으로 나가 양지바른 곳에 자리를 잡고 바퀴가 축에서 빠지지 않게 할 방법을 찾는 데 골몰했다. 그는 오후 내내 일했다. 저녁때쯤 쇠톱으로 힘겹게 쇠막대 양쪽에 홈을 파서 암나사를 만들고, 각각 약 2.5센티미터 두께의 나사받이를 끼웠다. 나사받이 사이에 바퀴를 끼우고, 철사로 쇠막대를 여러 겹 탄탄하게 감아 똬리쇠와 바퀴가 서로 수평으로 맞닿게 고정시켰다. 그렇게 하자 문제가 해결된 것처럼 보였다. 그날 밤 그는 일을 마저 끝내고 싶은 마음에 거의 먹지도, 자지도 않았다. 아침이 밝자 그는 예전에 수레에 설치해두었던 좌판을 부숴 기다란 손잡이 두 개가 달린 삼면짜리 좁다란 상자로 개조한 뒤 그것을 축 위에 군데군데 동여맸다. 이제 그는 땅딸막한 손수레를 갖게 되었다. 비록 견고하다고 하긴 어려웠지만, 어머니의 무게는 견뎌낼 수 있을 터였다. 그날 저녁 차가운 북서풍이 불자 배짱 두둑한 몇몇 사람을 제외한 대부분의 사람들은 집안에 머물렀다. 그래서 그는 어머니를 손수레에 태우고 코트와 담요로 싸맨 뒤 해변으로 산책을 나갈 수 있었다. 어머니의 입술에 미소가 번졌다.

이제 때가 되었다. 방으로 돌아오자마자 그는 처음 손수레를 만들었을 때부터 생각해온 계획을 얘기했다. 우리는 허가서를 기다리며 시간을 허비하고 있다. 허가서는 나오지 않을 것이다. 그리고 허가서가 없으면 기차를 타고 떠날 수 없다. 그런데 지금 당장이라도 방에서 쫓겨날 수도 있다. 그러니 내가 직접 어머니를 수레에 태우고 프린스 앨버트로 가면 어떻겠느냐. 어머니도 수레가 얼마나 편안한지 실제로 확인

하지 않았느냐. 축축한 날씨는 어머니의 건강에 좋지 않다. 끝없이 앞날을 걱정하는 것도 마찬가지다. 일단 프린스 앨버트에 정착하면, 어머니의 건강은 빠르게 회복될 것이다. 길게 잡아도 하루나 이틀만 길에서 보내면 된다. 사람들은 관대할 테니 차를 세우고 우리를 태워줄 것이다.

그는 몇 시간 동안 어머니와 논쟁을 벌였다. 그는 어머니에게 간청하는 자신의 능수능란함에 스스로 놀랐다. 어머니는 자신이 한겨울에 어떻게 밖에서 잘 수 있겠느냐며 그의 말을 반박했다. 그는 프린스 앨버트가 차로 다섯 시간 거리에 있으니, 운이 좋으면 하루만에 도착할 수도 있다고 대답했다. 어머니는 만약 비가 오면 어떻게 하느냐고 물었다. 그는 수레 위에 덮개를 씌우면 된다고 대답했다. 어머니는 또 만약 경찰한테 제지당하면 어떻게 하느냐고 물었다. 그는 인구가 넘쳐나는 도시를 빠져나가려 할 뿐 원하는 게 아무것도 없는 무고한 두 사람을 제지하는 일 말고도 경찰이 해야 할 일은 많을 거라고 대답했다. "우리가 다른 남의 집 베란다에 숨어 잠을 자고 거리에서 구걸하며 골칫거리가 되는 걸 경찰이 원할 리는 없잖아요?" 그의 말이 워낙 설득력이 있어 안나 K는 마침내 두 가지 조건을 전제로 수락했다. 첫째는 그가 마지막으로 한번 더 경찰서를 찾아가 나오지 않은 허가서에 대해 알아보는 것이었고, 둘째는 그녀가 서두르지 않고 직접 여행 준비를 하겠다는 것이었다. 마이클은 그 제안을 흔쾌히 받아들였다.

다음날 아침 그는 오지 않을지도 모르는 버스를 더 기다리지 않고, 심장에 이상이 없다는 것과 몸이 건강하다는 것에 만족감을 느끼며 시포인트에서 시내까지 큰길을 따라 뛰어갔다. '이주HERVESTIGING—

RELOCATION'라는 표지판 아래 벌써 몇십 명이 줄을 서 있었다. 경계하는 눈빛으로 접수대에 앉아 있는 여자 경찰관을 만나기까지 한 시간이 걸렸다.

그가 기차표 두 장을 내밀며 말했다. "허가서가 나왔는지 알고 싶습니다."

여자 경찰관이 낯익은 서류양식을 그에게 내밀었다. "이 서류를 작성해서 E-5실로 가세요. 기차표와 예약 확인증도 가져가고요." 그리고 K의 어깨 너머에 있는 사람을 쳐다보며 말했다. "다음 분?"

"그게 아닙니다." K가 그녀의 관심을 끌려고 애쓰며 말했다. "저는 이미 신청서를 제출했습니다. 제가 알고 싶은 것은 허가서가 나왔느냐는 겁니다."

"허가서를 받기 위해서는 좌석이 예약되어 있어야 해요. 예약은 했나요? 날짜가 언제죠?"

"8월 18일입니다. 하지만 제 어머니가……"

"8월 18일이면 한 달이나 남았잖아요! 신청서를 제출하고 허가가 떨어지면 허가서는 나올 거예요. 그러면 당신의 주소로 발송될 거고요! 다음 사람!"

"그러니까 그게 제가 알고 싶은 거예요! 허가서가 나오지 않을 거라면, 다른 계획을 세워야 하니까요. 어머니가 아파서……"

여자 경찰관이 카운터를 탁 치며 그의 말을 제지했다. "내 시간을 허비하게 하지 마! 마지막으로 얘기하는데, 허가가 떨어지면 허가서는 나올 거야! 기다리는 사람들이 보이지도 않아? 이해 못하겠어? 당신 백치야? 자, 다음!" 그녀는 접수대에 몸을 밀착시키고 K의 어깨 너머에 있는 사람을 날카롭게 노려보았다. "그래, 당신 말이야!"

그러나 K는 움직이지 않았다. 그저 거칠게 숨을 몰아쉬며 여자 경찰관을 응시했다. 마지못해 고개를 돌린 그녀는 그의 가느다란 콧수염과 숨길 수 없이 밖으로 드러난 입술 속살을 바라보았다. 그리고 말했다. "다음!"

다음날 K는 날이 밝기 한 시간 전에 어머니를 깨웠다. 그리고 어머니가 옷을 입는 동안 담요와 방석을 상자에 담아 수레에 실었다. 여행가방은 수레 손잡이에 묶었다. 수레에 비닐 덮개를 씌우자 꼭 커다란 유모차처럼 보였다. 어머니는 그 모습을 보고 발을 멈추더니 고개를 저었다. "난 모르겠구나. 모르겠어. 모르겠어." 어머니가 수레에 타도록 달래는 데 시간이 한참 걸렸다. 그는 생각과 달리 수레가 충분히 크지 않다는 걸 깨달았다. 어머니의 무게를 견뎌내긴 했지만, 어머니는 덮개 밑에 웅크리고 앉아 꼼짝도 못하고 있어야 했다. 그는 어머니의 다리 위로 담요를 펴 덮어주고, 그 위에 음식 한 묶음, 연료병과 석유 스토브가 담긴 상자, 옷 보따리 등을 놓았다. 인근 아파트에서 불빛이 깜박거렸다. 파도가 바위에 부딪는 소리가 그들의 귀에 들렸다. "하루나 이틀이면," 그가 낮은 소리로 말했다. "그곳에 도착할 거예요. 가능하면 너무 많이 움직이지 마세요." 그녀는 고개를 끄덕였지만, 모직 장갑으로 얼굴을 계속 가리고 있었다. 그가 어머니를 향해 몸을 굽히고 말했다. "어머니, 여기에 있고 싶으세요? 그렇다면 계속 여기 있을 수도 있어요." 그녀는 고개를 저었다. 그는 모자를 쓰고, 수레 손잡이를 잡아끌며 안개 낀 도로로 나섰다.

그는 지름길을 택했다. 불에 탄 건물들의 철거 작업이 이제 막 시작된, 낡은 연료 저장탱크 주변의 황폐해진 지역을 지나고, 부두를 지나고, 지난해 거리 악대들의 차지가 된 새까만 창고들을 지났다. 제지당하는 일은 없었다. 이처럼 이른 시간에 그들을 지나치는 사람들 중 그들에게 눈길을 주는 이는 거의 없었다. 운전대가 부착된 쇼핑용 수레, 뒤축에 상자를 매단 세발자전거, 밑에 바구니가 달린 손수레, 의자용 바퀴를 단 나무상자, 각종 크기의 이륜 손수레, 신화폐로 80랜드쯤 되는 당나귀, 100랜드 이상 나가는 타이어가 부착된 짐수레 등 점점 더 해괴한 운송수단들이 거리에 나타났다.

K는 일정한 속도를 유지하면서 삼십 분마다 멈춰 시린 손을 비비고 쑤시는 어깨를 풀었다. 시 포인트에서 어머니를 수레에 앉히고 짐을 모두 앞쪽에 실었을 때부터 그는 축이 중심을 벗어나 너무 뒤쪽으로 밀려 있다는 걸 깨달았다. 그렇다보니 어머니가 자세를 편하게 하려고 상자에서 미끄러져 내릴수록 그가 들어올리는 중량이 더 커졌다. 그는 힘든 기색을 감추기 위해 계속 미소를 지었다. "큰 도로로 나가기만 하면 돼요." 그가 헐떡거리며 말했다. "누군가가 차를 세우고 태워줄 거예요."

정오쯤 그들은 파르던 에일란드의 스산한 공업단지를 지나갔다. 벽에 기대앉아 샌드위치를 먹던 노동자 두 명이 덜거덕거리며 지나가는 수레를 말없이 지켜보았다. 그들의 발밑에 희미한 검정 글씨로 '신속한 판금 작업'이라고 쓰여 있었다. K는 팔에 감각이 없어지는 걸 느꼈지만 터벅거리며 800미터 정도를 더 갔다. 블랙 리버 파크웨이 아래를 지나가는 도로에 이르자 그는 어머니를 내리게 해 다리 밑 잔디 가장자리에 앉혔다. 그들은 그곳에서 점심을 먹었다. 거리가 텅텅 비어 있다는 사실이 놀라웠다. 너무 조용해서 새 지저귀는 소리도 들릴 정도였다. 그는 푹신한 잔디에 누워 눈을 감았다.

그는 우르릉거리는 소리에 눈을 떴다. 처음에는 멀리서 천둥이 친다고 생각했다. 그런데 소리가 점점 더 커지더니 그들 위에 있는 다리의 기층이 울렸다. 오른쪽 도시 방향에서 제복 차림에 등뒤로 총을 메고 오토바이를 탄 경찰관 넷이 일정한 속도로 다가왔다. 포탑에 포수가 서 있는 장갑차가 그 뒤를 따랐고, 잡다한 중형 차량 행렬이 이어졌는데 대부분은 짐을 싣지 않은 트럭이었다. K는 어머니가 있는 쪽으로 기어갔다. 그들은 나란히 앉아 공기마저 딱딱하게 바꿔버리는 듯한 소음 속에서 그 모습을 지켜보았다. 수송대가 지나가는 데 몇 분이 걸렸다. 행렬 끝에 자동차와 소형 혹은 대형 트럭 몇십 대가 뒤따랐고, 그 뒤를 포장이 쳐진 황록색 군용 트럭이 따랐는데, 헬멧을 쓴 군인들이 두 줄로 앉아 있는 모습이 얼핏 보였다. 그리고 마지막으로 오토바이를 탄 두 명의 경찰관이 보였다.

앞에서 오토바이를 타고 가던 경찰관 중 한 명이 K와 그의 어머니를 날카롭게 응시하며 지나갔다. 이윽고 후미에서 오토바이를 타고 가던 두 경찰관이 수송대에서 빠져나오더니 한 사람은 길가에서 기다리고, 다른 사람은 잔디 가장자리로 올라왔다. 그 경찰관이 헬멧 실드를 들어올리며 그들에게 말했다. "고속도로 옆에선 쉬면 안 돼." 그러고는 수레를 흘깃 쳐다보았다. "이거 자네 건가?" K가 고개를 끄덕였다. "어디로 가는 길인가?" K는 웅얼거리는 소리로 대답했다가 목청을 가다듬고 다시 말했다. "카루에 있는 프린스 앨버트로 갑니다." 경찰관은 휘파람을 불며 수레를 가볍게 흔들어보더니 동료에게 뭐라고 얘기했다. 그리고 K를 향해 돌아서서 말했다. "쭉 가다보면 길이 꺾이는 곳에 검문소가 있다. 검문소에서 허가서를 보여줘라. 반도를 떠날 수 있는 허가서는 갖고 있겠지?"

"예."

"허가서 없이는 반도를 떠날 수 없다. 검문소에 가서 허가서와 서류들을 보여줘라. 그리고 잘 들어라. 고속도로에서 쉬려면, 길에서 50미터 떨어져야 한다. 그게 규칙이다. 양쪽 길가에서 50미터 바깥에 있을 것. 그보다 더 가까이 있으면 경고나 질문 없이 사살당할 수 있다. 알겠나?"

K는 고개를 끄덕였다. 경찰들은 오토바이에 다시 올라타고 굉음을 내며 수송대를 따라갔다. K는 어머니의 눈을 바라볼 수 없었다. "더 조용한 도로를 택했어야 했나봐요." 그가 말했다.

그 자리에서 즉시 돌아설 수도 있었다. 그러나 또 한번 모욕당할 위험을 감수하고, 어머니를 다시 수레에 태운 뒤 오래된 격납고가 있는 곳까지 밀고 갔다. 거기에는 정말로 지프차가 길가에 주차되어 있고, 군인 셋이 야전용 스토브에 차를 끓이고 있었다. 그가 간청해보았지만 소용없었다. "허가서 있어, 없어?" 우두머리인 하사가 말했다. "나는 당신이 누구고 당신 어머니가 누군지 관심 없어. 허가서가 없으면 이 지역을 떠날 수 없어. 그게 전부야." K는 어머니에게 돌아섰다. 그녀는 검은 덮개 밑에서 무표정하게 군인을 바라보았다. 군인이 손을 저으며 소리쳤다. "귀찮게 하지 말란 말이야! 허가서를 가져와. 그러면 통과시켜줄 테니까!" 그는 K가 손잡이를 들어올려 수레를 끌고 길모퉁이를 돌아가는 모습을 지켜보았다. 바퀴 하나가 흔들리기 시작했다.

그들이 비치 로드 초입에 있는 신호등을 통과했을 때는 이미 밤이 된 뒤였다. 아파트 건물들이 포위당하는 동안 길목을 막고 있던 부피 큰 물건들은 잔디 위로 밀려나 있었다. 열쇠는 계단 밑 문에 그대로 꽂혀 있었다. 방은 그들이 떠날 때 모습 그대로, 다음 사람을 위해 말끔히 정돈된 상태였다. 안나 K는 코트도 벗지 않고 슬리퍼를 신은 채 아무것도 깔지 않은 매트리스 위에 몸을 눕혔다. 마이클은 그들의 짐을 안으로 날랐다. 방석은 소나기에 맞아 젖은 상태였다. "어머니, 하루나 이틀 후에 다시 한번 시도해보죠." 그가 속삭였다. 그녀는 고개를 저었다. "어머니, 허가서는 나오지 않을 거예요!" 그가 말했다. "다시 해봐요. 다음번에는 뒷길로 가야겠어요. 그들이 모든 길을 막을 수는 없을 거예요." 그는 어머니의 팔에 손을 얹은 채 곁에 앉아 있었다. 이윽고 어머니가 잠들자 부어만 씨 집 마룻바닥에서 자려고 위층으로 올라갔다.

이틀 후, 그들은 다시 길을 나섰다. 이번에는 동이 트기 한 시간 전에 시 포인트를 출발했다. 처음 길을 떠났던 때의 열정은 이미 사라지고 없었다. K는 이제 여러 날 밤을 길에서 보내게 될지도 모른다는 사실을 알았다. 게다가 어머니는 먼 곳으로 여행하고픈 욕구를 모두 잃어버린 상태였다. 그녀는 K가 아무리 세찬 비라도 막을 수 있게 둘러놓은 비닐 아래 상자에 굳은 자세로 앉아 시무룩한 얼굴로 가슴이 아프다며 불평했다. 그는 한결같이 빠른 걸음으로 나아갔다. 타이어가 젖은 아스팔트에 쓸리는 소리가 났다. 새로운 길을 따라 중심가를 통과하고, 서 로리 로드와 외곽의 메인 로드를 따라가다 모브레이 철교를 넘고, 한때는 소아병원이었던 곳을 지나 구 클리프폰테인 로드로 갔다. 그들은 짓밟힌 울타리 앞에서 처음으로 멈췄다. 너머로는 골프장 잔디 위에 판지와 양철로 지은 오두막들이 밀집해 있는 모습만 보였다. 식사를 마친 후 K는 어머니를 옆에 꼭 안은 채 지나가는 차들을 향해 세워달라는 신호를 보냈다. 차는 거의 없었다. 헤드라이트와 창문을 철망으로 덮은 소형 트럭 세 대가 연달아 천천히 지나갔다. 잠시 후에는 방울 꾸러미를 단 적갈색 말들이 끄는 깨끗한 마차가 다가왔다. 뒤에 탄 아이들 무리가 그들에게 야유를 보내며 손가락질했다. 한동안 아무것도 지나가지 않더니, 화물차 한 대가 멈춰 섰다. 운전사는 시멘트 공사장까지 태워주겠다며 K가 수레를 싣는 걸 도와주기까지 했다. K는 안전하고 보송한 차 안에 앉아 곁눈으로 계기판이 돌아가는 것을 쳐다보며 그것 보라는 듯 어머니의 옆구리를 슬쩍 쳤다. 그녀는 알았다는 듯 단아한 미소를 지어 보였다.

그것이 그날 행운의 끝이었다. 그들은 시멘트 공사장 밖에서 한 시간을 기다렸다. 보행자나 자전거를 탄 사람들은 계속 지나갔지만, 차라곤 오물처리반 트럭뿐이었다. 해가 지고 바람이 매서워졌다. K는 수레를 길 위로 끌어올려 다시 출발했다. 그는 다른 사람들에게 의존할 필요가 없을 때가 더 나을지 모른다고 생각했다. 처음 수레를 끌고 나섰을 때보다 축을 앞으로 5센티미터 정도 이동시켰다. 수레가 일단 굴러가기 시작하자 깃털처럼 가벼웠다. 수레에 장작단을 싣고 가는 남자를 빠른 걸음으로 앞질렀다. 그를 지나치면서 목례까지 했다. 어머니는 수레 양옆 모서리 위에 수직으로 고정된 어둡고 좁은 공간에서 눈을 감고 고개를 앞으로 숙인 채 앉아 있었다.

구름 사이로 흐릿한 달이 나왔다. K는 간선도로에서 800미터쯤 떨어진 곳에 수레를 세우고 어머니를 내리게 한 다음, 밤새 쉴 만한 곳이 있는지 찾아보려고 울창한 포트 잭슨 숲으로 들어갔다. 여기저기 나무 뿌리가 튀어나와 있고 땅은 축축했으며 썩은 냄새가 희미하게 나는 암흑의 세계로 들어오고 보니, 비바람을 피하는 데 이보다 적합한 곳은 없을 것 같았다. 그는 몸을 떨며 길가로 돌아갔다. "그리 좋은 곳은 아니지만," 그가 어머니에게 말했다. "하룻밤은 여기서 묵어야겠어요." 그는 수레를 최대한 눈에 띄지 않게 숨겼다. 그리고 한 손으로는 어머니를 부축하고, 다른 손으로는 여행가방을 들고 더듬더듬 길을 찾아 다시 숲속으로 들어갔다.

그들은 차가워진 음식을 먹고 수북하게 쌓인 나뭇잎 위에 잠자리를 마련했다. 습기가 옷 속으로 스며드는 게 느껴졌다. 한밤중에 가랑비가 내리기 시작했다. 머리에 두른 담요 위로 빗방울이 떨어지는 동안 그들은 나무 밑에서 서로에게 최대한 밀착했다. 담요가 젖자 마이클은 수레까지 기어가서 비닐 덮개를 가져왔다. 그는 어머니의 머리를 자신의 어깨에 기대게 하고 그녀가 힘들게 몰아쉬는 밭은 숨소리를 들었다. 처음으로 그는 어머니가 불평하지 않는 이유는 너무 지쳤거나 더는 관심이 없기 때문일지 모른다고 생각했다.

그는 날이 밝기 전에 스텔렌보스와 파를로 가는 분기점에 도달하기 위해 일찍 출발할 생각이었다. 그러나 새벽녘까지 어머니가 그의 몸에 기댄 채 계속 잠을 잤고, 그는 그런 어머니를 깨우고 싶지 않았다. 공기가 점점 데워지면서 그 역시 졸음을 참기 힘들었다. 그가 어머니를 부축해 숲에서 나왔을 때는 이미 늦은 오전이었다. 그들이 비에 젖은 침구를 싣고 있을 때, 지나가던 사람 둘이 다가와 말을 걸었다. 이런 으슥한 곳에서 빈약한 체구의 남자와 노파를 보니, 쉽게 물건을 빼앗을 수 있겠다고 생각한 모양이었다. 이런 속셈을 드러내기라도 하듯 한 사람이 K에게 스테이크 칼을 내보였고(소맷부리에서 칼이 미끄러져 그의 손에 쥐어졌다), 다른 한 사람은 여행가방에 손을 댔다. K는 칼날이 번쩍인 그 순간, 어머니가 보는 앞에서 또 한번 수모를 당한 뒤 수레를 끌고 시 포인트에 있는 방으로 돌아가 날이면 날마다 그녀의 침묵을 견디며 손으로 귀를 막고 바닥에 앉아 있는 자신의 모습을 떠올렸다. 그는 수레 안으로 손을 뻗어 자신의 유일한 무기인, 축대에서 잘라낸 40센티미터쯤 되는 쇠막대를 꺼냈다. 그는 왼손을 치켜들어 얼굴을 방어하고 쇠막대를 휘두르며 칼을 든 젊은이를 향해 다가갔다. 안나 K의 날카로운 비명소리가 대기를 가득 채웠다. 젊은이는 그를 피해 동료가 있는 방향으로 뒷걸음쳤다. 낯선 자들이 뒤로 물러섰다. K는 아무 말 없이 그들을 노려보면서 계속 쇠막대로 위협했고 여행가방을 되찾았다. 그는 덜덜 떠는 어머니를 부축해 수레에 태웠다. 강도들은 여전히 스무 발자국도 떨어지지 않은 곳에서 어슬렁거렸다. K는 수레를 도로로 끌어내 천천히 그들에게서 멀어졌다. 그들이 잠시 뒤따라왔다. 칼을 든 남자는 무언의 몸짓으로 입술과 혀를 교묘히 놀리며 K를 조롱하고 위협했다. 그러더니 그들은 나타났을 때와 마찬가지로 갑자기 숲속으로 사라져버렸다.

고속도로에는 차가 없었다. 대신 사람들만 있었다. 나들이옷 차림의 사람들이, 전에는 아무도 걸은 적이 없는 도로 한가운데를 걸었다. 길가에는 잡초가 사람 가슴 높이까지 뒤죽박죽 자랐다. 도로면은 갈라졌고, 갈라진 틈에는 풀이 올라와 있었다. K는 분홍색 원피스를 똑같이 입고 교회에 가는 세 아이를 따라잡았다. 아이들은 K 부인이 앉아 있는 곳을 유심히 들여다보더니 그녀에게 뭐라고 재잘거렸다. 마이클이 스텔렌보스로 향하는 길로 방향을 꺾기 전까지 그중 제일 나이 많은 아이가 K 부인의 손을 잡고 걸었다. 그들과 헤어지기 전에 K 부인은 지갑에서 동전을 꺼내 세 소녀에게 하나씩 나눠주었다.

아이들이 일요일엔 수송대가 없다고 이야기해주었다. 그러나 스텔렌보스로 가는 길에 농부들을 태운 수송대가 그들을 지나쳤다. 두툼한 그물망이 덮인 트럭이 맨 앞에 있었다. 자동소총을 든 남자 둘이 트럭 뒤칸에 서서 전방을 주시했다. 그 뒤를 소형 트럭과 승용차가 따랐다. K는 그 행렬이 다 지나갈 때까지 길에서 벗어나 있었다. 차에 탄 사람들이 그들에게 호기심어린 눈길을 던졌고, 아이들은 손가락질하며 K가 알아들을 수 없는 말을 했다.

잎사귀가 다 떨어진 포도밭이 앞뒤로 펼쳐졌다. 하늘에서 참새떼가 나타나 인근의 덤불 위에 잠시 머물다 날아갔다. 교회 종소리가 들판에 울려퍼졌다. K의 머릿속에 헤이스 노리니어스에 있던 시절이 떠올랐다. 양호실 침대에서 일어나 앉아 베개를 두드리며 햇빛 속을 떠도는 먼지를 지켜보던 기억이었다.

그는 날이 어두워져서야 지친 걸음으로 스텔렌보스에 다다랐다. 텅 빈 거리에 차가운 바람이 몰아쳤다. 아직 잘 곳도 생각해놓지 않은 상태였다. 어머니가 기침을 했다. 기침을 할 때마다 숨을 헐떡거렸다. 그는 어느 음식점에 들러 카레가 든 고기 파이를 샀다. 그가 세 개를 먹고, 어머니가 한 개를 먹었다. 그녀는 입맛이 없는 듯했다. "의사한테 가야 되지 않을까요?" 그가 물었다. 어머니는 고개를 저으며 가슴을 두드렸다. "목이 말라서 그럴 뿐이다." 그녀는 내일이나 모레쯤이면 프린스 앨버트에 도착할 거라고 생각하는 모양이었다. 그는 어머니의 환상을 깨트리고 싶지 않았다. "그 농장 이름을 잊어버렸구나." 그녀가 말했다. "하지만 사람들에게 물어보면 알 수 있겠지. 짐마차 창고 벽을 따라 기다란 닭장이 있고, 언덕에 양수기가 있는 집이야. 언덕 중턱에는 우리가 살던 집이 있었어. 뒷문 밖에는 선인장이 자랐지. 네가 찾아야 할 곳이 바로 거기야."

그들은 골목에 종이상자를 깔고 잠을 잤다. 마이클이 종이상자의 기다란 면을 잠자리 위쪽으로 높게 걸쳐놓았지만, 바람에 넘어가버렸다. 어머니가 밤새도록 기침을 하는 바람에 그는 잠을 잘 수 없었다. 한번은 순찰차가 느리게 거리를 지나갔다. 그는 손으로 어머니의 입을 틀어막아야 했다.

동이 트자마자 그는 어머니를 다시 수레에 태웠다. 어머니는 고개를 늘어뜨린 채 자신이 어디에 있는지도 몰랐다. 그는 처음 만난 사람에게 병원이 어디냐고 물었다. 안나 K는 더이상 똑바로 앉아 있지도 못했다. 어머니가 몸을 숙이자 마이클은 수레가 뒤집어지지 않도록 안간힘을 써야 했다. 어머니의 몸에서 열이 났다. 그녀는 숨 쉬는 것조차 힘들어했다. "목이 너무 타는구나." 그녀가 나직이 말했다. 하지만 기침 소리는 축축하기만 했다.

그는 병원에서 어머니의 차례가 되어 불려들어갈 때까지 어머니를 부축하고 앉아 있었다. 그다음 그가 어머니를 보았을 때, 그녀는 의식이 없는 상태로 코에 튜브를 꽂은 채 수많은 이동침대 중 하나에 누워 있었다. 그는 뭘 해야 할지 몰라 복도를 서성거리다 밖으로 쫓겨났다. 그는 희미한 온기의 겨울 햇빛을 받으며 안뜰에서 오후를 보냈다. 그리고 두 번에 걸쳐 슬그머니 안으로 들어가 이동식 침대가 옮겨졌는지 확인했다. 세번째에는 발소리를 죽이고 어머니가 있는 곳으로 가서 몸을 숙여 들여다보았다. 숨을 쉬는 기미가 없었다. 공포에 사로잡힌 그는 접수대의 간호사에게 달려가 소매를 잡아끌며 말했다. "빨리 좀 와서 보세요!" 간호사는 몸을 흔들며 그의 손을 벗어났다. "누구시죠?" 간호사가 소리를 질렀다. 이동식 침대까지 그를 따라온 간호사는 먼 곳을 바라보며 어머니의 맥박을 쟀다. 그런 다음 아무 말 없이 자기 책상으로 돌아갔다. 그녀가 뭔가를 쓰는 동안 K는 말 못하는 개처럼 그 앞에 서 있었다. 그녀가 그를 돌아보았다. "내 말 잘 들어요." 그녀는 낮은 목소리로 무뚝뚝하게 말했다. "여기 있는 사람들 보이죠?" 그녀가 복도와 병실을 손짓으로 가리켰다. "이 사람들 모두가 치료를 받기 위해 기다리고 있어요. 우리는 이 사람들을 치료하며 하루에 스물네 시간 일해요. 나는 근무가 끝나면, 아니 가지 말고 내 말 들어봐요!" 그를 잡아끄는 사람은 이제 그녀였다. 그녀의 목소리가 커졌다. 그녀의 얼굴이 그의 얼굴 앞으로 바짝 다가왔다. 그녀는 너무 화가 나 눈물까지 글썽거렸다. "나는 근무가 끝나면 너무 피곤해 먹지도 못해요. 신발도 못 벗은 채 곯아떨어진다고요. 나는 한 사람일 뿐이에요. 둘도 아니고, 셋도 아니고, 한 사람이란 말이에요. 알아듣겠어요? 아니면 알아듣기 너무 어려운가요?" K는 눈길을 돌렸다. "미안합니다." 그는 무슨 말을 해야 할지 몰라 이렇게 중얼거리고 다시 뜰로 나갔다.

여행가방은 어머니가 있는 곳에 있었다. 그는 지난밤에 음식을 사고 거슬러 받은 잔돈 외엔 돈이 없었다. 그래서 도넛 한 개를 사서 먹고 수돗물을 마셨다. 그리고 거리를 돌아다녔다. 도로에 떨어진 무수히 많은 마른 낙엽이 발에 차였다. 공원이 나오자 벤치에 앉아 앙상한 나뭇가지 사이로 보이는 창백하고 푸른 하늘을 바라보았다. 다람쥐 한 마리가 그를 향해 찍찍 소리를 내자 그는 다시 출발했다. 그러다 갑자기 누가 수레를 훔쳐가지 않을까 걱정되어 황급히 병원으로 돌아갔다. 수레는 그가 놓아두었던 주차장에 그대로 있었다. 그는 담요와 방석과 스토브를 내렸다. 그러나 그것들을 어디에 숨겨둬야 할지 몰랐다.

그는 주간 근무 간호사들이 여섯시에 일을 마치고 떠나는 모습을 보았다. 이제 몰래 들어가도 될 것 같았다. 어머니는 복도에 없었다. 접수대로 가서 어머니가 어디에 있는지 물으니 병원 끝에 있는 부속건물로 가보라고 했다. 그런데 아무도 그가 말하는 건물을 알지 못했다. 다시 접수대로 돌아갔더니 아침에 다시 오라고 했다. 그는 복도에 있는 벤치에서 자도 되는지 물었지만 거절당했다.

그는 종이상자를 머리에 쓰고 골목에서 잠을 잤다. 어머니가 음식 꾸러미를 들고 헤이스 노리니어스로 그를 찾아오는 꿈을 꾸었다. "수레가 너무 느리구나." 어머니가 꿈속에서 말했다. "프린스 앨버트께서 나를 데리러 오고 있단다." 음식 꾸러미는 이상할 만큼 가벼웠다. 그는 너무 추워 잠에서 깼다. 다리를 펴기도 힘들었다. 멀리서 시계가 세시인지 네시인지 종을 울리는 소리가 들렸다. 맑은 하늘에 뜬 별이 그를 비추었다. 그런 꿈을 꾸었음에도 마음이 동요되지 않는다는 사실이 놀라웠다. 그는 담요로 몸을 감싼 채 골목길을 왔다갔다하다 거리를 따라 걸으며 어두운 쇼윈도 안을 들여다보았다. 마름모꼴 쇠창살 뒤에 봄옷으로 단장한 마네킹이 서 있는 게 보였다.

마침내 그는 병원으로 들어갔고 여자 병실에서 어머니를 찾을 수 있었다. 어머니는 검정 코트 대신 흰 환자복을 입고 있었다. 눈을 감고 누워 있는 그녀의 코에는 낯익은 튜브가 꽂혀 있었다. 입술은 늘어지고, 얼굴은 수척했으며, 팔뚝 살갗마저 쭈그러진 것처럼 보였다. 어머니의 손을 꽉 쥐어보았지만 아무런 반응이 없었다. 병실에는 병상이 네 개 있었는데, 그 사이가 한 발짝도 되지 않아 앉을 자리가 없었다.

열한시가 되자 병원 잡역부가 비스킷 하나와 찻잔이 놓인 접시를 어머니의 침대 맡에 놓고 나갔다. 마이클은 어머니의 머리를 받치고 찻잔을 입술에 대주었다. 그러나 어머니는 마시려 하지 않았다. 그는 자기 배에서 꼬르륵 소리가 나는 걸 들으며 오랫동안 기다렸다. 차가 식었다. 잡역부가 다시 돌아올 즈음, 그는 차를 단숨에 마시고 비스킷을 삼켜버렸다.

그는 침대 발치에 붙은 차트를 들여다보았다. 하지만 그게 어머니 것인지, 아니면 다른 사람 것인지 분간할 수 없었다.

복도에서 그는 흰 상의를 입은 남자를 붙들고 일자리를 부탁했다. "돈은 필요 없어요." 그가 말했다. "그저 일만 할 수 있으면 됩니다. 바닥 청소 같은 일도 좋고, 정원 일도 좋습니다." "아래층 사무실에 가서 물어보시오." 남자는 이렇게 말하며 그를 밀치고 지나갔다. K는 사무실이 어디인지 찾을 수 없었다.

병원 뜰에 있던 남자가 그에게 말을 걸어왔다. "궤매러 온 거요?" K는 고개를 저었다. 남자는 그의 얼굴을 뜯어보았다. 그러고는 트랙터가 자신을 덮치는 바람에 다리가 으스러지고 엉덩이뼈가 부러졌고, 의사들이 녹슬지 않는 핀을 뼛속에 집어넣었다는 이야기를 길게 늘어놓았다. 그 남자는 이상한 모양으로 각이 진 알루미늄 지팡이를 짚고 걸었다. "먹을 걸 어디서 구할 수 있는지 아시나요?" K가 물었다. "어제부터 아무것도 못 먹었거든요." "이보시오." 남자가 말했다. "가서 우리 두 사람이 먹을 파이를 사 오는 게 어떻겠소." 남자가 그에게 1랜드 동전을 주었다. K는 제과점에 가서 뜨뜻한 닭고기 파이 두 조각을 사가지고 돌아왔다. 그는 그의 친구와 나란히 벤치에 앉아 파이를 먹었다. 파이가 너무 맛있어서 눈물이 날 지경이었다. 남자는 그에게 발작성 경련에 시달리는 누이 얘기를 해주었다. K는 나무에서 지저귀는 새 소리를 들으며, 새처럼 행복한 시절이 자신에게도 있었는지 기억해보려고 했다.

그는 오후에 한 시간, 저녁에 한 시간을 어머니의 침대 곁에서 보냈다. 어머니는 안색이 창백했고, 숨은 쉬는 둥 마는 둥 했다. 한번은 그녀의 턱이 움직이기도 했다. K는 어머니의 말라붙은 입술 사이에서 침 줄기가 짧아졌다 길어졌다 하는 모습을 홀린 듯 지켜보았다. 그녀가 무슨 말을 속삭이는 것 같았다. 하지만 무슨 소리인지 알아들을 수 없었다. 간호사는 그에게 어머니가 지금 진정제를 맞는 중이니 나가라고 했다. "뭣 때문이죠?" K가 물었지만 아무 대답도 들을 수 없었다. 그는 잡역부가 뒤돌아 있는 사이에 어머니와 옆에 있는 노파의 차를 죄 지은 개처럼 몰래 꿀꺽 삼켰다.

골목으로 돌아와보니, 그가 깔아놓았던 종이상자들이 사라지고 없었다. 그날 밤 그는 길가의 우묵 들어간 문간에 누워 잤다. 머리 위에 '르 루 & 해팅—프로커리어스*'라고 쓰인 청동판이 걸려 있었다. 경찰

---

* 아프리칸스어로 '변호사'.

순찰차가 지나갈 때 잠깐 깨기도 했지만 곧 다시 잠들었다. 지난밤만큼 춥지는 않았다.

낯선 여자가 머리를 붕대로 동여맨 채 어머니의 침대를 차지하고 있었다. K는 침대 발치에 서서 그녀를 빤히 보다가 생각했다. 내가 병실을 잘못 찾아왔는지도 모르지. 그는 간호사를 잡고 물었다. "저희 어머니, 어머니가 어제까지만 해도 여기에 계셨는데요……" "접수대에 가서 물어보세요." 간호사가 말했다.

"당신 어머니는 지난밤에 돌아가셨어요." 여자 의사가 그에게 말했다. "우리는 최선을 다해 살리려고 했지만, 몸이 너무 약한 상태였어요. 당신에게 연락하려고 했는데, 전화번호를 남기지 않았더군요."

그는 구석에 있는 의자에 앉았다.

"전화를 하고 싶은가요?" 의사가 물었다.

이 말은 분명 뭔가에 대한 암호였다. 그가 모르는 암호. 그는 고개를 저었다.

그는 누군가가 가져다준 차를 한 잔 마셨다. 주변을 맴도는 사람들이 신경쓰였다. 그는 두 손을 움켜쥐고 자신의 발을 노려보았다. 뭔가 말해야 하는 걸까? 그는 계속 주먹을 쥐었다 폈다 했다.

그들은 그를 아래층으로 데려가 어머니를 보게 해주었다. 어머니는 팔을 옆구리에 붙이고 누워 있었다. 여전히 가슴에 'KPA-CPA*'라는 글자가 쓰인 헐렁한 셔츠 차림이었다. 튜브는 없었다. 그는 잠시 어머니를 바라보았다. 그런 다음에는 어디를 봐야 할지 알 수 없었다.

* 케이프 지방관청.

"다른 친척은 없나요?" 접수대에 있던 간호사가 물었다. "친척들에게 전화하시겠어요? 대신 걸어드릴까요?" "그건 중요하지 않습니다." K는 이렇게 말하고 구석에 있는 소파로 다시 가서 앉았다. 그는 혼자 남았다. 점심때가 되자 병원에서 쟁반에 담긴 음식을 가져다주었고, 그걸 먹었다.

여전히 구석에 앉아 있는 그에게 정장에 넥타이를 맨 남자가 다가와 말을 걸었다. 남자는 어머니의 이름, 나이, 거주지, 종교 등이 무엇인지, 스텔렌보스에서는 무슨 일을 했으며, 여행에 필요한 서류를 갖고 있는지 물었다. "저는 어머니를 고향으로 모셔 가는 중이었어요. 케이프타운은 춥고 늘 비가 내려 어머니의 건강에 좋지 않았거든요, 저는 어머니가 건강을 회복할 수 있는 곳으로 모시고 가던 중이었어요. 스텔렌보스에 머물 생각은 없었어요." 여기까지 말하고 나자 너무 많은 이야기를 해버렸다는 두려움이 일기 시작했다. 그래서 더는 묻는 말에 대답하지 않으려 했다. 남자는 단념하고 가버렸다. 잠시 후 그가 다시 돌아와 K 앞에 쪼그리고 앉아 물었다. "정신병원이나 장애인 수용소나 구호기관에 있었던 적이 있습니까? 돈을 받고 일한 적은요?" K는 대답하지 않으려 했다. "그럼 여기에 서명해요." 남자가 서류를 내밀고 서명할 자리를 가리키며 말했다. K가 고개를 젓자 남자가 직접 서명했다.

근무 교대가 끝났다. K는 주차장으로 나가서 좀 걸었다. 이리저리 거닐다 깨끗한 밤하늘을 올려다보기도 했다. 그런 다음 다시 벽에 붙은 의자로 돌아와 앉았다. 아무도 나가라고 하지 않았다. 잠시 후 주변에 아무도 없게 되자, 그는 어머니를 보기 위해 아래층으로 내려갔다.

그런데 어머니를 찾을 수 없었다. 그게 아니라면, 어머니가 있는 곳으로 통하는 문이 잠긴 것이었다. 그는 더러워진 리넨이 담긴 커다란 철망 바구니 속으로 기어들어가 고양이처럼 웅크린 채 잠을 잤다.

어머니가 죽은 지 둘째 날, 처음 보는 간호사가 그 앞에 나타났다. "마이클, 이제 나갈 시간이에요." 그는 그녀를 따라 현관의 접수대로 갔다. 여행가방과 갈색 종이로 묶인 꾸러미 두 개가 그를 기다리고 있었다. "돌아가신 어머니의 옷가지와 여행가방에 들어 있던 소지품을 싼 거예요." 낯선 간호사가 말했다. "이제 가져가도 돼요." 그녀는 안경을 썼다. 그녀는 마치 카드에 적힌 내용을 읽듯이 말했다. K는 접수대에 앉아 있는 여자가 곁눈으로 그들을 지켜보고 있다는 것을 알아차렸다. "이 꾸러미는," 간호사가 말을 이었다. "어머니의 유골이에요. 마이클, 어머니를 오늘 아침에 화장했어요. 원하시면 우리가 적절히 처리할게요. 가져가도 되고요." 그녀가 손톱 하나로 의문의 꾸러미를 건드리며 말했다. 꾸러미는 두 개 다 갈색 테이프로 말끔히 봉해져 있었다. 그녀가 가리킨 것은 더 작은 꾸러미였다. "우리가 처리할까요?" 그녀의 손톱이 꾸러미를 가볍게 쓰다듬었다. K는 고개를 저었다. "여기는," 그녀가 두번째 꾸러미를 그에게 쑥 건네주며 계속해서 말했다. "당신에게 필요한 옷가지와 세면용품 몇 가지를 넣어두었어요." 그러곤 그의 눈을 빤히 들여다보며 미소를 지었다. 접수대에 앉아 있던 여자는 몸을 돌려 타이핑하던 일로 되돌아갔다.

그렇다면 태울 곳이 있다는 말이구나, K는 생각했다. 그는 병실에 있던 노파들이 옆구리에 손을 붙이고 눈과 입술이 열기에 오그라든 채 활활 타는 용광로 속으로 차례차례 들어가는 모습을 그려보았다. 처음에는 머리칼이 화염에 휩싸이고, 잠시 후에는 그 밖의 모든 것이 마지막 하나까지 타버릴 것이다. 그사이에 그런 일이 있었다는 말이었다. "내가 그걸 어떻게 알죠?" 그가 물었다. "뭘 어떻게 안다는 말인가요?" 간호사가 되물었다. 그는 조급하게 상자를 가리켰다. "내가 그걸 어떻게 아느냔 말입니다." 그가 이의를 제기했지만, 그녀는 대답하지 않았다. 아니면 무슨 말인지 이해하지 못했거나.

그는 주차장으로 가서 커다란 꾸러미를 찢어 열어젖혔다. 거기에는 안전 면도칼, 비누 한 개, 수건 한 장, 어깨에 밤색 견장이 달린 흰색 재킷, 검은색 바지, 번쩍번쩍 빛나는 금속 배지가 달리고 '세인트 존 앰뷸런스'라고 쓰인 검은색 베레모가 들어 있었다.

그는 접수대의 간호사에게 가서 옷가지들을 들어 보였다. 안경을 낀 간호사는 사라지고 없었다. "왜 나한테 이런 걸 준 거죠?" 그가 물었다. "나한테 묻지 말아요." 그녀가 말했다. "누가 놓고 갔나보죠." 그녀는 그의 얼굴을 쳐다보지도 않으려 했다.

그는 비누와 면도칼을 던져버렸다. 옷도 던져버릴까 하다 그만뒀다. 그가 입고 있는 옷에서는 냄새가 나기 시작했다.

그는 이제 더이상 병원에 볼일이 없었지만 좀처럼 병원을 떠날 수 없었다. 낮에는 수레를 끌고 인근 도로를 돌아다녔고, 밤이 되면 지하 배수로나 담벼락 뒤, 골목길에서 잠을 잤다. 오후에 자전거를 타고 하교하는 아이들이 벨을 울려대며 서로 경주하는 모습이 그에게는 낯설어 보였다. 사람들이 평소처럼 먹고 마시는 것도 낯설었다. 정원사 일을 다시 해볼까 싶어 수소문하고 다녀보기도 했지만, 그에게 자선을 베풀 이유가 없는 집주인들이 문을 열 때부터 싫다는 내색을 보이자 그만 움츠러들고 말았다. 비가 오면 수레 밑으로 기어들었다. 멍하니 손가락을 응시하며 오랫동안 앉아 있는 때도 있었다.

그러다가 철교 밑에서 잠을 자면서 안드링가 스트리트의 주류 판매점 뒤 공터를 기웃거리는 남녀 무리에 끼게 되었다. 그는 때때로 그들에게 수레를 빌려주기도 했다. 또 그들에게 뭔가 주고 싶어져 스토브도 줘버렸다. 어느 날 밤 한창 자고 있는데 그가 베고 있던 여행가방을 누가 가져가려고 했다. 싸움이 벌어졌고, 그는 다른 곳으로 옮겼다.

한번은 경찰차가 옆에 멈춰 서고 경찰관 두 명이 내리더니 그의 수레를 조사했다. 그들은 여행가방을 열고 안에 든 것을 샅샅이 뒤졌다. 그들은 두번째 꾸러미의 포장지도 벗겼다. 종이상자가 나왔고, 그 안에는 짙은 회색 유골이 담긴 비닐봉지가 들어 있었다. K도 그걸 본 건 처음이었다. 그는 고개를 돌렸다. "이게 뭐지?" 경찰관이 물었다. "어머니의 유골입니다." K가 대답했다. 경찰관은 뭔가 미심쩍다는 듯 봉지를 양손으로 던지고 받다가 K의 귀에는 들리지 않게 동료에게 무슨 말인가를 했다.

그는 몇 시간씩 병원 앞 도로 건너편에 서 있기도 했다. 병원은 전에 생각했던 것보다 작았다. 지붕에 붉은 타일을 얹은 기다랗고 낮은 건물일 뿐이었다.

그는 더이상 통금령을 지키지 않았다. 그것이 자신에게 해가 될 것이라고 생각하지 않았다. 설령 그렇다 해도 상관없었다. 그는 흰색 재킷과 검은색 바지와 베레모로 이뤄진 새로운 차림으로 수레를 밀며 가고 싶은 곳은 어디든 갔다. 때때로 공기처럼 가벼운 느낌에 완전히 매료되기도 했다. 몸이 전보다 약해진 것 같았지만 아프지는 않았다. 어머니의 지갑에서 돈을 꺼내 도넛이나 파이를 사서 하루에 한 끼만 먹었다. 돈을 벌지 않고 쓰기만 하는 즐거움이 있었다. 돈이 얼마나 빨리 떨어지는지는 신경쓰지 않았다.

그는 어머니의 코트 안감에서 찢어낸 기다란 검은 헝겊 조각을 핀으로 고정해 팔에 두르고 다녔다. 그러나 자신이 어머니를 그리워하지 않는다는 것을 알았다. 평생 그녀를 그리워하며 살았음에도.

할일이 없어진 그는 점점 더 잠이 많아졌다. 장소와 시간을 불문하고 어떤 자세로든 잘 수 있었다. 한낮에 보도에 누워 사람들이 그의 몸을 넘어다니는 상황에서도 잘 수 있었고, 여행가방을 다리 사이에 끼운 채 벽에 기대서서 잘 수도 있었다. 잠은 온화한 안개처럼 그의 머릿속으로 찾아들었고, 그는 저항할 생각이 없었다. 누구에 대해서도, 무엇에 대해서도 꿈은 꾸지 않았다.

어느 날 수레가 사라졌다. 그는 어깨를 으쓱했을 뿐 대수롭지 않게 생각했다.

아무래도 얼마 동안은 스텔렌보스에 머물러야 할 모양이었다. 그 시간을 단축시킬 방법이 없었다. 낮이면 그는 비틀비틀 걸어다니다 자주 길을 잃었다.

어느 날 그는 종종 그러던 것처럼 여행가방을 들고 반후크 로드를 따라 걸었다. 안개 끼고 우울한 아침나절이었다. 뒤에서 말발굽소리가 들렸다. 처음에는 신선한 거름 냄새가 나더니 마차가 서서히 그를 앞질렀다. 클라이즈데일 짐말이 끄는 시청 소속의 뚜껑 없는 낡은 녹색 쓰레기 수거 마차였는데, 검은색 방수복을 입은 노인이 몰고 있었다. 잠시 동안 그들은 나란히 움직였다. 노인이 고개를 살짝 끄덕였다. K는 잠시 머뭇거리다 길게 뻗은 안개 낀 도로를 유심히 살폈다. 그러고는 결국 자신을 붙잡을 게 아무것도 없다는 사실을 깨달았다. 그는 마차에 올라타 노인 옆에 앉았다. "고맙습니다." 그가 말했다. "도움이 필요하시면 도와드릴게요."

그러나 노인은 도움을 필요로 하지 않았고, 얘기할 기분도 아니었다. 노인은 고갯길 정상을 1.5킬로미터쯤 지난 곳에서 그를 내려주고 비포장도로로 들어섰다. K는 하루종일 걷다 유칼립투스로 가득한 숲에서 잠을 잤다. 높은 나뭇가지 위로 바람이 사납게 불었다. 다음날 정오쯤 그는 파를로 가지 않고 국도를 따라 북쪽으로 향했다. 그리고 첫번째 검문소가 보이는 곳에서 멈춘 뒤, 그곳을 걸어 지나는 사람들 누구도 제지당하지 않는다는 사실을 확인할 때까지 눈에 띄지 않는 곳에 숨어 기다렸다.

무장 호위를 받는 수송대 차량들의 기다란 행렬이 여러 번 지나쳤다. 그때마다 그는 굳이 도로를 벗어나 숨지 않고, 다른 사람들이 그러듯 손을 내보이며 서 있었다.

그는 길가에서 잠을 잤고 이슬에 젖어 깨어났다. 그의 앞에서 길이 구불구불 이어지다가 안개 속으로 사라졌다. 새들은 지저귀는 소리 없이 덤불에서 덤불로 날아 움직였다. 그는 여행가방을 막대기에 걸어 어깨에 걸쳤다. 이틀 동안 아무것도 먹지 못한 상태였다. 그러나 그의 인내심은 끝이 없는 것 같았다.

고갯길을 1.5킬로미터쯤 올라가자 안개 속에서 불빛이 보이고 사람들 목소리가 들렸다. 소리 나는 쪽이 가까워지자 베이컨 굽는 냄새가 배를 요동치게 만들었다. 남자 몇 명이 서서 불을 쬐고 있었다. 그가 다가가자 그들은 하던 얘기를 멈추고 그를 노려보았다. 그는 베레모에 손을 올려 예의를 차렸지만 아무도 반응을 보이지 않았다. 그들을 지나치고, 길가에 지펴놓은 또다른 모닥불을 지나치고, 헤드라이트를 켠 채 일렬로 꼬리에 꼬리를 물고 서 있는 차량 행렬을 다시 지나친 후에야 그는 차들이 멈춰 선 이유를 알았다. 아무런 글자 없이 연푸른색으로 칠한 연접식 트럭이 도로를 가로막은 채 뒷바퀴들이 골짜기 입구에서 대롱거리고 있었다. 운전석은 완전히 불에 탄 상태였고, 적재함은 연기로 검게 그을렸다. 밀가루 부대를 실은 화물 트럭이 그 차와 부딪혀 하얀 밀가루가 길바닥에 쏟아져 있었다. 나머지 수송대가 굽이진 길까지 후진해 있는 모습이 K의 눈에 들어왔다. 라디오 두 대에서 경쟁사들의 방송이 각각 큰 소리로 흘러나오고 있었다. 위쪽에서는 처량하게 양이 울었다. 순간 K는 걸음을 멈추고 쏟아진 밀가루를 호주머니에 퍼 담을까 생각해보았으나, 그걸 갖고 뭘 해야 할지 몰라 그만두었다. 그는 터벅터벅 걸어 트럭 여러 대를 지나쳤다. 양을 실은 트럭도 지나쳤다. 너무 빽빽하게 실어서 몇 마리는 뒷다리로만 서 있어야 했다. 그리고 그를 전혀 아랑곳하지 않은 채 모닥불 주위에 모여 있는 한 무리의 군인들도 지나쳤다. 수송대 뒤쪽에는 횃불 두 개가 타오르고 있었다. 조금 더 가니 양동이에 담긴 타르가 도로 중앙에서 타고 있었지만 아무도 신경쓰지 않았다.

일단 수송대를 뒤로하고 지나쳐오자 K는 마음이 놓였다. 이제 안전하다는 생각이 들었다. 그러나 또 한번 굽이진 길에 이르자 위장 전투복을 입은 군인 한 명이 덤불에서 튀어나와 그의 가슴에 자동소총을 겨누었다. K는 멈춰 섰다. 군인은 총을 내리고 담배에 불을 붙여 한 모금 빨더니 다시 총을 겨누었다. K는 그 총이 자신의 얼굴이나 목을 겨누고 있다고 생각했다.

"넌 누구냐?" 군인이 물었다. "어디로 가는 길이지?"

K가 대답하려는 순간 군인이 말을 가로챘다. "꺼내봐." 군인이 말했다. "그 안에 뭐가 있는지 꺼내보란 말이다."

여전히 희미한 음악소리가 들리긴 했지만, 그들은 수송대가 보이지 않는 곳에 있었다. K는 어깨에서 가방을 내려 열어젖혔다. 군인은 그에게 물러나 있으라는 손짓을 하더니 담배를 손가락으로 눌러 끄고 가방을 뒤집었다. 파란색 모직 슬리퍼, 흰색 블루머, 칼라민 로션이 든 분홍색 플라스틱 병, 갈색 약병, 황갈색 비닐 핸드백, 꽃무늬 스카프, 부채꼴 무늬 스카프, 검은색 모직 코트, 장신구 상자, 갈색 스커트, 녹색 블라우스, 신발, 내의류, 갈색 종이로 싼 꾸러미, 흰색 비닐 꾸러미, 짤그락 소리가 나는 커피 깡통, 탤컴 파우더, 손수건, 편지, 사진, 유골 상자 등이 길바닥에 모두 쏟아졌다. K는 꼼짝도 하지 않았다.

"이런 것들을 다 어디서 훔쳤지?" 군인이 물었다. "너 도둑이지? 산을 넘어 달아나는 도둑놈이로군." 그가 군화로 핸드백을 건드리며 말했다. "뭐가 들었는지 꺼내봐." 그는 장신구 상자를 건드리고, 다시 커피 깡통을 건드렸다. 그리고 다른 상자도 건드렸다. "꺼내봐." 그는 이렇게 말하고 뒤로 물러섰다.

K는 커피 깡통을 열어 보였다. 커튼 고리가 들어 있었다. 그는 그것을 손바닥에 꺼내 보여준 다음 다시 깡통에 넣고 닫았다. 다음으로 장신구 상자를 열고 들어 보였다. 가슴이 쿵쿵 뛰었다. 군인이 상자 속을 뒤지더니 브로치 하나를 집고 뒤로 물러나며 미소 지었다. K는 상자를

닫았다. 이번엔 핸드백을 열어 보여주었다. 군인이 손짓을 했다. K는 내용물을 길바닥에 쏟았다. 손수건, 빗과 거울, 휴대용 분갑, 지갑 두 개가 떨어졌다. 군인이 지갑을 가리키자 K가 그에게 건넸다. 그는 그걸 윗주머니에 집어넣었다.

K는 입술을 축였다. "그건 내 돈이 아니에요." 그가 꽉 잠긴 목소리로 말했다. "어머니가 일해서 모은 어머니의 돈이에요." 그건 사실이 아니었다. 그의 어머니는 죽고 없었다. 그녀에게는 돈이 필요치 않았다. 그럼에도 어머니 돈인 건 맞았다. 군인은 아무 말도 하지 않았다. "당신은 뭘 위해 전쟁을 한다고 생각하죠?" K가 물었다. "다른 사람의 돈을 빼앗기 위해서인가요?"

"당신은 뭘 위해 전쟁을 한다고 생각하죠?" 군인은 K의 입술이 움직이는 모양을 흉내내며 말했다. "이 도둑놈아, 입 조심해. 네놈을 죽여서 덤불에 던져 파리 밥이 되게 할 수도 있으니까. 나한테 전쟁 어쩌고 나불대지 말란 말이야." 그가 총으로 유골 상자를 가리키며 말했다. "열어봐."

K는 뚜껑을 열고 상자를 내밀었다. 군인은 비닐봉지를 자세히 쳐다보았다. "이게 뭐야?"

"유골입니다." 그의 목소리가 더욱 침착해졌다.

"열어봐." 군인이 말했다. K는 봉지를 열었다. 군인은 두 손가락으로 가루를 집어 조심스럽게 냄새를 맡았다. "제기랄!" 그의 눈이 K의 눈과 마주쳤다.

K는 무릎을 꿇고 어머니의 물건을 다시 가방에 담았다. 군인은 옆으로 비켜서 있었다. "이제 가도 됩니까?" K가 물었다.

"서류는 괜찮으니 가도 좋다." 군인이 말했다. K는 가방을 막대기에 꿰어 어깨에 멨다.

"잠깐만." 군인이 말했다. "너, 구급차 같은 데서 일하냐?"

K는 고개를 저었다.

"잠깐, 잠깐만." 군인은 호주머니에서 지갑을 꺼내 둘둘 말린 지폐 뭉치에서 10랜드짜리 갈색 지폐를 뽑아서 펴더니 K 쪽으로 휙 던졌다. "팁이다." 그가 말했다. "아이스크림이나 사 먹어."

K는 돌아가서 지폐를 주웠다. 그리고 다시 출발했다. 군인은 금세 안개 속으로 사라져버렸다.

그의 생각에 자신이 겁쟁이처럼 행동한 것 같지는 않았다. 그러나 조금 더 가다보니, 이제는 여행가방을 갖고 있을 필요가 전혀 없다는 생각이 문득 들었다. 그는 비탈진 곳으로 올라가 추위를 대비한 검은색 코트와 유골 상자만 챙긴 뒤 수풀 속에 가방을 놓았다. 그리고 비에 맞고 햇빛에 그을리다 벌레들이 원한다면 마음껏 갉아먹을 수 있도록 여행가방을 열어두었다.

길에 그밖에 없는 걸 보니 위에서 내려오는 수송대 행렬이 멈춘 게 분명했다. 늦은 오후가 되자 터널이 그의 시야에 들어왔다. 남쪽 입구에 경비 초소가 있었다. 그는 도로를 벗어나 비탈을 올라가 울창하고 축축한 수풀을 헤치며 나아갔다. 밤이 되어서야 일란츠리피르와 북쪽으로 향하는 도로가 내려다보이는 산등성이에 이르렀다. 멀리서 개코원숭이의 날카로운 울음소리가 들렸다. 그는 막대기를 옆에 놓고 어머니의 코트로 몸을 감싼 뒤 툭 튀어나온 바위 밑에서 잠을 잤다. 새벽이 되자 그는 교량을 피하기 위해 계곡 쪽으로 크게 우회하여 다시 움직이기 시작했다. 그날의 첫번째 수송대가 지나갔다.

그는 하루종일 걸었다. 가능한 한 도로는 피해 다녔다. 밤에는 풀이 웃자란 럭비 경기장 구석의 방갈로에서 잤다. 일렬로 늘어선 유칼립투스 나무들이 도로와 경계를 지어주었다. 방갈로의 창문은 부서지고, 문은 경첩이 떨어져 있었다. 바닥은 깨진 유리와 낡은 신문지, 바람에 날려온 낙엽으로 덮여 있었다. 벽의 갈라진 틈 사이로 옅은 황색 풀이 자랐고, 배수관 밑에는 달팽이들이 떼 지어 있었다. 그러나 지붕은 멀쩡했다. 그는 수북한 나뭇잎과 종잇조각을 구석으로 밀치고 잠자리를 준비했다. 그리고 거센 비바람 소리에 자다 깨다를 반복했다.

일어나보니 여전히 비가 내리고 있었다. 배가 고파 머리가 어질어질했다. 그는 문간에 서서 비에 흠뻑 젖은 잔디밭과 나무들, 멀리 회색 안개에 둘러싸인 언덕을 바라보았다. 한 시간 동안 빗줄기가 약해지기를 기다렸다가 옷깃을 세우고 폭우 속으로 달려나갔다. 그는 럭비 경기장 구석의 철조망을 기어올라 잔디와 잡풀이 수북하게 자란 사과 과수원으로 들어갔다. 벌레 먹은 사과가 발치에 널려 있었다. 가지에 달린 사과는 작은데다 병이 든 상태였다. 비 때문에 베레모가 귀 쪽으로 납작하게 내려앉고, 검은색 코트는 털가죽처럼 몸에 찰싹 달라붙었다. 그는 초점 없는 눈으로 서서 사과의 성한 부분을 여기저기 베어물고 토끼처럼 빠르게 씹었다.

그는 과수원 안으로 깊숙이 들어갔다. 방치한 흔적이 도처에 역력했다. 사과나무 밭이 끝나자 공터가 나왔고, 그 너머로 벽돌로 지은 헛간과 초가지붕에 흰 벽으로 된 농가가 보였다. 이 모든 광경에 그는 버려진 땅에 와 있다고 믿기 시작했다. 공터에는 꽃양배추, 당근, 감자가 심겨진, 잘 가꿔진 조그만 채소밭이 있었다. 그는 사과 과수원을 나와 폭우 속에 엎드린 채 반쯤 자란 노란 당근을 부드러운 땅에서 뽑기 시작했다. 그는 생각했다. 이곳은 하느님의 땅이니 나는 도둑이 아니다. 그러나 머릿속에는 농가 뒤창에서 총알이 발사되고, 덩치 큰 독일산 셰퍼드가 그를 물어뜯으려고 전속력으로 달려오는 모습이 그려졌다. 주머니가 가득해지자 그는 잔뜩 긴장해 일어섰다. 처음에는 당근 줄기 끝부분을 가져다가 나무 밑에 흩뜨려놓을 생각이었지만, 그냥 원래 있던 곳에 그대로 두었다.

밤새 비가 그쳤다. 아침이 되자 그는 축축한 옷을 입은 채 도로로 나왔다. 날음식을 먹어 배가 든든했다. 수송대가 다가오는 소리가 들리면 일단 숲속으로 슬금슬금 몸을 숨겼다. 혹여 자신의 더러운 옷과 수척하고 기진맥진한 모습 때문에, 길을 나서려면 서류가 필요하다는 사실을 알기에는 너무 무지하거나, 어떠한 해를 입어도 전혀 상관하지 않는 시골뜨기 부랑자쯤으로 보이지 않을까 싶기도 했지만, 여하튼 숨었다. 오토바이를 탄 경비대가 앞서고, 그 뒤를 이어 장갑차와 헬멧을 쓴 나이 어린 군인을 가득 실은 수송대가 지나가는 데 꼬박 오 분이 걸렸다. 그는 몸을 숨기고 행렬을 바라보았다. 마지막 차량에 타고 있던, 스카프를 두르고 보안경과 양털 모자를 쓴 기관총사수가 볼란트 쪽으로 사라지기 직전에 순간적으로 그와 눈이 마주친 것 같았다.

그는 지하배수로에서 잠을 잤다. 그리고 다음날 오전 아홉시쯤 우스터의 굴뚝과 고압선 철탑이 보이는 곳에 이르렀다. 도로에 들어서자 그는 더이상 혼자가 아니었다. 그는 뿔뿔이 흩어져 거리를 걸어가는 사람들의 행렬에 끼었다. 젊은이 셋이 하얀 입김을 내뿜으며 씩씩한

걸음걸이로 그를 지나쳐갔다.

시 외곽으로 가니 검문소가 있었다. 주변에 경찰차와 사람들이 많이 몰려 있었다. 파를에서 본 이후로 처음 보는 검문소였다. 순간 그의 마음에 동요가 일었다. 왼쪽에는 집들이, 오른쪽에는 벽돌공장이 있었다. 빠져나갈 길은 뒤쪽뿐이었다. 그래서 그냥 계속 앞으로 나아갔다.

"저 사람들이 원하는 게 뭐죠?" 그가 앞에 있는 여자에게 낮은 목소리로 물었다. 그녀는 그를 쳐다보더니 다시 고개를 돌리고 아무 말도 하지 않았다.

그의 차례가 되었다. 그는 주민증을 꺼내 보였다. 경찰 트럭 두 대 사이로 서 있는 줄의 맨 앞에 이르자 검문을 통과한 사람들이 보였다. 그런데 한쪽에 남자들 한 무리가 말없이 서 있었다. 남자뿐이었다. 경찰관 하나가 개를 데리고 그들을 감시했다. 만약 내가 아주 어수룩하게 보이면 통과시켜줄지도 몰라, 그는 생각했다.

"어디서 왔지?"

"프린스 앨버트에서요." 그는 입속이 바짝 탔다. "프린스 앨버트에 있는 집에 가려고요."

"허가서 있나?"

"잃어버렸습니다."

"좋아. 저쪽에서 기다려." 경찰관이 곤봉으로 방향을 가리키며 말했다.

"전 지체하고 싶지 않아요. 시간이 없거든요." K가 낮은 목소리로 말했다. 그가 두려워한다는 걸 그들이 눈치챘을까? 누군가 그의 팔을 움켜잡았다. 그는 도살장의 짐승처럼 뒷걸음쳤다. 뒤에 있는 사람이 주민증을 내밀었다. 아무도 그의 말을 들어주지 않았다. 개를 데리고 있는 경찰관이 신경질적인 몸짓을 했다. K는 앞으로 떠밀리다 마지막엔 스스로 몇 걸음 걸어가 잡혀 있던 사람들 무리에 끼었다. 그들은 마치 더러운 걸 피하듯 옆으로 비켜섰다. 그는 유골 상자를 끌어안은 채 개의 노란 눈을 돌아보았다.

K는 쉰 명가량의 낯선 사람들과 함께 기차역으로 실려가 식은 죽과 차를 배급받아 먹은 뒤 옆에 있던 객차에 올랐다. 문이 잠겼다. 그들은 갈색과 검은색 제복을 입은 무장 철도 경찰이 감시하는 가운데 다른 포로 서른 명이 도착해 기차에 오를 때까지 대기했다.

K 옆의 창가에 나이들어 보이는 사람이 정장 차림으로 앉아 있었다. K가 그의 소매를 건드리며 물었다. "우리를 어디로 데려가는 거죠?" 낯선 사람이 그를 올려다보며 어깨를 으쓱했다. "우리를 어디로 데려가든 무슨 상관이란 말이오? 올라가든지 내려가든지 둘 중 하나겠지. 기차란 본래 그런 거요." 그는 사탕 봉지를 꺼내 K에게 사탕 한 개를 건넸다.

증기기관차가 측선으로 후진하더니 기적소리와 함께 덜커덩거리며 객차에 연결되었다. 낯선 사람이 말했다. "북쪽에 있는 토우스 리버로 가는군." K가 대답하지 않자 남자는 그에게 흥미를 잃은 것 같았다.

기차는 측선에서 빠져나와 우스터 뒤를 지나 움직이기 시작했다. 여자들은 빨래를 널고 아이들은 담벼락 위에 서서 손을 흔들었다. 기차가 점점 속력을 내기 시작했다. K는 전화선이 오르락내리락하는 모습을 바라보았다. 기차는 몇 킬로미터에 걸쳐 황량하게 버려진 포도밭을 지나갔다. 그 위로 까마귀들이 원을 그리며 날고 있었다. 기차의 엔진은 산을 오르느라 분투하기 시작했다. K는 몸을 떨었다. 옷에서 나는 곰팡내 사이로 자신의 땀 냄새가 풍겨왔다.

기차가 멈추고 호위병이 문을 열었다. 그들이 밖으로 발을 내디딘 순간, 거기에 멈춘 이유가 분명해졌다. 기차는 더이상 나아갈 수 없었다. 경사면에서 흘러내린 바위와 황토가 전방의 철로를 수북이 뒤덮고, 언덕 중턱은 쫙 갈라져 있었다. 그걸 보고 누가 음담을 하자 웃음소리가 터져나왔다.

흙더미 위에 올라서니 반대편에 또다른 기차가 서 있는 게 보였다. 사람들이 개미떼처럼 붙어서 포클레인을 화차에서 내려 비탈길 아래로 굴리고 있었다.

완전히 막힌 건 아니고 선로가 약간 이탈한 상태였다. K는 사람들과 함께 선로를 복구하는 일에 배정되었다. 오후 내내 감독관과 호위병이 지켜보는 가운데 그와 동료들은 휜 선로를 들어내고 바닥을 다지고 침목을 놓는 일을 했다. 저녁때가 되자 산사태가 난 곳 아래로 빈 화차가 지나갈 수 있을 정도의 선로가 생겼다. 그들은 작업을 잠시 멈추고 잼을 바른 빵과 차로 저녁을 먹었다. 그런 다음 증기기관차의 전조등 불빛을 받으며 흙더미 위로 올라가 진흙과 돌을 화차에 퍼 담기 시작했다. 처음에는 그들이 서 있는 위치가 더 높아 화차 안으로 흙을 바로 던져넣을 수 있었다. 그러나 흙더미가 점점 낮아질수록 한 삽 가득 푼 흙을 옆으로 던져 올려야 했다. 화차에 흙이 가득 담기자 증기기관차가 그걸 끌고 선로를 따라 내려왔고, 흙을 퍼 담았던 사람들이 어둠 속에서 그걸 다시 퍼냈다.

저녁을 먹고 기운이 좀 났던 K는 곧 다시 지치고 말았다. 삽질을 할 때마다 힘이 들었다. 허리를 펴면 등에 찌르는 듯한 통증이 느껴지고 하늘이 빙글빙글 돌았다. 갈수록 일하는 속도가 느려졌다. 그러다 결국 선로변에 주저앉아 무릎 사이로 고개를 떨구고 말았다. 시간이 지났다. 시간이 얼마나 흘렀는지 알 수 없었다. 그의 귀에 들리는 소리도 점점 희미해졌다.

누군가 그의 무릎을 가볍게 치며 말했다. "일어나!" 그는 가까스로 일어나 희미한 불빛 사이로 검은색 코트에 검은색 모자를 쓴 감독관을 쳐다보았다.

"내가 왜 여기에서 일해야 하죠?" K가 물었다. 그는 머리가 어질어질했다. 말들이 먼 곳에서 메아리쳐오는 것 같았다.

감독관이 어깨를 으쓱하며 말했다. "시키는 대로 해." 그러고는 막대기를 들어 K의 가슴팍을 찔렀다. K는 삽을 집어들었다.

그들은 한밤중이 될 때까지 몽유병자처럼 움직이며 노역을 이어갔다. 그리고 마침내 객차 안으로 들어가 의자에 앉아 서로 기대거나 맨바닥에 누워 잠을 잤다. 창문은 고지대의 혹심한 추위 때문에 닫혀 있었다. 바깥의 호위병들은 발을 쿵쿵거리며 왔다갔다하고 추위에 떨면서 욕을 해댔다. 그리고 번갈아가며 객차 안으로 슬며시 들어와 손을 녹였다.

추위에 피곤함까지 겹친 K는 유골 상자를 안고 누웠다. 옆에서 자던 사람이 몸을 밀착하더니 꿈결에 그를 껴안았다. 나를 아내로 착각하는 모양이군. 그는 생각했다. 지난밤에 같이 잤겠지. 그는 날이 새기를 기다리며 뿌연 창문을 응시했다. 그러다 잠이 들었다. 호위병들이 아침에 문을 열었을 때, 그는 몸이 너무 굳어 일어서기도 힘들었다.

다시 죽과 차가 나왔다. 그는 우스터를 떠나올 때 말을 걸었던 남자 옆에 앉았다.

"어디 아픈가요?" 남자가 물었다.

K는 고개를 저었다.

"말을 하지 않으니까," 남자가 말했다. "아픈 줄 알았소."

"아프지 않아요." K가 대답했다.

"그렇다면 너무 비참해하진 마시오. 이건 감옥 생활도 아니고 무기 징역형도 아니니까. 그저 집단노동일 뿐이오. 아무것도 아니지."

K는 미지근한 옥수수죽을 다 먹지 못했다. 호위병들과 감독관 두 명이 이제 그들 사이를 돌아다니며 손뼉을 치거나 그들을 콕콕 찌르며 일어서라고 채근했다.

"당신이라고 특별할 건 없소." 그 남자가 말했다. "우리 중 누구도 특별할 게 없고." 남자는 죄수, 호위병, 감독관 모두를 가리키는 듯한 몸짓을 하며 말했다. K는 먹지 않은 죽을 긁어 땅바닥에 버렸다. 그들은 자리에서 일어났다. 매부리코 감독관이 자기 코트 뒷자락을 막대기로 찰싹 치면서 지나갔다. "기운 내!" 그 남자가 K의 어깨를 가볍게 두드리고 웃으며 말했다. "곧 제자리로 돌아갈 테니까!"

포클레인이 마침내 반대쪽 경사면에 닿아 흙을 착착 퍼냈다. 정오가 되자 3미터 넓이의 길이 뚫렸고, 토우스 리버에서 온 복구반 사람들이 선로를 다시 놓을 수 있게 되었다. 북쪽에 있던 기차가 증기를 내뿜기 시작했다. 지저분해진 흰색 구급차 재킷을 입고 외투와 유골 상자를 챙긴 K는 지쳐서 말이 없어진 사람들 속에 섞여 기차에 올랐다. 누구도 그를 제지하지 않았다. 기차는 서서히 후진해 북쪽으로 향했다. 객차 끝에서 무장 호위병 두 명이 사람들을 응시했다.

K는 두 시간 내내 잠을 자는 척했다. 한번은 앞에 앉아 있던 남자가 배가 고팠는지 K의 발 사이에 놓인 상자를 슬쩍 잡아당겨 뚜껑을 열었다. 남자는 거기에 담긴 뼛가루를 보고 뚜껑을 닫은 뒤 다시 밀어놓았다. K는 반쯤 감긴 눈으로 그 모습을 지켜보았지만 제지하지 않았다.

그들은 오후 다섯시에 토우스 리버에서 내렸다. K는 앞으로 무슨 일이 벌어질지 모르는 채 플랫폼에 서 있었다. 그가 기차를 잘못 탔다는 걸 알고 그를 우스터로 돌려보낼지도 몰랐다. 서류가 없다는 이유로 이 낯설고 황량하고 바람 많은 곳에 그를 가둬버릴지도 모를 일이었다. 비상사태라도 발생해 같이 온 남자들 쉰 명에게 몇 년씩 토우스 리버를 남북으로 오르락내리락하게 하며 죽과 차만 먹이면서 무보수로 일을 시킬지도 모를 일이었다. 밤사이 산사태나 홍수, 폭발이 일어나 선로를 보수해야 하는 비상사태는 얼마든지 있을 수 있었다. 그러나 실제로는 호위병 두 명이 그들을 플랫폼에서 데리고 나가 탄재가 깔린 넓은 조차장에 그들을 내버려둔 채 등을 돌렸다. 중단되었던 삶을 다시 살아가라는 것이었다.

K는 지체하지 않고 선로를 가로질러 울타리에 난 구멍으로 머리를 들이밀고 기차역을 빠져나가 주유소, 여관, 놀이공원이 있는 국도변으로 향했다. 회전목마는 화려한 페인트칠이 다 벗어졌고, 주유소는 문을 닫은 지 오래였다. 그러나 문간에 코카콜라 광고판이 붙어 있고, 창문으로 말라비틀어진 오렌지 상자가 보이는 자그만 가게는 아직 영업을 하는 것 같았다. K가 문가로 다가가 가게 안으로 발을 들이려는데, 검은 옷을 입은 작달막한 노파가 팔을 내저으며 달려나왔다. 그러고는

그가 미처 대응하기도 전에 느닷없이 그를 문 밖으로 밀어내더니 그의 얼굴 앞에서 빗장을 철거덕 걸었다. 그는 유리창 안을 들여다보며 문을 두드렸다. 10랜드짜리 지폐를 꺼내 보였지만, 노파는 쳐다보지도 않고 높은 계산대 뒤로 사라져버렸다. 기차에 같이 탔던 남자 두 명이 K의 뒤를 따라오다 쫓겨나는 그의 모습을 보았다. 그들 중 하나가 유리창을 향해 자갈을 한 움큼 집어던지고는 돌아서서 떠났다.

K는 그 자리에 계속 서 있었다. 책이 꽂힌 선반 너머 진열장에 놓인 사탕 사이로 아직 노파의 검은 옷자락이 보였다. 그는 손을 눈 위에 대고 기다렸다. 펠트를 가로지르는 바람 소리와 머리 위 간판이 삐걱거리는 소리 외엔 아무것도 들리지 않았다. 잠시 후 노파가 계산대 위로 고개를 내밀었다. 그리고 그와 눈이 마주쳤다. 그녀는 굵은 검은 테 안경을 쓰고 흰머리를 단정하게 뒤로 빗어 넘긴 모습이었다. 그녀 뒤의 선반에 통조림, 옥수수 가루, 설탕, 분말 세제 등이 놓여 있는 걸 K는 알아볼 수 있었다. 계산대 앞 바닥에는 레몬이 담긴 바구니가 있었다. 그는 지폐를 펴서 머리 위로 들어올려 유리창에 갖다댔다. 노파는 꿈쩍도 하지 않았다.

그는 주유소 펌프 옆에 있는 수도꼭지를 틀어보았다. 물은 나오지 않았다. 가게 뒤에 있는 수도꼭지에서 물을 마셨다. 주유소 뒤 펠트에는 폐차들이 수십 대 세워져 있었다. 그는 열리는 게 하나라도 나올 때까지 폐차 문을 하나씩 잡아당겨보았다. 문이 열린 차는 뒷좌석이 사라지고 없었다. 그러나 그는 다른 차를 찾기에 너무 피곤한 상태였다. 해는 산 너머로 지고 있었고, 구름은 오렌지색으로 변했다. 그는 차문을 닫고 먼지가 쌓인 움푹한 바닥에 상자를 깔고 누워 곧 잠이 들었다.

아침에 보니 가게가 열려 있었다. 계산대에는 카키색 옷을 입은 키 큰 남자가 있었다. K는 아무 문제 없이 토마토소스 콩 통조림 세 개와 분유 한 봉지와 성냥을 샀다. 그리고 주유소 뒤로 가서 불을 지폈다. 통조림이 데워지는 동안, 손바닥에 분유를 쏟아 핥아먹었다. 간단히 식사를 마친 그는 큰길을 따라 터벅터벅 걸었다. 오른쪽에서 햇빛이 비쳤다. 그는 하루종일 걸었다. 덤불과 돌뿐인 이 평지엔 숨을 곳이 없었다. 수송대 행렬이 양방향으로 지나다녔지만 신경쓰지 않았다. 저녁이 되자 길에서 벗어나 울타리를 넘어 마른 강바닥으로 가서 잠잘 곳을 찾았다. 그는 불을 피우고 두번째 콩 통조림을 데워 먹었다. 그리고 밤의 소음과 자갈 위를 총총 걸어가는 소리, 새들이 나무 사이에서 바스락거리는 소리를 무심히 흘려들으며 타다 남은 모닥불 옆에서 잠이 들었다.

일단 울타리를 넘어 펠트로 들어서자 걷기가 훨씬 수월했다. 그는 하루종일 걸었다. 저녁 어스름에 운 좋게도 가시나무 가지에 앉으려는 멧비둘기 한 마리를 돌로 잡을 수 있었다. 목을 비틀고 털을 뽑은 다음 철사 꼬챙이에 꿰어 구워서 마지막 남은 콩 통조림과 함께 먹었다.

아침이 되자 너덜너덜한 갈색 군복 상의를 입은 늙은 농부가 그를 거칠게 깨웠다. 노인은 이상할 정도로 격하게 그곳에서 나가라고 경고했다. "저는 여기에서 잠을 잤을 뿐 다른 짓은 하지 않았어요." K가 항변했다 "여기에 와서 문제 일으키지 마!" 노인이 말했다. "네가 그들의 펠트에 들어온 걸 알면 너를 쏴 죽일 거야! 문제만 일으킬 거라고! 자, 꺼져!" K가 길을 물었지만, 노인은 손을 내저으며 모닥불 잿더미를 발로 차기 시작했다. 그는 물러났다. 그리고 한 시간 동안 큰길을 따라

터벅터벅 걷다가 안전하다고 느껴지자 다시 울타리를 넘어갔다.

그는 둑 옆에 있는 여물통에서 으깬 옥수수와 동물 뼛가루를 양철통에 반쯤 퍼내 모래가 섞인 그대로 물을 붓고 끓여 죽으로 만들어 먹었다. 그는 옥수수와 동물 뼛가루를 베레모에 가득 퍼 담으며 생각했다. 마침내 땅에서 먹고사는구나.

때때로 그의 바짓가랑이가 스치는 소리 외에는 아무 소리도 들리지 않았다. 눈에 보이는 거라곤 텅 빈 풍경뿐이었다. 그는 언덕을 기어올라가 누워서 침묵에 귀를 기울이며 태양의 온기가 뼛속으로 스며드는 걸 느꼈다.

덩치에 비해 귀가 크고 몸집이 작은 이상한 개 세 마리가 덤불 뒤에서 튀어나와 달아났다.

나는 여기에서 영원히, 아니면 죽을 때까지 살 수도 있겠구나. 그는 생각했다. 어쩌면 죽을 때까지. 아무 일도 일어나지 않을 것이고, 매일 매일이 똑같을 것이고, 할말도 없을 것이다. 큰길을 걸으며 느꼈던 조바심이 사라지기 시작했다. 그는 걸으면서도 자신이 깨어 있는지, 아니면 잠들어 있는지 모를 때가 종종 있었다. 사람들이 이런 곳에 틀어박혀 수 킬로미터에 달하는 침묵의 울타리를 치고 사는 것을 이해할 수 있었다. (무슨 자격으로 그러는지는 그가 알 수 없었지만) 사람들이 자기 자식과 손자에게 침묵의 특권을 남겨주고 싶어하는 이유를 이해할 수 있었다. 그는 울타리와 울타리 사이에 잊힌 구석이나 모퉁이 또는 통로, 즉 아직 누구에게도 속하지 않은 땅이 있지 않을까 싶었다. 공중으로 높이 날아오르면 그런 곳을 찾아낼 수 있을지도 모른다는 생각이 들었다.

비행기 두 대가 남쪽에서 북쪽으로 하늘을 가로질렀다. 지나가면서 남긴 연기 자국이 서서히 희미해지고 소리도 여운만 남았다.

랭스버그 외곽에 있는 마지막 언덕을 오르는 사이 해가 점점 기울었다. 다리를 건너 시내 중심가에 도착할 즈음 햇빛은 희미한 보라색이 되었다. 그는 주유소와 상점과 여관을 지났다. 모두 닫혀 있었다. 개 한 마리가 짖기 시작했는데, 한번 시작하더니 계속 짖었다. 그러자 다른 개들도 따라 짖었다. 가로등도 없었다.

그는 희뿌연 쇼윈도 안에 아이들 옷이 진열된 가게 앞에 섰다. 누군가 그를 지나쳐가다 걸음을 멈추고 되돌아와서 말했다. "종소리가 울리면 통행금지 시간이에요. 이 거리에서 벗어나는 게 좋을 거예요."

K는 몸을 돌렸다. 그보다 나이가 적어 보이는 사람이 녹색과 금색이 뒤섞인 운동복을 입고 나무로 된 공구상자를 들고 서 있었다. 그 낯선 이가 본 것이 무엇인지 그는 알지 못했다.

"괜찮으세요?" 젊은 남자가 물었다.

"여기에 머물려는 게 아니에요." K가 말했다. "프린스 앨버트에 가는 중입니다. 먼길이죠."

그러나 결국 그는 낯선 이를 따라갔고, 그 집에서 구운 빵과 수프를 먹은 뒤 잠을 잤다. 그 집은 아이가 셋이었다. K가 음식을 먹는 내내 막내인 여자아이는 어머니 무릎에 앉아 어머니가 뭐라고 귓속말을 해도 그에게서 눈을 떼지 않으려 했다. 여자아이보다 손위인 아이 둘은 각자의 접시에서 눈을 떼지 않았다. K는 잠시 머뭇거리다 자신의 여정에 대해 얘기했다. "며칠 전에 한 남자를 만났는데," 그가 말했다. "사람들이 자기 땅에 누가 들어오면 총으로 쏜다고 하더군요." 그의 친구가 고개를 저으며 말했다. "그런 얘기는 들어본 적 없어요. 사람들은 서로 도우며 살아야 해요. 이게 저의 신념입니다."

K는 이 말을 곰곰이 생각해보았다. 나에게는 사람들을 돕겠다는 신념이 있을까? 그는 궁금했다. 사람들을 도울 수도 있고, 돕지 않을 수도 있다. 그러나 그걸 미리 알 수는 없었다. 양쪽 다 가능한 일이었다. 자신에게는 신념이 없는 것 같았다. 아니, 도움에 관한 신념이 없는 것 같았다. 어쩌면 나는 무정한 사람인지도 몰라, 그는 생각했다.

불이 꺼지자 K는 아이들이 뒤척이는 소리를 들으며 한참 누워 있었다. 그가 아이들 침대를 차지하는 바람에 아이들은 바닥에 매트리스를 깔고 잤다. 잠결에 자신이 뭐라고 중얼거리는 느낌을 받아 한 차례 깨기도 했다. 하지만 아무도 그의 말을 못 들은 것 같았다. 다시 잠에서 깨었을 때는 불이 켜져 있었다. 아이들의 부모는 아이들에게 손님이 와 있으니 조용히 하라고 이르며 학교에 보낼 준비를 했다. 그는 창피한 생각이 들어 이불 속에서 바지를 입고 밖으로 나갔다. 하늘에는 아직 별이 빛나고 있었고 동쪽 지평선이 분홍빛으로 물들어 있었다.

사내애가 그에게 와서 아침식사를 하라고 전했다. 식탁에 앉자 그는 다시 무언가 말하고 싶은 충동이 일었다. 그는 식탁 모서리를 잡고 몸을 꼿꼿이 세웠다. 가슴이 벅찼다. 고맙다는 말을 하고 싶었다. 그러나 결국 말이 제대로 나오지 않았다. 아이들이 그를 빤히 쳐다보았다. 침묵이 이어졌고 아이들의 부모는 눈길을 돌렸다.

부모가 큰아이 둘에게 시어버비어크스푸어르트로 가는 분기점까지 그와 같이 가주라고 했다. 분기점에 이르러 헤어지기 전에 사내애가 물었다. "그건 유골인가요?" K가 고개를 끄덕이며 말했다. "보고 싶니?" 그는 상자를 열고 비닐봉지의 매듭을 풀었다. 사내애가 먼저 유골의 냄새를 맡자 누이동생이 따라 했다. "그걸 어쩌려고요?" 사내애가 물었다. "어머니가 오래전에 태어나신 곳으로 가져가는 중이란다." K가 말했다. "어머니가 그걸 원하셨거든." "사람들이 그분을 불에 태웠나요?" 소년이 물었다. 타오르는 불빛이 K의 머릿속에 떠올랐다. "어머니는 아무것도 느끼지 못하셨지." 그가 말했다. "그때는 이미 돌아가신 상태였으니까."

랭스버그에서 프린스 앨버트까지 가는 데 사흘이 걸렸다. 그는 펠트에서 뭐라도 먹으려 해봤지만, 결국 굶주린 채 비포장도로를 따라 농가를 멀리 우회했다. 한번은 한낮의 열기에 호젓한 둑에서 옷을 벗고 물에 들어가기도 했다. 또 한번은 소형 트럭을 몰고 가던 농부가 길가에 차를 세우고 그를 불렀다. 농부는 그에게 어디로 가느냐고 물었다. "프린스 앨버트로요." 그가 말했다. "가족을 보러 갑니다." 그의 낯선 억양에 농부가 석연치 않게 생각하는 게 분명했다. "올라타." 농부가 말했다. K는 고개를 저었다. "타라니까. 태워다줄게." 농부가 다시 말했다. "괜찮아요." K는 대답하고, 계속 걸었다. 트럭이 먼지를 자욱이 일으키며 사라졌다. K는 곧바로 길에서 벗어나 강바닥 쪽으로 내려가서 밤이 될 때까지 숨어 있었다.

나중에 그 농부를 떠올렸을 땐 개버딘 모자와 그를 부르던 뭉툭한 손가락밖에 기억나지 않았다. 농부의 손가락 마디마다 청동색 털이 나 있었다. 그의 기억은 모두 전체적이지 않고 부분적인 것 같았다.

넷째 날 아침, 그는 언덕에 쪼그려앉아 그 위로 떠오르는 해를 바라보며 마침내 프린스 앨버트에 도착했음을 알았다. 수탉이 울었다. 집

유리창마다 불빛이 깜빡거렸다. 한 아이가 당나귀 두 마리를 몰고 길게 뻗은 중심가를 걸어갔다. 공기는 아주 차분했다. 언덕을 내려와 마을로 향하는데, 어딘가에서 차분하고 단조로운 남자 목소리가 계속 들려오기 시작했다. 어리둥절해진 그는 걸음을 멈추고 귀를 기울였다. 프린스 앨버트의 목소리인가? 프린스 앨버트는 죽었다고 생각했는데. 그는 무슨 말인지 알아들으려고 해보았다. 목소리가 안개나 향기처럼 대기 중에 가득차 있었지만, 너무 희미하거나 너무 단조로워서 무슨 말인지 알아들을 수 없었다. 그 소리가 단순히 누군가를 어르거나 뭔가를 읊조리는 소리가 아니라 말소리라면 그랬다. 그때 목소리가 그치고 취주악단 소리가 멀리서 희미하게 들려왔다.

K는 남쪽에서 마을로 들어가는 길을 따라 걸었다. 낡은 물레방아를 지나고, 울타리가 둘러쳐진 정원을 지났다. 울타리 안에서 적갈색 개 두 마리가 무섭게 짖어대며 그에게 달려들려고 난리를 쳤다. 집을 몇 채 더 지나자 젊은 여자가 바깥 수돗가에 쪼그려앉아 그릇을 씻고 있었다. 그녀는 어깨 너머로 그를 흘깃 바라보았다. 그는 베레모에 손을 올려 예의를 갖췄다. 그녀는 고개를 돌렸다.

이제 양쪽으로 가게가 늘어선 길에 들어섰다. 빵집, 카페, 옷가게, 은행, 철공소, 잡화점, 자동차 수리점 등이 있었다. 잡화점 앞에 철망 셔터가 내려져 있었다. K는 철망에 등을 대고 앉아 햇빛 때문에 부신 눈을 감았다. 내가 이곳에 왔구나, 그는 생각했다. 드디어 왔구나.

한 시간 후 K는 여전히 그곳에 앉아 입을 벌린 채 잠들어 있었다. 아이들이 서로 쑥덕대고 낄낄거리며 그의 주변에 모여 있었다. 아이들 중 하나가 그의 베레모를 슬쩍 벗겨 머리에 쓰고는 그의 입 모양을 흉

내내 입을 씰룩였다. 아이의 친구들은 가까스로 웃음을 참았다. 아이는 K의 머리에 베레모를 삐딱하게 씌우고 상자를 몰래 빼내려고 했다. 그러나 그의 두 손이 상자 위에 포개져 있었다.

가게 주인이 열쇠를 갖고 도착했다. 아이들은 뒤로 물러났다. 가게 주인이 셔터를 올리기 시작할 때쯤 K가 깨어났다.

가게 안은 어둑하고 어수선했다. 양철 욕조와 자전거 바퀴가 팬 벨트, 라디에이터 호스 등과 함께 천장에 걸려 있었다. 못이 담긴 상자, 높게 쌓인 플라스틱 양동이, 통조림이 진열된 선반, 처방전 없이 살 수 있는 약, 사탕, 아기 옷, 청량음료도 있었다.

K는 계산대로 갔다. "포슬루 씨나 피서르 씨라는." 그가 말했다. 어머니의 기억으로는 이름이 그랬다. "포슬루 씨나 피서르 씨라는 분을 찾고 있습니다. 농부예요."

"포슬루 부인 말인가?" 가게 주인이 말했다. "호텔에 있는 포슬루 부인? 포슬루라는 남자는 없거든."

"오래전에 농부였던 포슬루 씨나 피서르 씨라는 분을 찾고 있어요. 그 이름이 맞는지는 잘 모르겠지만, 농장을 보면 알 수 있을 거예요."

"농사를 짓는 포슬루나 피서르라는 사람은 없어. 혹시 피사기 씨 집을 말하는 건가? 뭣 때문에 그 집을 찾지?"

"거기로 가져가야 할 게 있어서요." 그가 상자를 들어 보였다.

"그렇다면 쓸데없이 먼길을 왔군. 피사기 씨의 농장에는 아무도 없어. 오래전부터 비어 있지. 찾는 사람 이름이 피사기 맞아? 피사기 씨 가족은 오래전에 떠났어."

K는 생강과자 한 봉지를 달라고 했다.

"누가 당신을 여기로 보낸 거지?" 가게 주인이 물었다. K는 멍하니 쳐다보기만 했다. "자기가 뭘 하는지 정도는 아는 사람한테 일을 시켜야지. 내가 그렇게 말했다고 전하게." K는 웅얼웅얼하며 그곳을 떠났다.

이제 어디에 물어봐야 할지 생각하며 걷고 있는데 아이 중 하나가 달려오며 소리쳤다. "아저씨, 제가 피사기 씨 농장이 어디 있는지 알아요!" K는 걸음을 멈췄다. "그런데 거긴 비어 있어요. 아무도 살지 않아요." 아이는 K에게 크루이드폰테인이 나올 때까지 북쪽으로 가다 동쪽으로 방향을 틀어 농로로 접어든 다음 무르데나르스리피르 계곡을 따라가라고 알려주었다. "농장은 큰길에서 얼마나 떨어져 있니?" K가 물었다. "가깝니, 머니?" 아이는 잘 모르는 모양이었다. 아이의 친구들도 마찬가지였다. "손가락 모양 표지판이 보이면 그쪽으로 따라가세요. 피사기 씨 농장은 산밑에 있어요. 걸어가기엔 꽤 멀어요." K는 아이들에게 사탕을 사 먹으라며 동전을 주었다.

그는 정오가 지나서야 손가락 모양 표지판이 있는 곳에 도착했고, 거기에서 황량하고 어스레한 평지로 이어지는 길로 접어들었다. 산등성이에 오르자 해가 지고 있었다. 야트막한 흰색 농가가 눈에 들어왔다. 그 너머로 물결치는 듯한 평지가 작은 언덕으로 이어지고, 다시 가파르고 검은 산기슭으로 이어졌다. 그는 농가로 다가가 주위를 한 바퀴 돌았다. 덧문은 잠겨 있었다. 지붕 옆면이 바스러져서 생긴 구멍으로 바위비둘기 한 마리가 날아 들어갔다. 지붕널이 찌그러져서 목재가 훤히 드러나 있었다. 늘어진 지붕널이 바람에 단조롭게 펄럭였다. 뒤뜰에는 아무것도 자라지 않는 암석 정원이 있었다. 그가 상상했던 것과 달리 짐마차 창고는 없고 나무와 철골로 지은 헛간이 있었다. 헛간에는 철망에 노란색 테이프가 펄럭이는 텅 빈 닭장이 붙어 있었다. 집 뒤 언덕에는 윗부분이 없어진 펌프가 있었다. 멀리 펠트에서 또다른 펌프의 날개가 반짝이는 모습이 보였다.

앞문과 뒷문은 닫혀 있었다. 덧문을 잡아당기자 잠금 고리가 느슨해졌다. 그는 손을 둥글게 말아서 눈에 대고 창문 안을 들여다보았지만 아무것도 보이지 않았다.

헛간으로 들어서자 제비 두 마리가 깜짝 놀라 밖으로 날아갔다. 먼지와 거미줄로 뒤덮인 써레 하나가 바닥 대부분을 차지하고 있었다. 어두워서 잘 보이지 않았지만 파라핀과 양털, 타르 냄새를 맡을 수 있었다. 그는 벽을 따라 나아갔다. 곡괭이, 삽, 파이프 자투리, 철사 고리, 빈 병이 담긴 상자에 몸이 긁혔다. 그는 빈 사료 포대가 나오자 멈춰섰다. 그리고 포대들을 밖으로 끌어내 깨끗이 털고 베란다에 깔아 잠자리를 만들었다.

그는 남은 비스킷을 먹었다. 아직 돈이 반쯤 남았지만 더는 쓸 데가 없었다. 날이 어두워졌다. 처마 밑에서 박쥐가 날개를 퍼덕이는 소리가 들렸다. 그는 잠자리에 누워 밤의 대기 속에서, 낮보다 빽빽하게 들어찬 대기 속에서 들려오는 소리에 귀를 기울였다. 이제 여기 있구나, 그는 생각했다. 아니면 적어도 어딘가에는 와 있구나. 그는 잠이 들었다.

아침에 일어나 그가 첫번째로 발견한 것은 농장을 돌아다니는 염소였다. 열두 마리에서 열네 마리쯤 되어 보이는 염소 무리가 집 뒤에서 나타나 느린 걸음으로 뜰을 가로질렀다. 구불구불한 뿔이 달린 늙은 숫염소가 무리를 이끌었다. K가 잠자리에서 몸을 일으켜 쳐다보자 놀란 염소들이 달가닥달가닥 소리를 내며 강바닥 쪽으로 달려갔다. 그러고는 순식간에 시야에서 사라졌다. 그는 앉아서 한가롭게 신발 끈을 맸다. 그때 문득 콧김을 뿜고 털이 부얼부얼한 저 짐승이나 그와 비슷한 동물을 잡아 죽여 잘라서 먹어야 살 수 있겠다는 생각이 머릿속에 스쳤다. 그에게는 주머니칼밖에 없었다. 그는 염소들을 뒤쫓아다녔다. 하루종일 염소를 사냥하며 보냈다. 처음에 야단법석을 떨던 염소들은 나중에 자기들을 괴롭히는 인간에게 익숙해졌다. 날씨가 더워지자 염소들은 때때로 그가 몇 발짝 접근해올 때까지 꼼짝하지 않다 갑자기 달아나곤 했다. 염소들을 향해 살금살금 거리를 좁혀가는 순간, K는 온몸이 떨리기 시작하는 걸 느꼈다. 자신이 칼을 든 야만인이 됐다는 사실이 믿기지 않았다. 또한 갈색과 흰색으로 얼룩덜룩한 염소의 목을 칼로 찌르다 칼날이 젖혀져 손을 다치지나 않을까 하는 두려움을 떨쳐낼 수 없었다. 그러다 염소들이 다시 달아나버리면, 스스로 사기를 잃지 않기 위해 그는 혼잣말이라도 해야 할 것이다. 저들에게는 생각이 많겠지만 나에게는 오직 한 가지 생각밖에 없다. 내가 가진 한 가지 생각이 결국 저들이 가진 많은 생각보다 더 강할 것이다. 그는 울타리 쪽으로 염소들을 몰아보려 했지만 녀석들은 언제나 요리조리 빠져나갔다.

염소들을 따라다니다보니 녀석들이 전날 농가에서 보았던 펌프와 둑 주변으로 커다란 원을 그리며 도망친다는 것을 알게 되었다. 가까이 가서 보니 네모진 콘크리트 둑에 넘쳐흐를 정도로 물이 가득했다. 주변 땅에는 흙탕물이 흐르고 싱싱한 시금치가 자랐다. 가까이 다가가자 개구리가 물속으로 뛰어드는 소리가 들렸다. 물을 마시고 나서야 그곳이 그렇게 풍요롭다는 사실에 놀라고, 도대체 누가 둑에 물을 가득 채워놓았을까 궁금해졌다. 오후 늦게, 이 그늘에서 저 그늘로 천천히 도망치는 염소들을 따라 사냥을 계속하고 있던 그는, 그제야 의문이 풀렸다. 바람이 가볍게 일자 바퀴가 삐걱거리며 돌아가기 시작했고, 펌프에서 철거덕거리는 소리가 나면서 파이프에서 소량의 물이 간헐적으로 흘러나왔다.

그는 배가 고픈데다 몹시 지친 상태였지만, 사냥을 단념하기에는 너무 심취해 있었다. 밤사이 수 킬로미터에 걸친 펠트 어딘가로 사냥감이 사라져버리지나 않을까 두려웠다. 그래서 포대를 가져와 염소들과 최대한 가까운 맨땅에 펼쳐놓고 보름달 아래에서 불편한 잠을 잤다. 그러다 한밤중에 염소들이 물을 마시며 첨벙거리고 콧김을 내뿜는 소리에 잠에서 깼다. 아직도 기진맥진해 머리가 어지러웠다. 그는 일어서서 녀석들을 향해 비틀비틀 나아갔다. 순간 염소들이 무릎까지 오는 물속에서 그를 향해 돌아서며 무리를 지었다. 그가 염소들을 향해 물속으로 뛰어들자 녀석들은 깜짝 놀라 사방으로 흩어졌다. 그의 발치로 미끄러진 한 마리가 진흙 속에서 물고기처럼 발버둥치며 다시 일어서려 하고 있었다. K는 온몸으로 녀석을 덮쳤다. 세게 몰아쳐야 해. 그런 생각이 들었다. 끝까지 몰아쳐야 해. 물러서면 안 돼. 염소의 엉덩이가 그의 몸을 밀어올리는 것이 느껴졌다. 염소는 공포에 질려 울고 또 울다가 갑자기 몸을 홱 움직였다. K는 염소 등에 걸터타고 손으로 목을 틀어쥐었다. 그리고 온 힘을 다해 염소의 머리를 물에 처박은 다음, 질퍽한 진흙 속으로 눌러버렸다. 염소의 옆구리가 요동쳤지만 무릎으로 바이스처럼 몸통을 죄었다. 염소의 발길질이 약해지기 시작한 순간 하마터면 그냥 놔줄 뻔했다. 그러나 충동은 지나갔다. 염소가 마지막 콧김을 내뿜으며 바르르 떨고 난 뒤에도 그는 염소의 머리를 진흙 속에 처박은 채 오랫동안 누르고 있었다. 차가운 물에 팔다리의 감각이 없어지기 시작할 즈음에야 몸을 일으켜 물에서 나왔다.

그날 밤 달이 하늘을 가르며 움직이는 동안, 그는 다시 잠들지 못하고 젖은 옷을 입은 채로 이를 덜덜 떨며 발을 동동 굴렀다. 새벽이 다가와 앞이 보일 정도로 날이 밝자 그는 농장으로 돌아가 두 번 생각할 겨를도 없이 팔꿈치로 유리창을 깼다. 마지막 유리 파편 소리가 사라지자 다시 깊은 침묵이 깃들었다. 그는 걸쇠를 풀고 창문을 활짝 열었다. 그리고 이 방 저 방에 들어가보았다. 찬장, 침대, 옷장 등 큰 가구를 제외하고 아무것도 없었다. 먼지 자욱한 바닥 위로 그의 발자국이 찍혔다. 부엌에 들어가자 날갯짓 소리가 부산하게 들리더니 새들이 지붕에 난 구멍으로 들어갔다. 여기저기 새똥이 널려 있었다. 부서진 지붕 옆면 아래 벽 쪽에 벽돌 더미가 있었다. 그곳에선 심지어 자그만 식물이 자라기까지 했다.

부엌엔 작은 식료품 저장실이 딸려 있었다. K는 창문을 열고 덧문을 밀어젖혔다. 한쪽 벽에 나무통들이 줄지어 서 있었는데, 모래와 쥐똥처럼 생긴 것이 담긴 통을 제외하면 전부 텅 비어 있었다. 한쪽 선반에는 짝이 안 맞는 물건, 플라스틱 컵, 유리병 등 주방 용품들이 하나같이 먼지와 거미줄에 뒤덮여 있었다. 다른 선반에는 쓰다 남은 기름과 식초가 담긴 병, 가루 설탕과 분유가 담긴 단지, 설탕 조림 세 병이 있었다. K는 그중 하나의 뚜껑을 열고 밀랍 봉인을 긁어낸 뒤 살구 비슷한 맛이 나는 무언가를 허겁지겁 집어먹었다. 입속에 든 과일의 단맛과 젖은 옷에서 나는 칙칙한 진흙 냄새가 뒤섞이자 구역질이 났다. 그는 병을 밖으로 들고 나가 햇빛을 받으며 서서 나머지를 천천히 먹었다.

그러고는 펠트를 가로질러 둑으로 돌아갔다. 공기는 따뜻했지만 아직 몸이 떨렸다.

염소의 진흙빛 갈색 옆구리가 물 위로 툭 튀어나와 있었다. 그는 물 속으로 첨벙첨벙 들어가 온 힘을 다해 염소 뒷다리를 잡고 물 밖으로 끌어냈다. 염소는 이빨을 드러내고 누런 눈을 부릅뜨고 있었다. 입에서 물이 조금 나왔다. 암컷이었다. 어제 그를 사로잡았던 절박한 배고픔은 이제 사라지고 없었다. 털이 물에 젖어 헝클어지고 흉측하게 생긴 이것을 잘라서 먹어야 한다고 생각하니 혐오스러웠다. 나머지 염소들은 그를 향해 귀를 세운 채 조금 떨어진 언덕에 서 있었다. 그는 자신이 미친 사람처럼 칼을 들고 하루종일 염소들을 쫓아다녔다는 사실을 믿을 수 없었다. 달빛이 비치는 밤중에 염소의 머리를 진흙 속에 처박아 죽이던 자신의 모습을 상상하자 몸이 부르르 떨렸다. 어딘가에 이 암염소를 파묻고 그 일을 잊어버리고 싶었다. 아니, 엉덩이를 찰싹 때려 염소가 몸을 일으켜 달아나는 모습을 보는 것이 최상일 듯싶었다. 펠트를 가로질러 암염소를 집까지 끌고 오는 데 몇 시간이나 걸렸다. 잠긴 문을 열 방법이 없었다. 염소를 창문으로 들어올려 부엌으로 집어넣어야 했다. 순간 실내에서 염소를 잡는 건 어리석은 짓이라는 생각이 들었다. 부엌이라고 해봤자 잡초가 나고 새가 드나드는 곳에 불과했다. 그래서 다시 염소를 밖으로 끌어냈다. 그는 자신이 왜 수백 킬로미터를 걸어 여기까지 왔는지 알 수 없었다. 손으로 얼굴을 가리고 이리저리 거닐고 나서야 기분이 나아졌다.

그는 동물의 창자를 긁어내본 적이 없었다. 주머니칼을 제외하면 쓸

만한 게 아무것도 없었다. 그는 염소의 배를 가르고 갈라진 틈으로 팔을 집어넣었다. 염소 뱃속에서 피의 온기가 느껴질 거라 생각했지만 늪에 있던 진흙의 끈끈한 습기가 다시 한번 느껴졌다. 그가 뭔가를 비틀어 잡아당기자 푸른빛과 자줏빛과 분홍빛이 도는 내장이 발치로 굴러떨어졌다. 일을 계속하기 전에 시체를 끌고 조금 이동해야 했다. 그가 할 수 있는 만큼 껍질을 벗겼지만 발과 머리는 잘라낼 수 없었다. 헛간에서 활톱을 찾고 나서야 발과 머리를 잘라낼 수 있었다. 다 해놓고 보니 포대에 둘둘 말아 암석 정원 위쪽에 파묻은 수북한 잔해에 비하면, 껍질을 벗겨 식료품 저장실 천장에 걸어놓은 몸통은 아주 미미했다. 그의 손과 소매는 피범벅이었다. 가까운 곳에 물도 없었다. 모래로 문질러 닦아보았지만 그가 집으로 돌아올 때까지도 파리들이 따라다녔다.

그는 스토브를 깨끗이 쓸어내고 불을 피웠다. 요리할 만한 그릇이 전혀 없었다. 그는 염소의 허릿살을 잘라내 겉은 바싹 타고 육즙이 흘러내릴 때까지 불 위에 잡고 있었다. 염소를 다 먹고 나면 어떻게 하지? 그는 아무런 즐거움 없이 염소 고기를 먹으면서 생각할 뿐이었다.

확실히 감기에 걸린 것 같았다. 몸이 뜨겁고 건조했으며 머리가 아팠다. 음식을 삼키기도 어려웠다. 그는 유리병을 갖고 둑으로 가서 물을 담았다. 그러다 돌아오는 길에 갑자기 힘이 빠져 그 자리에 주저앉고 말았다. 무릎 사이에 머리를 파묻은 채 텅 빈 펠트에 앉아, 하얀 시트가 깔린 깨끗한 침대에 누워 있는 상상을 했다. 기침이 나왔다. 목에서 부엉이 울음 같은 소리가 났다. 그는 메아리도 없이 사라지는 그 소리를 들었다. 목이 아팠지만 다시 한번 소리를 내보았다. 프린스 앨버트를 떠난 이래 처음으로 듣는 자신의 목소리였다. 그는 생각했다. 이곳에서는 내가 원하는 어떤 소리든 낼 수 있구나.

밤이 되자 열이 났다. 그는 포대를 거실에 끌어다놓고 그 위에서 잠을 잤다. 그리고 칠흑같이 어두운 헤이스 노리니어스 기숙사에 누워 있는 꿈을 꾸었다. 손을 뻗으면 쇠침대의 머리맡이 닿았고 코코넛 껍질로 만든 매트리스에서는 묵은 지린내가 났다. 그는 주변에 자고 있는 아이들을 깨울까봐 거의 움직이지 않으면서 다시 고통스러운 잠 속으로 빠지지 않으려 눈만 빤히 뜨고 누워 있었다. 지금 네시니까 여섯 시가 되면 밝아질 거야. 그는 혼잣말을 했다. 그런데 눈을 아무리 크게 떠도 창문이 어디에 있는지 알 수 없었다. 눈꺼풀이 무거워졌다. 나는 추락하고 있구나, 그는 생각했다.

아침이 되자 몸이 한결 가벼웠다. 그는 신발을 신고 집 주변을 돌아다녔다. 옷장 위에 여행가방 하나가 놓여 있었다. 하지만 그 안에는 부서진 장난감과 퍼즐 조각 몇 개 뿐이었다. 집안에는 쓸 만한 게 아무것도 없었다. 그보다 먼저 이곳에 살았던 피사기 씨 가족이 왜 떠나버렸는지에 대한 실마리를 풀어줄 만한 것도 전혀 없었다.

부엌과 식료품 저장실은 파리들이 윙윙거리는 소리로 시끄러웠다. 그는 먹고 싶은 생각은 없었지만, 불을 피우고 잼 깡통에 약간의 염소고기와 물을 넣고 끓였다. 식료품 저장실의 단지에 찻잎이 있었다. 그는 차를 끓여 마시고 침대로 갔다. 기침이 나오기 시작했다.

유골 상자는 거실 구석에 놓여 있었다. 그는, 어떤 의미에서 보면 상자 안에 있고, 다른 의미에서 보면 대기 속으로 자유롭게 풀려난 존재이자 영혼인 어머니가 이제는 그녀의 고향 땅 근처에 왔으니 더 편안해졌으면 하고 바랐다.

몸을 병에 내맡기자 쾌감이 느껴졌다. 창문을 모두 열고 비둘기가 구구거리는 소리나 정적에 귀를 기울이며 누워 있었다. 하루종일 졸다 깨다를 반복했다. 오후 햇살이 몸에 직접 와닿자 덧문을 닫았다.

저녁이 되자 정신이 다시 혼미해졌다. 그는 가장자리로 떨어질까 무서울 만큼 가파른 건조지대를 건너고 있었다. 납작 엎드린 채 손으로 땅을 움켜쥐었다. 어둠 속으로 몸이 굴러떨어지는 것 같았다.

이틀이 지나자 열이 내리고 오한이 가셨다. 사흘이 지나자 몸이 회복되기 시작했다. 식료품 저장실에 걸린 염소 고기에서 썩는 냄새가 났다. 그런 일들을 겪으며 배운 게 있다면, 그렇게 커다란 동물은 죽이면 안 된다는 것이 아닐까 싶었다. 그는 나뭇가지를 Y자 모양으로 자르고 낡은 구두의 깔창과 고무튜브 조각을 이용해 나무에 앉은 새를 잡을 새총을 만들었다. 그리고 남은 염소 고기를 땅에 묻었다.

그는 농가 뒤 언덕 중턱에 있는 방 하나짜리 오두막들을 살펴보았다. 벽은 벽돌과 회반죽으로 만들고 바닥에는 시멘트를 바르고 지붕에는 양철판을 올린 집이었다. 그 오두막들이 지은 지 오십 년이 됐을 리는 없었다. 그런데 몇 미터 떨어진 곳에 작은 직사각형 모양 진흙 벽돌 하나가 풍상에 씻긴 채 맨땅에 튀어나와 있었다. 이곳이 어머니가 태어난 곳일까? 손바닥선인장들이 자라는 뜰 한가운데에서? 그는 집에서 유골 상자를 가지고 나와 직사각형 모양 진흙 벽돌 한가운데에 놓고 앉아서 기다렸다. 자신이 무엇을 기다리는지는 알지 못했다. 그것이 무엇이든 아무 일도 일어나지 않았다. 딱정벌레 한 마리가 땅 위를 종종걸음치며 지나갔다. 바람이 불었다. 진흙 벽돌 위 햇살 아래에 종이상자가 있을 뿐, 아무것도 없었다. 그다음에 해야 할 일이 분명 있겠지만, 그는 아직 그게 무엇인지 상상할 수 없었다.

주위에 둘러쳐진 울타리를 따라 농장을 둘러보아도 인근에 사람이 살고 있다는 표시는 없었다. 양철판으로 덮어놓은 여물통 안에 썩은 사료가 담겨 있었다. 그는 옥수수를 한 줌 퍼서 주머니에 넣었다. 그리고 펌프가 있는 곳으로 돌아가 잠금장치가 어떻게 작동하는지 알아보려 펌프를 만지작거렸다. 그는 끊어진 선을 다시 연결해 물이 나오지 않을 때도 미친 듯이 돌아가는 바퀴를 멈추게 했다.

계속 그 집에서 잠을 잤지만 마음이 편치 않았다. 빈방에서 빈방으로 돌아다니며 자신이 공기처럼 실체가 없다고 느꼈다. 그는 노래를 부르고 벽과 천장에 울리는 자신의 목소리를 들었다. 그리고 침대를 부엌으로 옮겼다. 적어도 거기에서는 지붕에 난 구멍으로 별이라도 볼 수 있었다.

낮에는 둑에서 시간을 보냈다. 어느 날 아침에는 옷을 모두 벗고 가슴까지 차는 물에 들어가 옷을 둑 벽에 두드려가며 빨았다. 그리고 옷이 마르는 동안 나무 그늘 밑에서 졸았다.

이제 어머니를 흙으로 돌려보낼 시간이 되었다. 그는 삽으로 둑 서쪽 언덕 꼭대기에 구덩이를 파려고 했다. 그러나 그곳은 온통 단단한 바위였다. 그래서 둑 아래쪽에 있는 밭 가장자리로 가서 팔뚝 길이만큼 구덩이를 팠다. 그리고 유골이 담긴 봉지를 구덩이에 넣고 그 위에 흙을 한 삽 뿌렸다. 그러자 마음이 불안해졌다. 그는 눈을 감고 정신을 집중했다. 누군가 자신이 하는 일이 옳다고 말해주었으면 싶었다. 만약 어머니에게 아직 목소리가 있다면 어머니의 목소리여도 상관없었고, 특정한 누군가의 것이 아닌 목소리여도 상관없었고, 때때로 그에게 무슨 일을 하라고 얘기하는 자신의 목소리여도 상관없었다. 그러나 아무 목소리도 들리지 않았다. 그래서 구덩이에서 유골을 꺼냈다. 그는 스스로 책임을 지기로 하고, 밭 중앙에 이삼 평방미터 정도 땅을 고르기 시작했다. 그리고 유골이 바람에 날려가지 않도록 몸을 낮게 구부린 채 고운 회색 가루를 흙에 뿌린 다음, 흙을 한 삽 한 삽 떠서 뒤집었다.

이렇게 농사꾼으로서의 삶이 시작되었다. 그는 헛간 선반에서 호박씨 봉지를 찾아냈고 그중 일부를 한가롭게 볶아서 먹었다. 옥수수 씨앗도 아직 있었다. 또 식료품 저장실 바닥에서 콩 한 알을 줍기도 했다. 일주일에 걸쳐서 그는 둑 주변 땅을 일구고 물이 흘러들 수 있도록 고랑을 만들었다. 그리고 작은 땅뙈기에 호박을 심고 또다른 땅뙈기에 옥수수를 심었다. 콩은 조금 떨어진 강둑에 심었다. 물을 주려면 그가 직접 날라야 했지만, 싹이 틀 경우 줄기가 가시나무를 타고 올라갈 수 있는 자리였다.

대개 끼니는 새총으로 잡은 새로 해결했다. 그의 하루는 농가 주변에서 이렇게 사냥을 하거나 밭을 일구는 것으로 나뉘었다. 가장 큰 즐거움은 해가 질 무렵 둑 벽에 있는 수도꼭지를 열어, 수로를 타고 내려가는 물줄기가 대지를 적시면서 엷은 황갈색 흙이 진한 갈색으로 변하는 모습을 지켜보는 것이었다. 내가 정원사라서 그런 거야, 그는 생각했다. 그게 내 본성이라서. 그는 삽으로 흙을 파헤칠 때 전해지는 느낌을 더 잘 음미하기 위해 삽날을 돌에 대고 갈았다. 씨를 뿌리고 싶은 충동이 마음속에 다시 일었다. 불과 몇 주 사이에 그는 깨어 있는 시간 내내 이제 막 경작하기 시작한 밭과 거기 뿌린 씨앗에 매달려 살게 되었다.

자신이 아무도 모르게 혼자, 이 버려진 농장에 생기를 불어넣고 있다는 생각을 하면 종종, 특히나 아침에, 갑작스러운 환희가 그를 훑고 지나갈 때가 있었다. 그러나 때때로 환희에 이어 막연한 미래로 인한 고통이 뒤따르기도 했다. 결국 그는 기운차게 일하는 것만이 우울에 빠지지 않는 길임을 깨달았다.

펌프질로 말라버린 샘에서는 미미한 양의 물만 간헐적으로 흘렀다. 땅에서 물이 다시 순조롭게 흘러나오는 것이 K의 가장 큰 소망이 되었다. 그는 밭에 물이 필요할 경우에만 펌프질을 했다. 그로 인해 둑의 수위가 몇 센티미터 내려갔다. 그는 늪이 마르고, 진흙이 굳고, 풀이 시들어 죽고, 개구리들이 나자빠져 죽어 있는 모습을 무덤덤하게 지켜보았다. 지하의 물이 어떻게 채워지는지는 몰랐지만, 물을 낭비하는 게 좋지 못하다는 것쯤은 알았다. 그는 자신의 발밑에 무엇이 있는지 상상할 수 없었다. 호수나 흐르는 시내, 거대한 내해內海가 있을 수도 있었고, 바닥이 없을 정도로 깊은 웅덩이일 수도 있었다. 잠금장치를 풀고 바퀴가 돌아가고 물이 나올 때마다 그에게는 그게 기적처럼 보였다. 그는 둑 위에서 몸을 굽힌 채 눈을 감고 흐르는 물에 손가락을 담갔다.

그는 해가 뜨고 지는 것에 맞춰 시간 밖의 공간에 살았다. 케이프타운과 전쟁, 그리고 농장으로 오던 여정이 점점 더 망각 속으로 사라졌다.

그러던 어느 날 정오 무렵 농가로 돌아가보니 앞문이 활짝 열려 있었다. 그가 당황해 서 있는데, 안에서 누군가 햇빛 속으로 모습을 드러냈다. 카키색 제복을 입은 창백하고 살이 찐 젊은 남자였다. "여기서 일하는 사람인가요?" 낯선 이의 첫 질문이었다. 그는 그 집의 주인이라도 되는 것처럼 계단 위쪽에 서 있었다. K는 고개를 끄덕이는 것 말고는 할 말이 없었다. "나는 당신을 본 적이 없는데." 낯선 이가 말했다. "당신이 이 농장을 돌보고 있나요?" K가 다시 고개를 끄덕였다. "부엌이 언제 저렇게 내려앉았죠?" 그가 물었다. 무슨 말이라도 하려고 해봤지만 K는 말문이 막히고 말았다. 낯선 이는 K의 일그러진 입술에서 눈을 떼지 않았다. 그가 다시 말했다. "내가 누군지 모르는 모양인데, 난 피사기 주인어른의 손자예요."

K는 잠자리로 쓰던 포대를 부엌에서 언덕 중턱의 오두막 중 한 곳으로 옮기고, 새로 온 피사기에게 집을 양보했다. 그는 절망적이고 바보 같은 기분이 다시 몰려오는 게 느껴져 이를 떨쳐버리려 했다. 저 사람은 어쩌면 하루나 이틀만 머물지도 몰라, 그는 생각했다. 여기서 딱히 할일이 있어 보이진 않잖아. 저 사람이 가고 나면 다시 나 혼자 머물 수 있겠지.

알고 보니 손자라는 젊은이는 떠날 수 있는 상황이 아니었다. 그날 저녁 K는 언덕 중턱에 불을 지피고 저녁으로 먹을 산비둘기 두 마리를 구웠다. 그런데 손자가 어둠 속에서 나타나 오래도록 주변을 서성거렸다. 결국 K는 그에게 구운 고기를 먹어보라며 주었다. 그는 굶주린 아이처럼 먹었다. 두 사람이 먹기에 충분한 양은 아니었다. 배를 채우고 나자 그가 속내를 털어놓았다. "프린스 앨버트에 가게 되면, 내가 여기 있다는 말을 아무에게도 하지 말아줘요." 그는 이렇게 운을 뗐다. 알고 보니 그는 탈영병이었다. 전날 저녁 크루이드폰테인에 정차한 군용

열차에서 몰래 빠져나와 밤새도록 걸어서 어렸을 때부터 기억하고 있는 이 농장으로 온 것이었다. "우리 가족은 매년 이곳에서 크리스마스를 보내곤 했어요." 그가 말했다. "집이 꽉 들어찰 때까지 가족들이 계속 오곤 했죠. 나는 우리처럼 먹는 사람들을 본 적이 없어요. 할머니는 날이면 날마다 식탁에 음식을 수북이 내놓으셨어요. 맛있는 시골 음식 말이에요. 우리는 마지막 부스러기까지 다 먹어치웠죠. 이제 카루 양고기는 더이상 맛볼 수도 없게 됐네요." K는 그의 발치에 앉아 불을 헤집으며 얘기를 듣는 둥 마는 둥 하면서 생각에 잠겼다. 나는 이곳이 주인 없는 섬 가운데 하나라고 믿으려 했다. 이제야 나는 진실을 알아가는구나. 이제야 깨닫는구나.

얘기가 계속될수록 손자의 어조가 격해졌다. 그의 말에 따르면, 그는 빈혈이 있고 심장이 약한데, 그 사실이 서류에 기록돼 있고 누구도 의문시하지 않았음에도, 그를 전방으로 보내려 했다는 것이다. 그들은 행정병을 재배정해 전방으로 보내고 있었다. 그자들은 행정병이 없어도 된다고 생각하는 거야? 그자들은 재무관 사무실 없이 전쟁을 수행하는 게 가능할 거라고 생각하는 거야? 만약 일반 경찰이나 헌병이 그를 잡아다가 본때를 보여주려 이곳에 온다면, K는 벙어리 행세를 해야 한다. 바보처럼 행동하면서 아무것도 발설해서는 안 된다. 그사이에 손자는 숨을 곳을 찾을 것이다. 농장을 잘 알고 있으니, 그들이 꿈에도 생각지 못할 곳을 찾아서 숨을 것이다. K는 그가 숨을 장소에 대해 모르는 게 더 나을 것이다. 손자는 아침에 일어나자마자 톱이 필요하다면서 K에게 찾아줄 수 있는지 물었다. K는 찾아보겠다고 했다. 그리고 긴 침묵이 이어졌다. "당신은 이런 것만 먹나요?" 손자가 물었다. K는 고개를 끄덕였다. “감자를 심어야겠네요.” 손자가 말했다. “감자든 양파든 옥수수든, 여긴 물만 충분히 주면 무엇이든 자라는 곳이에요. 땅이 기름지거든요. 둑 옆에 아무것도 심지 않았다는 게 놀랍군요.” K는 실망감에 가슴이 찢어지는 듯 고통스러웠다. 둑까지 알고 있구나. 손자가 말을 이었다. “당신 같은 사람을 찾다니, 우리 조부모님은 운이 좋으셨네요. 요즘은 좋은 농장 일꾼을 찾기가 쉽지 않거든요. 그런데 이름이 뭐죠?” “마이클이에요.” K가 대답했다. 이제 날이 어두워졌다. 손자가 어정쩡한 자세로 일어서며 말했다. “횃불은 없나요?” “없어요.” 대답을 한 K는 그가 달빛 속에서 언덕 중턱을 내려가는 모습을 지켜보았다.

아침이 되었고 그는 더이상 할일이 없었다. 둑이 있는 곳으로 가면 밭이 있다는 사실이 발각될 게 뻔했다. 그는 햇볕에 몸이 따뜻해지는 것을 느끼고 시간이 흘러가는 것을 느끼며 벽에 등을 대고 쪼그려앉아 있었다. 그때 손자가 다시 언덕을 올라왔다. 나보다 열 살쯤 어리겠구나, K는 생각했다. 언덕을 오르느라 그의 얼굴이 벌게져 있었다.

“마이클, 먹을 게 아무것도 없어요!” 손자가 불평했다. “가게에는 가지 않나요?” 그는 대답을 기다리지도 않고 방문을 열어젖혀 안을 들여다보았다. 그러더니 무슨 말인가 하려다 그만두었다.

“마이클, 당신은 얼마를 받고 일하죠?” 그가 말했다.

나를 정말 얼간이라고 생각하는구나, K는 생각했다. 동물처럼 바닥에서 자고, 새와 도마뱀을 잡아먹고, 돈 같은 건 모르는 얼간이인 줄 아는 거야. 내 베레모에 붙은 배지를 보고도 대체 어떤 아이가 행운의 뽑기 주머니에서 뽑아 나한테 주었을까 생각하는 모양이지.

"2랜드요." K가 말했다. "일주일에 2랜드."

"그럼 조부모님에 대한 소식 들은 거 있어요? 찾아오진 않으시나요?"

K는 침묵했다.

"당신은 어디서 왔죠? 이곳 사람이 아니죠?"

"모든 곳을 다 돌아다녔죠." K가 말했다. "케이프타운에도 있었고요."

"농장에 양은 없던가요?" 손자가 말했다. "염소는요? 어저께 본 게 염소 맞죠? 둑 너머에 여남은 마리 있었던 것 같은데."

K는 진흙 속의 염소를 떠올렸다. "그건 야생으로 돌아간 염소들이에요." K가 말했다. "당신은 못 잡을 거요."

"둑에서 잡으면 돼요. 우리 둘이 힘을 합치면 잡을 수 있어요."

"염소는 밤에 둑으로 와요." K가 말했다. "낮에는 펠트로 나가 있고요." 그는 혼자 생각했다. 총이 없는 군인 격이군. 모험을 하는 소년이랄까. 이 사람에게 농장은 단지 모험의 장소일 뿐이야. 그는 말했다. "염소는 내버려둬요. 먹을 것을 구해줄 테니까."

농가에서 톱질하는 소리가 들리는 동안 K는 새총을 들고 강 쪽으로 걸어내려갔다. 한 시간이 못 되어 참새 세 마리와 비둘기 한 마리를 잡았다. 그는 죽은 새를 갖고 돌아와 현관문을 두드렸다. 손자가 웃통을 벗은 채 땀을 흘리며 나왔다. "아주 잘했어요." 손자가 말했다. "털을 바로 뽑아줄 수 있어요? 그러면 고맙겠는데."

K는 서로 발이 엉킨 죽은 새 네 마리를 거꾸로 들어 보였다. 참새 부리에 작은 핏방울이 맺혀 있었다. "이 새는 먹어도 맛이 느껴지지 않을 정도로 작아요." 그가 말했다. "털을 뽑아도 당신 새끼손가락 하나 더러워지지 않을 거요."

"대체 무슨 말이야?" 피사기 손자가 말했다. "씨팔, 그게 무슨 말이냐고? 말을 하려면 똑바로 해! 내려놔. 내가 알아서 할 테니까!" K는 베란다에 새 네 마리를 내려놓고 그곳을 떠났다.

뭉툭한 호박 싹이 처음으로 이곳저곳에서 흙을 뚫고 나왔다. K는 마지막으로 수문을 열고 물이 대지를 검게 물들이며 서서히 밭으로 흘러드는 모습을 바라보았다. 나를 가장 필요로 할 때 새끼들을 버리는구나. 그는 생각했다. 그러고는 수문을 닫고 수도꼭지가 완전히 잠길 때까지 손잡이를 꺾어 염소가 물을 마시는 통으로 물이 흘러가지 못하게 했다.

그는 물 네 병을 길어다 집 앞 계단 위에 놓았다. 다시 셔츠를 입은 손자가 주머니에 손을 넣고 먼 곳을 응시하며 서 있었다. 오랜 침묵 끝에 그가 말했다. "마이클, 내가 당신에게 돈을 주는 사람은 아니지만, 이런 식으로 당신을 농장에서 내보낼 수는 없어요. 우리는 같이 일해야 해요. 그렇지 않으면……" 그가 K에게 시선을 돌렸다.

그 말이 무슨 의미든, 힐난이든 협박이든 질책이든, K는 숨이 막히는 것 같았다. 말투가 그럴 뿐이야, 그는 혼잣말을 했다. 침착하자. 그러나 부질없다는 생각이 다시 한번 안개처럼 스멀스멀 엄습해오는 걸 느꼈다. 그는 더이상 어떤 표정을 지어야 할지 알 수 없었다. 그는 입을 문지르며 손자의 갈색 구두를 응시하면서 생각했다. 저런 구두는 더는 가게에서 살 수 없을 텐데. 그는 평정을 유지하기 위해 그 생각에 매달리려 했다.

"당신이 날 위해 프린스 앨버트에 다녀와야겠어요, 마이클," 손자가 말했다. "필요한 물건 목록과 돈을 줄게요. 당신이 쓸 돈도 좀 주고요.

다른 사람하고 얘기만 하지 않으면 돼요. 나를 봤다는 말도 하지 말고, 누굴 위해 물건을 사는지도 말하지 말아요. 한 군데서 모든 물건을 다 사면 안 돼요. 절반은 반 린 가게에서 사고, 절반은 카페에서 사도록 해요. 멈춰 서서 얘기하면 안 돼요. 그저 바쁜 척해요. 알아듣겠어요?"

길이나 잃지 말자, K는 이렇게 생각하며 고개를 끄덕였다. 손자가 계속 말했다.

"마이클, 나는 당신에게 인간 대 인간으로 얘기하는 거예요. 전쟁이 계속되고 사람들이 죽어가고 있어요. 나는 누구하고도 전쟁하지 않아요. 나는 평화를 찾았어요. 알아듣겠어요? 나는 모든 사람과 평화롭게 지내요. 여기 농장에는 전쟁이 없죠. 모든 곳이 평화로워질 때까지 당신과 나는 여기서 조용히 살 수 있어요. 아무도 우리를 방해하지 않을 거예요. 어서 평화가 찾아와야 해요.

마이클, 나는 재무관 사무실에서 일했기 때문에 돌아가는 상황을 알아요. 얼마나 많은 사람들이 매달 급료도 받지 못하고 기록도 없는 상태에서 어디 있는지도 모르는 11-63으로 가는지 안다고요. 내가 무슨 말을 하는지 알겠어요? 내가 그 숫자를 말하면 당신은 깜짝 놀랄 거예요. 나만 그런 게 아니에요. 곧 사람이 부족할 거예요, 장담하건대, 탈영한 사람들을 잡으러 다닐 사람이 부족할 거라고요! 이 나라는 커요! 주위를 둘러봐요! 도망갈 곳은 얼마든지 있어요! 숨을 곳은 얼마든지 있다고요!

나는 아주 잠깐만 숨어 있을 거예요. 그들은 곧 단념하겠죠. 난 거대한 바다 속의 피라미일 뿐이에요. 하지만 마이클, 당신의 협조가 필요해요. 당신이 나를 도와줘야 해요. 그러지 않으면 우리 두 사람에게 미래는 없어요. 알겠어요?"

그렇게 해서 K는 손자가 필요로 하는 물건 목록과 40랜드를 갖고 농장을 떠났다. 그는 길가에 있는 낡은 깡통을 주워 그 속에 돈을 넣고 농장 입구에 놓인 돌 밑에 묻었다. 그리고 태양을 왼편에 두고 사람들이 사는 곳을 피해 길을 나섰다. 오후가 되어 비탈을 오르기 시작해, 프린스 앨버트의 깨끗하고 하얀 집들이 서쪽 저아래에 나타날 때까지 계속 올랐다. 그는 비탈에 몸을 붙인 채 도시를 우회하여 스와트버그로 가는 길로 접어들었다. 쌀쌀해지자 어머니의 코트를 걸치고 검은 그림자가 진 오르막길을 터벅터벅 올라갔다.

도시가 굽어보이는 곳에 이른 그는 주위를 둘러보며 잠잘 곳을 찾다가 전에 야영하던 사람들이 사용했던 게 분명한 동굴을 발견했다. 돌로 만든 난로도 있었다. 바닥에는 향긋한 백리향 풀이 푹신하게 깔려 있었다. 그는 불을 피우고 돌로 때려잡은 도마뱀을 구웠다. 위에 난 채광 구멍으로 보이는 하늘이 검푸른 색으로 변하더니 별이 떠올랐다. 그는 몸을 웅크리고 손을 소매에 넣은 채 잠을 청했다. 피사기 집안의 손자라는 사람이 나타나 그를 몸종으로 삼으려 했다는 사실이 벌써 믿기 어려워졌다. 하루나 이틀이 지나면 그 젊은이는 잊어버리고 농장만 기억하게 될 것 같았다.

그리고 땅을 뚫고 나오던 호박 싹을 생각했다. 내일이면 호박도 마지막이겠지. 그다음날이면 시들 것이고, 그다음날이면 죽어버릴 것이다, 내가 여기 산에 있을 동안에. 만약 동틀 무렵 일어나 하루종일 달려가면, 호박 싹과 땅속에 묻혀 썩어버릴 씨앗들을 살려낼 수 있을지도 몰라. 땅속에 있는 씨앗은 자기가 햇빛을 한 번도 보지 못하고 죽을 거라는 사실을 알리 없겠지만. 그의 마음에서 애정의 덩굴이 나와 둑을 따라 밭을 향해 뻗어갔다. 하지만 잘라내야 했다. 그가 생각하기에 그 애정은 다시는 자라지 못하게 수없이 잘라내야만 하는 덩굴 같았다.

그는 동굴 입구에 앉아 아직도 눈이 드문드문 남아 있는 먼 봉우리들을 바라보며 한가롭게 하루를 보냈다. 배가 고팠지만 그냥 아무것도 먹지 않았다. 배에서 들려오는 아우성에 귀기울이지 않고, 그를 둘러싼 거대한 침묵에 귀를 기울이려 했다. 그는 쉽게 잠이 들었고, 바퀴자국이 남지 않을 정도로 빠르게 수레를 끌며 텅 빈 도로를 바람처럼 달려가는 꿈을 꾸었다.

계곡 비탈의 경사가 너무 심해 정오가 되어서야 해가 보였고 늦은 오후가 되면 서쪽 봉우리 너머로 사라졌다. 그는 늘 추웠다. 그래서 더 높이 올라갔다. 고갯길이 시야에서 보이지 않을 때까지 비탈을 지그재그로 올라가자 프린스 앨버트가 몇 킬로미터 아래로 멀어지고 카루의 거대한 평원이 굽어보이는 곳에 이르렀다. 그는 새로운 동굴을 하나 찾아내 풀을 뜯어 바닥에 깔았다. 이제 확실히 사람이 이를 수 있는 가장 높은 곳에 온 거야, 그는 생각했다. 이 평원을 가로지르고, 이 산을 오르고, 이 바위들 틈을 뒤져 나를 찾으려고 할 만큼 미친 사람은 없겠지. 이제 이 세상에서 오직 나만이 내가 어디 있는지 알고 있을 뿐. 그러니 나는 이제 잊힌 존재나 다름없다.

다른 것들은 모두 그의 뒤에 있었다. 아침에 잠에서 깨어나면 거대한 낮을 하루에 한 번 맞이할 뿐이었다. 그는 자신을 바위에 구멍을 뚫으며 앞으로 나아가는 흰개미라고 생각했다. 살아 있는 것 말고는 아무것도 할일이 없는 것 같았다. 그는 새들이 날아와 어깨 위에 앉아도 놀라지 않을 만큼 고요히 앉아 있었다.

때때로 아래쪽 평원을 유심히 내려다보면, 장난감 같은 도시 중심가를 지나는 차들이 보일 때가 있었다. 그러나 아무리 고요한 날이라도 땅 위를 빠르게 기어가는 벌레들 소리, 잊지 않고 그에게 달려들어 윙윙거리는 파리 소리, 귀에서 뛰는 맥박 소리 말고는 아무 소리도 들려오지 않았다.

그는 무슨 일이 일어날지 알지 못했다. 그의 삶의 이야기는 흥미로웠던 적이 없었다. 으레 그에게는 다음에 무슨 일을 하라고 시키는 사람이 있었다. 그런데 이제는 아무도 없다. 지금 할 수 있는 최선은 기다림인 것 같았다.

예전에 일했던 곳 중 하나인 와인버그공원을 떠올려보았다. 아이들을 데려와 그네를 태우던 젊은 어머니들, 나무 그늘에 누워 있던 연인들, 연못에서 노닐던 녹색과 갈색 청둥오리들. 전쟁중이니 와인버그공원의 잔디는 계속 자라고 나뭇잎은 계속 떨어져 쌓이고 있을 것이다. 잔디를 깎고 나뭇잎을 치울 사람은 언제나 필요한 법이다. 그러나 그는 자신이 과연 푸른 잔디와 떡갈나무들 사이에서 사는 삶을 다시 선택할지 더이상 확신할 수 없었다. 와인버그공원을 떠올리자 작년에 떨어져 썩은 낙엽과 재작년, 혹은 선사시대까지 거슬러올라가는 썩은 낙엽으로 이루어져 아무리 파도 끝이 보이지 않던 부드러운 흙이 생각났다. 그것은 광물성이라기보다는 식물성 흙이었다. 와인버그공원에서 지구의 중심까지 파고들 수도 있을 것 같았다. 중심에 이르는 내내 서늘하고 어둡고 축축하고 부드러울 테지. 나는 그런 종류의 흙에 대한 사랑을 잃어버렸어, 그는 생각했다. 더는 그런 흙의 감촉을 손가락 사이에 느끼고 싶지 않아. 내가 원하는 건 녹색과 갈색이 아니라 노란색과 붉은색이야. 젖은 것이 아니라 마른 것이고, 어두운 것이 아니라 밝은 것이야. 부드러운 것이 아니라 단단한 것이야. 만약 두 종류의 사람이 있다면, 그는 생각했다. 나는 다른 종류의 사람이 되어가고 있다. 만약 팔목에 상처가 나도, 그는 팔목을 들어 바라보며 생각했다. 거기에선 더이상 피가 솟구치지 않을 것이다. 조금 나오다 금세 말라붙어 버리겠지. 나는 매일매일 더 작아지고 더 메말라간다. 만약 내가 무릎에 턱을 괴고 동굴 입구에 앉아 평원을 내려다보는 자세로 죽는다면, 하루 만에 바람에 건조되어 사막의 모래에 파묻힌 사람처럼 온전히 보존될 것이다.

그는 산속에 살기 시작하면서 처음 며칠은 돌아다니며 돌을 뒤집어 보기도 하고 식물의 뿌리와 구근을 갉아먹기도 했다. 한번은 개미집을 열어젖히고 유충을 하나씩 집어먹었다. 생선 맛이 났다. 그러나 이제 먹고 마시는 일의 모험을 그만두었다. 그는 새로운 세계를 탐색하지 않았다. 동굴을 집으로 만들지도 않았고, 하루하루가 지나가는 걸 기록하지도 않았다. 매일 아침 산그림자가 그를 향해 점점 더 빨리 달려오다 갑자기 쏟아지는 햇빛에 흠뻑 젖어 보게 되는 광경 말고는 달리 볼 게 없었다. 그는 정신이 혼미한 상태로 동굴 입구에 앉아 있거나 누워 있었다. 움직이기에는 너무 피곤하거나 어쩌면 너무 힘이 없었다. 오후 내내 잠을 자는 때도 있었다. 그는 자신이 더없는 행복 속에 살고 있는 것은 아닐까 생각했다. 먹구름이 몰려오고 비가 내리는 날이 있었다. 비가 그치자 자그만 분홍빛 꽃들이 온 산에 피었다. 잎이 없는 꽃 같았다. 그는 꽃을 한 움큼 따서 먹었다. 그러자 배가 아팠다. 날이 더 더워지자 개울물이 흐르는 속도가 빨라졌다. 그는 이유를 알 수 없었다. 서늘한 개울물을 마시자 지하수의 시린 물맛이 그리워졌다. 잇몸에서 피가 났고, 그는 피를 그냥 삼켰다.

어렸을 때 K는 헤이스 노리니어스에 있는 모든 아이들과 마찬가지로 배가 고팠다. 배고픔은 아이들을 동물로 만들었다. 아이들은 서로의 접시에서 음식을 훔치고, 주방 담을 기어올라 쓰레기통을 샅샅이 뒤져 뼈다귀와 과일 껍질을 찾아 먹었다. 그런데 그는 나이가 들면서 더 이상 뭔가를 원하지 않았다. 그의 내면에서 으르렁거리던 짐승의 본질이 무엇이었든, 굶주림이 계속되다 잠잠해지고 말았다. 헤이스 노리니어스에서 보낸 세월 중 마지막 몇 년이 가장 좋았다. 그를 괴롭히던 큰 애들은 나가고 없었고 그는 헛간 뒤에 있는 자기만의 장소로 살짝 빠져나가 혼자 있을 수 있었다. 어느 선생은 머리 위로 손을 드는 기합을 주곤 했다. 아이들이 손을 들고 눈을 감은 채 입을 다물고 있으면, 선생은 기다란 작대기를 들고 아이들을 살폈다. 시간이 지나면서 K에게는 그 자세가 벌로서의 의미를 잃어버리고 공상의 수단이 되었다. 더운 여름날 오후, 고무나무에서 구구거리는 비둘기 소리와 다른 교실에서 책상들끼리 부딪는 소리가 들려오는 가운데, 감미로운 졸음이 쏟아지는 걸 참으며 머리 위로 손을 올리고 앉아 있던 자신의 모습이 떠올랐다. 요즘 그는 때때로 동굴 앞에서 머리 뒤로 깍지를 끼고 눈을 감고 마음을 비운 채 아무것도 원하지 않고 아무런 기대도 없이 앉아 있곤 했다.

때로는, 그곳이 어디가 되었든, 어딘가에 숨어 있을 피사기 씨의 손자가 생각날 때도 있었다. 쥐똥이 깔린 마루 밑의 어둠 속이나 다락 벽장, 숲 뒤에 있는 그의 조부의 펠트 어딘가에 숨어 있을 그의 모습이 떠올랐다. 그는 그 멋진 구두를 생각했다. 굴 속에 사는 사람에게는 무용해 보였다.

햇빛이 너무 강해 눈을 뜨고 있으려면 노력이 필요했다. 눈이 쑤시는 느낌이 가시지 않았다. 햇빛이 창처럼 그의 눈을 찔렀다. 그는 아무것도 먹을 수 없었다. 물을 마셔도 구역질이 났다. 너무 피곤해 도저히 일어날 수 없는 날도 있었다. 검은색 코트에는 더이상 온기가 없었다. 계속해서 몸이 떨렸다. 죽을지도 모른다는 생각이 들었다. 그가 죽든 그의 몸이 죽든, 아무래도 마찬가지였다. 동굴 천장의 이끼가 눈앞에서 시꺼멓게 자랄 때까지 이곳에 누워 있게 될지도 몰랐고, 결국 그의 삶의 이야기는 이 머나먼 곳에서 하얗게 변해버린 뼈다귀만 남긴 채 끝나버릴지도 몰랐다.

산허리를 내려가는 데 하루가 걸렸다. 다리에 힘이 빠지고 머리가 쿵쿵 울렸다. 아래를 쳐다볼 때마다 어지러워 빙빙 도는 느낌이 멈출 때까지 땅을 짚고 있어야 했다. 도로가 있는 곳까지 왔을 때는 계곡에 짙은 그늘이 드리워져 있었다. 마을로 들어설 때쯤엔 그나마 남은 햇빛도 희미해졌다. 복사꽃 향내가 그의 몸을 감쌌다. 사방에서 목소리가 들려왔다. 그가 프린스 앨버트를 처음 보았던 날 들었던 것과 똑같이 고요한 목소리였다. 그는 푸릇푸릇한 정원들 사이로 난 하이 스트리트 초입에 서서 멀리서 들려오는 단조로운 목소리에 귀를 기울였다. 하지만 무슨 말인지 알아들을 수는 없었다. 그 목소리는 잠시 후 나무에서 지저귀는 새소리와 섞이다 나중에는 음악소리에 가려졌다.

거리에는 아무도 없었다. K는 폴크스카스 사무실 현관에 깔린 고무 매트에 누워 잠이 들었다. 체온이 떨어지자 몸이 다시 떨리기 시작했다. 그는 머리가 아파 이를 악물고 자다 깨기를 반복했다. 그러다 손전등 불빛에 잠이 깼다. 그러나 그것이 꿈인지 현실인지 구분할 수 없었다. 그는 경찰의 질문에 대답도 제대로 못하고 소리를 지르며 헐떡거렸다. "그만!…… 그만!…… 그만!……" 허파에서 나오는 기침처럼 그의 입에서 터져나온 말이었다. 그들은 아무것도 이해하지 못한 채 그의 몸에서 나는 냄새에 혐오감을 느끼며 경찰차 안으로 그를 밀어넣었다. 그러고는 경찰서로 데려가 다른 남자 다섯 명과 함께 유치장에 가뒀다. 거기에서 그는 다시 몸을 떨고 헛소리를 하며 잠에 빠졌다.

아침이 되자 그들은 죄수들이 세면과 식사를 하도록 밖으로 데리고 나갔다. K는 정신이 들었지만 서 있을 수가 없었다. 그는 문 앞에 서 있는 경관에게 사과했다. "다리에 쥐가 나서 그래요. 곧 괜찮아질 거예요." 그 경관이 당직 경관을 불렀다. 잠시 동안 그들은 피골이 상접한 그가 벽에 기댄 채 종아리를 문지르는 모습을 바라보았다. 그리고 힘을 합쳐 K를 번쩍 들고 안뜰로 데려갔다. 밝은 햇빛으로 나오자 그는 몸을 움츠렸다. 그들은 손짓으로 죄수 한 사람을 불러 그에게 음식을 갖다주게 했다. K는 걸쭉한 옥수수죽을 받고 첫 숟가락을 입에 넣기도 전에 토하기 시작했다.

아무도 그가 어디에서 왔는지 알지 못했다. 그는 어떤 서류도 갖고 있지 않았고, 주민증조차 없었다. 경찰의 기소용 범죄자 명부에 그는 '마이클 피사기—CM—40세—NFA—무직'이라고 기재되었고, 주거지 무단 이탈, 주민증 미소지, 통금령 위반, 음주와 풍기문란으로 기소되었다. 그들은 그의 쇠약한 몸 상태와 횡설수설하는 말이 알코올중

독 때문이라고 생각했다. 그래서 다른 죄수들이 감방으로 돌아간 다음에도 그가 안뜰에 있도록 허용해주었다. 정오가 되어서는 그를 경찰차 뒷자리에 태워 병원으로 데려갔다. 병원에서는 그에게 옷을 벗고 알몸으로 고무 시트 위에 눕게 했다. 젊은 간호사가 그의 몸을 씻기고 면도를 해주고 하얀 환자복을 입혔다. 그는 아무런 수치심도 느끼지 않았다. "나한테 말해줘요. 늘 궁금했는데, 프린스 앨버트가 누구죠?" 그가 간호사에게 물었다. 간호사는 들은 척도 하지 않았다. "누가 프린스 앨버트죠? 프린스 앨버트라는 사람 없나요?" 그는 눈을 감은 채 부드럽고 따뜻한 헝겊이 얼굴에 와 닿기를 기다렸다.

그렇게 해서 그는 병원 본관이 아닌 뒤쪽에 목재와 철골로 지은, 그가 아는 바로는 아이들과 노인들만 수용하는 기다란 별관에 깨끗한 시트를 덮고 다시 눕게 되었다. 서까래의 기다란 전선에 매달린 전구들이 서로 엇갈리며 흔들거렸다. 튜브가 그의 손에서 링거 기둥에 걸린 병으로 연결되어 있었다. 원하기만 하면 곁눈으로 시간마다 내려가는 눈금을 볼 수 있었다.

한번은 잠에서 깨어보니 간호사와 경찰관이 병실 입구에서 그가 있는 방향을 쳐다보며 낮은 목소리로 얘기를 나누고 있었다. 경찰관은 모자를 겨드랑이에 끼고 서 있었다.

창을 통해 들어오는 오후 햇살에 눈이 부셨다. 파리 한 마리가 입술 위에 앉았다. 그는 손을 내둘러 쫓았다. 파리는 맴을 돌다 돌아와 다시 앉았다. 그는 내버려두기로 했고, 파리의 작은 주둥이가 오싹하게 그의 입술을 더듬었다.

병원 잡역부가 손수레를 밀고 들어왔다. K만 빼고 모든 사람이 음식 접시를 받았다. 음식 냄새를 맡자 입안에 침이 고이는 게 느껴졌다. 이런 배고픔을 느끼는 건 오랜만이었다. 다시 굶주림의 노예가 되고 싶은 건지 확신할 수는 없었지만, 병원은 자신의 권리를 주장하는 육체를 위한 장소인 것 같았다.

땅거미가 지더니 어두워졌다. 누군가 전등을 켰다. 양쪽에 각각 전구 세 개가 매달려 있었다. K는 눈을 감고 잠이 들었다. 다시 눈을 떴을 때에도 여전히 전구가 켜져 있었다. 그가 전구를 쳐다보자 불빛이 서서히 희미해지다 꺼졌다. 달빛이 네 개의 창문으로 들어와 네 개의 은빛 형상을 만들었다. 근처 어딘가에서 디젤엔진이 요란한 소리를 내며 돌아갔다. 불빛이 희미하게 들어왔다. 그는 잠이 들었다.

아침이 되자 그는 아침식사로 유아용 시리얼과 우유를 먹었다. 일어날 수 있을 정도로 몸에 힘이 생긴 걸 느꼈지만 너무 부끄러워 일어날 수 없었다. 노인 하나가 파자마 위에 실내복을 걸치고 방을 나서는 걸 보고 나서야 그는 자리에서 일어나 잠시 동안 침대 옆을 왔다갔다했다. 기다란 환자복이 이상하게 느껴졌다.

옆 침대에는 팔에 붕대를 감은 어린 소년이 있었다. "무슨 일이 있었니?" K가 물었다. 소년은 고개를 돌린 채 대답하지 않았다.

옷을 찾으면 나갈 텐데. K는 생각했지만, 침대 옆의 작은 벽장은 텅 비어 있었다.

점심때가 되자 그는 다시 음식을 먹었다. "먹을 수 있을 때 먹어둬요." 음식을 가져다준 병원 잡역부가 말했다. "몹시 굶주리게 될지도 모르니까요." 그러고는 음식 수레를 밀며 앞으로 나아갔다. 별 이상한 말을 한다 싶었다. K는 그가 맡은 구역을 도는 동안 그에게서 눈을 떼지 않았다. 잡역부는 병실 저쪽 끝에서 K의 시선을 느끼고 알 듯 모를 듯한 미소를 지어 보였다. 그러나 쟁반을 가지러 돌아와서는 더이상 아무 말도 하지 않았다.

양철 지붕 위로 내리쬐는 햇빛 때문에 병실은 가마솥 같았다. K는 다리를 뻗고 졸며 누워 있었다. 자다 깨기를 반복하는 가운데 지난번에 보았던 경찰관과 간호사가 자신을 바라보며 서 있는 모습이 눈에 들어왔다. 그는 눈을 감았다. 눈을 떴을 때 그들은 가고 없었다. 밤이 찾아왔다.

아침이 되자 간호사가 그를 데리고 본관으로 갔다. 그는 의자에 앉아 자기 차례가 될 때까지 한 시간을 기다렸다. "오늘은 기분이 어때요?" 의사가 물었다. K는 무슨 말을 해야 할지 몰라 머뭇거렸고, 의사는 그의 대답을 듣는 걸 포기했다. 그는 K에게 숨을 쉬어보라고 말하며 그의 가슴에 청진기를 갖다댔다. 그리고 성병 감염 여부도 검사했다. 검사는 이 분 만에 끝났다. 의사가 책상 위에 있는 갈색 서류철에 뭔가를 적으면서 물었다. "입술 때문에 의사와 상담한 적 있어요?" "없습니다." K가 대답했다. "그건 고칠 수 있어요." 의사는 이렇게 말하면서도 자신이 고쳐주겠다고는 하지 않았다.

K는 침대로 돌아와 간호사가 옷을 가져다줄 때까지 팔베개를 하고 누워 기다렸다. 내의와 카키색 셔츠와 반바지가 깨끗하게 다림질되어 있었다. "이걸 입어요." 간호사는 이렇게 말하고, 또다른 곳으로 분주히 향했다. K는 침대에 일어나 앉아 옷을 입었다. 반바지는 그에게 너무 컸다. 일어서면 바지가 흘러내리지 않도록 허리끈을 잡고 있어야 했다. 문가에 서 있는 경찰관이 보였다. "이 옷은 너무 커요." 그는 간

호사에게 말했다. "내 옷을 입을 수 없나요?" "접수대에 가면 옷을 돌려받을 수 있어요." 간호사가 말했다. 경찰관이 그를 데리고 복도를 따라 접수대로 가서 갈색종이로 싸인 꾸러미를 받게 해주었다. 그들 사이에는 아무 말도 오가지 않았다. 주차장에 파란색 경찰차가 세워져 있었다. K는 뒷문이 열리기를 기다렸다. 너덜너덜해진 신발창에 닿는 아스팔트 포장이 너무 뜨거워 가만히 서 있을 수가 없었다.

그는 경찰서로 다시 끌려갈 거라 생각했다. 그러나 그들은 시내를 빠져나와 5킬로미터쯤 비포장도로를 달리더니 헐벗은 펠트에 세워진 수용소로 그를 데리고 갔다. K는 산에서 앉아 쉴 때 야칼스드리프의 황토색 직사각형 모양 건물을 본 적이 있었지만, 그때는 그곳이 공사장일 거라고 생각했다. 그곳이 이주민수용소 중 하나이며, 페인트칠도 안 된 나무와 철골로 세워진 건물과 천막 안에 사람들이 있고, 3미터 높이의 철조망 울타리로 둘러싸인 곳이라고는 단 한 순간도 생각하지 못했다. 바지를 추켜올리며 경찰차에서 내리는 그를 정문 양쪽 울타리를 따라 줄지어 선 수감자 수백 명이 호기심어린 눈으로 지켜보았다. 그중엔 어른도 있고 아이도 있었다.

정문 옆에는 현관에 지붕이 달린 작은 오두막이 한 채 있었고, 현관 앞에 놓인 화분 두 개에서는 똑같은 모양의 회녹색 선인장이 자라고 있었다. 현관에서 군복 차림의 건장한 남자가 기다리는 중이었다. K는 의용군의 파란색 베레모를 알아보았다. 경찰관이 그 남자에게 인사를 건넸고, 그들은 함께 오두막 안으로 사라졌다. 뒤에 남겨진 K는 겨드랑이에 보따리를 낀 채 사람들의 날카로운 시선을 견뎌야 했다. 그는 처음엔 먼 곳을 쳐다보다 나중에는 발끝을 쳐다보았다. 어떤 표정을 지어야 할지 몰랐다. "이봐, 그 바지 어디서 훔쳤어?" 누군가 소리쳤다. "군인들 빨랫줄에서 훔쳤겠지!" 또다른 목소리가 들리자 잔물결처럼 웃음이 번졌다.

또다른 의용군이 오두막에서 나왔다. 그는 수용소 정문을 연 뒤 K를 데리고 군중을 통과해 맨땅이 드러난 운동장을 가로질러 나무와 철골로 세워진 건물 중 하나로 향했다. 안은 어두웠고 창문도 없었다. 그가 빈 침대를 가리키며 말했다. "저게 지금부터 너의 집이다. 네가 가진 유일한 집이니 깨끗이 쓰도록 해라." K는 올라가서 시트도 씌우지 않은 스펀지 매트리스 위에 누웠다. 손을 뻗으면 닿는 높이에 양철 지붕이 있었다. 그는 침침한 오두막 안의 숨막힐 듯한 더위 속에서 군인이 나가기를 기다렸다.

오후 내내 그는 밖에서 들리는 소리에 귀를 기울이며 침대에 누워 있었다. 한번은 아이들 여럿이 몰려들어와 침대 아래와 위로 서로를 쫓아다니며 시끄럽게 굴다가, 쾅 소리가 나게 문을 닫고 나갔다. 잠을 자려고 해보았지만 그럴 수 없었다. 목이 타는 듯했다. 그는 동굴 속의 서늘함과 끝없이 흐르는 개울물을 생각했다. 여긴 헤이스 노리니어스 같다, 그는 생각했다. 나는 다시 헤이스 노리니어스로 돌아왔다. 그때와 차이가 있다면, 이곳을 견뎌내기에 지금 나는 너무 늙었다는 것. 그는 카키색 셔츠와 반바지를 벗고 보따리를 풀었다. 전에는 그의 몸냄새만 배어 있던 옷이 며칠 사이에 썩은 곰팡내와 낯선 냄새에 절어 있었다. 그는 팬티만 입은 채 뜨거운 매트리스 위에 사지를 벌리고 누워 오후가 지나가기를 기다렸다.

누군가 문을 열고 발끝으로 바닥을 가로질러 걸어왔다. K는 잠든 척했다. 손가락이 그의 팔에 와 닿았다. 그는 몸을 움츠렸다. "괜찮아요?" 남자 목소리였다. 문가에서 쏟아져 들어오는 빛에 눈이 부셔 그 사람의 얼굴이 보이지 않았다. "괜찮아요." 자신의 목소리가 멀리서 들려오는 것 같았다. 낯선 이는 다시 발끝으로 걸어나갔다. K는 생각했다. 나한테 경고를 해줬어야지. 사람들이 있는 곳으로 되돌려보낸다고 누구라도 나에게 얘기를 해줬어야지.

후에 그는 카키색 옷을 입고 밖으로 나갔다. 햇빛이 무섭게 내리쬐었다. 바람 한 점 없었다. 천막 그늘에 여자 둘이 담요를 깔고 누워 있었다. 한 여자는 잠들었고, 다른 여자는 잠자는 아이를 가슴에 안고 있었다. 그녀가 K에게 미소를 지어 보였다. 그는 고개를 끄덕이고 지나갔다. 그러고는 물탱크를 찾아내 물을 벌컥벌컥 마셨다. 그리고 돌아오는 길에 그녀에게 물었다. "빨래할 수 있는 곳이 있나요?" 그녀가 세탁장을 가리켜 보이며 물었다. "비누는 있나요?" "있습니다." 그는 거짓말을 했다.

세탁장에는 대야 두 개와 샤워기 두 개가 있었다. 그는 샤워를 하고 싶었지만, 샤워기 꼭지를 돌려도 물이 나오지 않았다. 그는 흰색 세인트 존 재킷, 검은색 바지, 노란색 셔츠, 고무줄이 늘어난 팬티를 빨았다. 옷을 물에 적시고, 짜고, 또 찬물에 팔을 담근 채 눈을 감고 서 있으니 쾌감이 느껴졌다. 그는 신발만은 자기 것을 신고 있었다. 그러고는 빨랫줄에 빨래를 널러 갔다가 벽에 붙은 안내문을 보았다. '야칼스드리프 이주민수용소 / 목욕 시간 / 남자 오전 6:00~7:00 / 여자 오전 7:30~8:30 / 절대적으로 / 물을 아낄 것 / 절약할 것.' 그리고 물탱크에 달린 송수관이 울타리 밑을 지나 조금 떨어진 언덕의 펌프에 연결

돼 있는 것을 보았다.

아이를 안은 여자가 지나가는 그를 멈춰 세웠다. "빨래를 저기에 놔두면 아침에는 없어져요." 여자가 주의를 주었다. 그는 축축한 옷을 가져와 침대 위에 펼쳐놓았다.

해가 지고 있었다. 어느새 더 많은 사람들이 밖에 나와 있었고 사방이 아이들 천지였다. 노인 셋이 옆 오두막 밖에서 카드놀이를 하는 중이었다. 그는 잠시 그 모습을 구경했다.

수용소에는 천막 서른 개가 일정한 간격으로 세워져 있었고, 세면장과 변소 옆으로 오두막 일곱 채가 있었다. 그리고 또다른 오두막들을 세우기 위한 토대가 닦여 있었는데 녹슨 볼트들이 콘크리트 위로 돌출해 있었다.

그는 정문으로 걸어갔다. 초소 현관에는 두 명의 의용군 보초 중 하나가 셔츠를 허리까지 풀어헤친 채 접의자에 앉아 졸고 있었다. K는 보초가 깨어나기를 바라며 철조망 쪽으로 고개를 기울였다. "나를 이곳으로 보낸 이유가 뭡니까? 얼마나 오랫동안 여기에 있어야 하죠?" 그는 묻고 싶었지만, 보초는 계속 잠만 잤다. K에게는 소리칠 용기가 없었다.

그는 터덜거리며 오두막으로 돌아갔다가 다시 물탱크로 향했다. 하지만 뭘 해야 할지 몰랐다. 한 소녀가 양동이에 물을 받으러 왔다가 그를 보고는 가버렸다. 그는 수용소 뒤쪽 울타리로 물러나 텅 빈 펠트를 응시했다.

이윽고 천막 사이에 놓인 돌 화덕 한두 군데에서 불길이 솟아올랐다. 사람들이 부산스럽게 오고 가니 수용소에 활기가 돌았다.

푸른색 경찰차가 먼지를 일으키며 달려와 정문에 멈춰 섰다. 남자들을 빽빽이 실은 트럭이 그 뒤를 따라왔다. 수용소 아이들이 모두 정문으로 몰려갔다. 보초가 경찰차를 통과시키자 경찰차는 줄지어 늘어선 오두막 가운데 네번째 오두막을 향해 천천히 나아갔다. 난로 연통이 있는 오두막이었다. 여자 둘이 경찰차에서 내려 오두막의 자물쇠를 풀었다. 종이상자를 든 경찰차 운전자가 그 뒤를 따랐다. 뒤쪽 울타리에 있던 K는 경찰차 안에서 희미하게 지지직거리는 무전기 소리를 들었다. 곧 검은 연기가 굴뚝에서 피어올랐다.

트럭에 타고 있던 남자들이 땔감을 내려 정문 안쪽에 쌓았다.

경찰관은 차로 돌아가 머리를 빗으며 앉아 있었다. 두 여자 중 헐렁한 바지를 입은 몸집 큰 여자가 오두막에서 나와 트라이앵글을 두드렸다. 트라이앵글의 마지막 음조가 사라지기도 전에 아이들이 떼를 지어 서로 밀치며 문가로 몰려들었다. 아이들은 머그잔이나 접시, 깡통을 들고 있었다. 젖먹이를 안은 여자들도 있었다. 여자는 아이들을 조금 떨어지게 한 다음 두 명씩 들여보내기 시작했다. K는 어슬렁거리며 돌아다니다 아이들 뒤에 섰다. 들어갔다 나온 아이들의 손에는 죽과 빵 조각이 들려 있었다.

작은 사내아이가 나오다 사람들과 부딪혀 다리에 죽을 쏟고 말았다. 아이는 오줌이라도 싼 듯 조심스럽게 걸어가 다시 줄을 섰다. 어떤 아이들은 오두막 밖 맨땅에 앉아 식사를 했고, 다른 아이들은 먹을 것을 들고 천막으로 갔다.

K는 문에 서 있는 여자에게 다가갔다. "죄송합니다만," 그가 말했다. "저도 뭘 좀 먹을 수 있을까요? 병원에서 나왔기 때문에 접시가 없

어요.”

“이건 아이들을 위한 거예요.” 여자가 대답하며 눈길을 돌렸다.

그는 오두막으로 돌아가 아직 축축한 검은색 바지로 갈아입었다. 카키색 반바지는 침대 밑으로 던져버렸다.

그가 차에 타고 있는 경찰관에게 물었다. “어디서 먹을 것을 구하죠? 저는 이곳으로 보내달라고 한 적이 없어요. 저는 이제 어디서 먹을 것을 구해야 하나요?”

“여기는 감옥이 아니야,” 경찰관이 말했다. “수용소지. 수용소 안의 다른 사람들처럼 너도 먹기 위해서는 일을 해야 해.”

“갇혀 있는데 어떻게 일을 합니까? 내가 해야 할 일은 어디 있죠?”

“새끼야, 꺼져.” 경찰관이 말했다. “네 친구들한테나 물어봐. 네놈이 뭐길래 내가 너를 공짜로 먹여줘야 하지?”

산속에 있을 때가 더 좋았군, K는 생각했다. 농장에 있을 때가 더 좋았지. 길 위에 있을 때가 더 좋았어. 케이프타운에 있을 때가 더 좋았고. 그는 뜨겁고 어두운 오두막, 빽빽이 들어찬 침대마다 누운 낯선 사람들, 비웃음으로 가득한 분위기를 떠올렸다. 마치 어린 시절로 되돌아간 것 같다. 악몽 같구나.

어느새 더 많은 곳에서 불이 올라오고 요리하는 냄새가 났다. 심지어 고기 굽는 냄새도 났다. 부엌에서 일하던 헐렁한 바지 차림의 여자가 손짓으로 그를 불렀다. 그러고는 플라스틱 양동이를 건네주며 말했다. “이걸 좀 씻어서 여기에 갖다놔요. 문은 잠가요. 자물쇠 잠그는 법은 알죠?” K는 고개를 끄덕였다. 양동이 바닥에 옥수수죽이 조금 남아 있었다. 두 여자는 경찰관과 함께 차에 올랐다. 그리고 차가 떠나는데,

마치 수용소에는 호기심을 끌 만한 게 아무것도 없다는 듯, 똑바로 앞만 바라보는 그들 모습에 K는 눈길이 갔다.

어둠이 찾아왔다. 사람들은 화덕 주변에서 음식을 먹으며 얘기를 나눴다. 나중에는 누군가 기타를 연주하기 시작했고 춤판이 벌어졌다. K는 어둠 속에서 서성이며 그 모습을 바라보다가, 차츰 바보 같은 기분이 들어, 텅 빈 오두막 안의 침대로 가서 누웠다.

누군가 안으로 들어왔다. 검은 형체가 접근해오자 그는 고개를 돌렸다. "담배 줄까요?" 목소리가 들렸다. K는 담배를 받아들고 벽에 기대어 쪼그려앉았다. 성냥 불빛에 비춰 보니 그보다 나이가 많은 남자였다.

"어디서 왔소?" 남자가 물었다.

"오늘 오후에 뒤쪽 울타리를 살펴보니 충분히 넘어갈 수 있겠더군요." K가 대답했다. "어린아이라도 금방 넘을 수 있을 것 같았어요. 그런데 사람들은 왜 여기에 머물러 있죠?"

"이곳은 감옥이 아니오." 남자가 말했다. "경찰관이 당신한테 감옥이 아니라고 말하지 않았소? 이곳은 야칼스드리프요. 수용소란 말이오. 수용소가 뭔지 모르오? 수용소는 직업이 없는 사람들을 위한 거요. 머리를 뉠 곳도 먹을 것도 없어서 농장을 전전하며 일자리를 구걸하는 사람들을 위한 곳이란 말이오. 그런 사람들이 더이상 구걸할 필요가 없도록 모두 수용소에 모아놓은 거요. 당신은 내게 왜 달아나지 않느냐고 물었소. 하지만 아무데도 갈 곳이 없는 사람들이 이 좋은 곳을 두고 달아날 이유가 있겠소? 푹신한 침대도 있고, 장작도 공짜로 주고, 정문에는 보초가 총을 들고 서서 도둑들이 밤중에 당신 돈을 훔쳐가지 못하게 지켜주는데? 이런 것도 모르다니, 대체 어디서 온 거요?"

K는 아무 말도 하지 않았다. 그는 지금 누가 비난을 받고 있는 건지 알 수 없었다.

"울타리를 넘는 순간 당신은 거주지를 잃을 거요." 남자가 말했다. "야칼스드리프가 이제 당신의 거주지요. 환영하오. 거주지를 이탈하면 그들이 당신을 붙잡을 것이고, 그러면 당신은 부랑자가 되는 거요. 거주지를 잃게 된단 말이오. 처음에는 야칼스드리프지만, 다음에는 브란트플라이요. 징역과 중노동, 벽돌 공장과 채찍을 든 감독관들이 있는 브란트플라이로 가고 싶소? 당신은 울타리를 넘는 순간 붙잡힐 것이고, 그건 두번째 범죄가 되는 거요. 결국 당신은 브란트플라이로 보내질 거요. 그걸 유념하시오. 그건 당신의 선택이니까. 그나저나 당신이 가고 싶어하는 곳은 어디요?" 그가 목소리를 낮추고 물었다. "산속으로 가고 싶은 거요?"

K는 그의 말이 무슨 의미인지 몰랐다. 남자가 그의 다리를 찰싹 치며 말했다. "나가서 사람들과 어울리시오. 그들이 수용소 입구에서 몸수색하는 걸 봤잖소? 술을 들여오는지 수색하는 거라오. 막사 안에서는 술을 못 먹게 돼 있소. 그러니 나와서 한잔하시오."

그렇게 해서 K는 기타 치는 사람 주위에 모여든 사람들 쪽으로 갔다. 음악이 그쳤다. "이 사람은 마이클이오." 남자가 말했다. "휴가를 즐기려고 야칼스드리프까지 먼길을 온 사람이니 환영해줍시다." 그는 K를 억지로 앉히고는 갈색 종이로 싼 병에서 포도주를 따라주었다. 질문이 쏟아졌다. 어디서 왔느냐? 프린스 앨버트에서는 무얼 하고 있었나? 어디서 붙잡혔느냐? 그가 왜 도시를 떠나 일자리도 없고 몇 세대에 걸쳐 살던 사람들마저 모두 떠나버린 외딴곳으로 왔는지 아무도 이해하지 못했다.

"저는 어머니와 함께 프린스 앨버트에서 살려고 오는 중이었어요." K는 설명하려고 애썼다. "어머니는 편찮으셨죠. 다리 때문에 무척 고생을 하셨어요. 어머니는 비가 많이 오는 곳을 떠나 시골에서 살고 싶어하셨죠. 우리가 살던 곳엔 늘 비가 왔거든요. 그런데 이곳으로 오는 도중에 어머니가 돌아가셨어요. 스텔렌보스에 있는 병원에서요. 프린스 앨버트를 못 보시고요. 어머니는 이곳에서 태어나셨어요."

"불쌍한 분이네요." 한 여자가 말했다. "하지만 케이프타운에도 구호시설이 있지 않나요?" 그녀는 K의 답을 기다리지 않고 말을 이었다. "이 지역엔 구호시설이 없어요. 여기가 우리의 구호시설인 셈이죠." 그녀는 수용소를 껴안기라도 하듯 팔을 움직였다.

K는 하던 얘기를 계속했다. "그후에 저는 철도에서 일을 했어요. 막힌 선로에 길을 내는 일을 거들었죠. 그런 다음 이곳으로 오게 된 거예요."

침묵이 깃들었다. 유골 얘기를 해야 한다, K는 생각했다. 내 이야기를 완전히 마무리하려면 그래야 한다. 하지만 그 얘기는 할 수 없었다. 아니, 아직은 할 수 없었다. 기타를 든 남자가 새로운 곡을 연주하기 시작했다. K는 사람들의 관심이 음악으로 옮겨가는 걸 느꼈다. "케이프타운에도 구호시설은 없어요." 그가 말했다. "모두 없어졌어요." 옆 천막에서 불빛이 비쳤다. 누군가 안에서 촛불을 켠 것이다. 실물보다 큰 실루엣이 벽 위에서 움직였다. 그는 누워서 별을 바라보았다.

"우리는 지금 오 개월째 여기 있어요." 그의 옆에서 목소리가 들렸다. 오두막에서 나온 남자였다. 그의 이름은 로버트였다. "아내와 세 딸과 아들 하나, 누이와 조카들까지 모두 말이오. 나는 클라르스트룸에 있는 농장에서 일했소. 십이 년을 거기 있었다오. 아주 오랜 시간이었지. 그런데 갑자기 양모 시장이 없어졌소. 그러자 그들은 농가에 양모 생산을 제한하기 시작했소. 그들은 오우츠호른으로 가는 길목 하나를 폐쇄하더니 또다른 길목까지 폐쇄했소. 그러고는 다시 두 길목을 열었다가 다시 영원히 폐쇄해버렸지. 그러던 어느 날, 농장주가 나한테 와서 말했소. '자네를 내보내야 할 것 같네. 사람이 너무 많아 내 능력으로는 감당이 안 돼.' 내가 대답했지. '그럼 저는 어디로 가야 합니까? 일할 곳이 없다는 건 아시지 않습니까.' 그랬더니 그러더군. '미안하네. 사적인 감정으로 그러는 게 아니네. 더는 감당할 능력이 없어.' 그렇게 그는 나와 가족을 내보냈소. 그는 그곳에서 일한 지 얼마 안 된 젊은 독신남자 한 사람만 데리고 농장을 꾸려갈 작정이었소. 입이 하나니까 감당할 수 있다는 거였지. 나는 그에게 말했소. '이제 일자리가 없는데, 저는 어떻게 감당해야 합니까?' 결국 우리는 짐을 꾸려 그곳을 떠났소. 그런데 길을 가다가 경찰에 붙들리고 말았소. 거짓말이 아니오. 그 사람이 경찰에 전화를 한 거지. 그날 밤 우리는 철조망으로 둘러싸인 야칼스드리프에 들어왔소. 내가 그들에게 말했다오. '고정된 거주지가 없습니다. 지난밤에는 고정된 거주지가 있었는데, 오늘밤에는 없으리라는 걸 어떻게 알았겠습니까?' 그들이 말했소. '짐승처럼 펠트의 숲속에서 잘 텐가, 아니면 제대로 된 침대와 수돗물이 있는 곳에서 잘 텐가?' 나는 물었지. '제게 선택권이 있습니까?' 그랬더니 대답하더군. '선택권이 있지. 야칼스드리프를 선택하면 돼. 우리는 당신 같은 사람들이 떠돌아다니며 골칫거리가 되는 걸 용납하지 않을 거니까.' 그런데 내가 진짜 이유를 얘기해주지. 그들이 그렇게 신속하게 우리를 잡아들인 이유 말이오. 그들은 산속으로 사라졌던 사람들이 밤중에 나타나 울타리를 절단하고 자신들의 가축을 몰고 달아나는 일이 더는 없게 하려고 그런 것이오. 이 수용소에 남자가, 그중에서도 젊은 남자가 몇 명이나 있는지 아시오?" 그가 K를 향해 몸을 기울이더니 목소리를 낮춰 말했다. "서른 명이오. 당신까지 합하면 서른한 명. 그렇다면 여자와 아이, 노인은 몇 명이나 될 것 같소? 둘러보시오. 직접 한번 세어보란 말이오. 그러니까 내 말은, 가족과 함께 이곳에 있지 않은 남자들은 어디에 있겠느냔 말이오."

"저는 산속에 있어서," K가 말했다. "아무도 보지 못한걸요."

"하지만 여기 있는 여자들한테 남편이 어디에 있는지 물어보면 이렇게 답할 거요. '직장이 있어요. 매달 돈을 보내줘요.' 아니면 '도망갔어요. 나를 떠났어요.' 이런 식이니 누가 그 실상을 알겠소?"

침묵이 길게 이어졌다. 가느다란 빛줄기가 하늘을 가로질렀다. "유성이네요." K가 손가락으로 가리키며 말했다.

다음날 아침 K는 일하러 나갔다. 처음에는 철도청에서, 다음에는 프린스 앨버트 시청에서, 그다음에는 인근의 농장주들에게서 야칼스드리프 수용소 사람들을 보내달라는 요청이 왔다. 여섯시 삼십분에 트럭이 그들을 실으러 왔고, 일곱시 삼십분쯤에는 그들은 리우감카 북쪽에서 일을 하고 있었다. 그들은 철교 밑 강의 상류와 하류에서 강바닥의 물풀을 제거한 후 울타리를 세우기 위해 구멍을 파고 시멘트를 혼합하는 일을 했다. 일은 힘들었다. 반나절쯤 지나자 K는 기운이 빠졌다. 산에서 살더니 늙은이가 되어버렸군, 그는 생각했다.

로버트가 그의 옆에서 잠시 멈추었다. "어이 친구, 등뼈가 부러져라 일하기 전에, 그들이 당신에게 돈을 얼마나 주는지 생각해보라고." 그가 말했다. "당신은 일당 1랜드의 기준임금을 받고 일하는 거요. 나는 딸린 식구가 있어서 1랜드 50센트를 받지. 그러니 죽기 살기로 일하지 마시오. 가서 소변이나 보고 와요. 그간 병원에 있었다면서, 몸도 좋지 않을 거 아니오."

정오 휴식시간이 되자 그는 나무 그늘 아래에 있는 K에게 자신이 싸온 샌드위치 중 하나를 건네고 그 옆에 다리를 뻗고 앉았다. "일주일에 5랜드나 6랜드를 받으면, 그걸로 식사를 해결해야 하오. 수용소는 그저 잠을 자는 장소에 불과하지. 어제 본 ACVV* 여자들은 일주일에 세 번 오지만 아이들을 위한 자선사업일 뿐이오. 내 아내는 일주일에 세 번, 한나절씩 파출부로 일한다오. 갓난아이는 업고 가고, 나머지 애들은 내 누이한테 맡기고. 그렇게 해서 우리가 버는 게 일주일에 약 12랜드요. 그걸로 어른 셋과 아이 여섯이 먹고살아야 한다고. 다른 사람들은 더 힘들겠지. 일이 안 들어올 때면, 안타깝게도, 철망 뒤에 앉아 허리띠를 졸라매는 수밖에 없소.

번 돈을 쓸 곳은 프린스 앨버트뿐이라오. 그런데 프린스 앨버트에 있는 상점에 들어가면, 갑자기 물건값을 올려 받는다오. 왜인지 아시오? 수용소에서 왔기 때문이오. 사람들은 마을 가까이에 수용소가 있는 걸 원치 않으니까. 절대 원하지 않지. 처음에는 수용소가 세워지는 걸 반대하는 대대적인 시위를 벌이기도 했다오. 그들에게 우리는 병균을 옮기고, 위생관념도 없고 도덕관념도 없는 존재에 불과한 거요. 남

* 아프리칸스 기독교회.

녀 모두가 악의 소굴에서 산다고 생각하는 거요. 수용소 중간에 담을 쌓아 남자와 여자를 서로 격리시키고, 밤에는 개를 데리고 순찰을 해야 한다고 생각하는 사람들이니까. 내 생각에 그들이 정말로 원하는 건 몇 킬로미터 떨어진, 자기들 시야에 들어오지 않는 쿠프* 한가운데에 수용소가 있는 거요. 그리고 우리가 한밤중에 발소리를 죽이고 요정처럼 찾아가 일을 해주고, 정원을 고르고, 솥단지도 씻어주고, 모든 것을 완벽하게 해놓은 다음 아침에는 사라져주는 거지.

그럼 당신은 수용소가 이곳에 있길 바라는 건 누구냐고 묻겠지. 내, 얘기해주지. 첫째, 철도청이오. 철도청은 약 15킬로미터마다 야칼스드리프가 있으면 좋겠다고 생각하오. 둘째, 농장주들이오. 야칼스드리프에서 온 인부들에게 헐값으로 일을 시킬 수 있고, 일이 끝나면 트럭이 와서 데려가주니 오죽 좋겠소. 인부나 그들의 가족이 굶어 죽든 얼어 죽든 자기들이 상관할 바 아니니 걱정할 필요도 없지."

가깝지만 말소리는 들리지 않는 곳에 현장감독이 작은 접의자를 놓고 앉아 있었다. K는 그가 보온병에서 커피를 따르는 모습을 바라보았다. 머그잔을 잡아 쥐기에, 길고 납작한 손가락이 남아도는지, 두 손가락을 허공에 든 채 머그잔을 들고 커피를 마셨다. 잔의 테두리 너머로 그의 눈이 K의 눈과 마주쳤다. 저 사람은 뭘 보는 걸까? K는 생각했다. 나는 저 사람에게 뭘까? 감독은 머그잔을 내려놓고 앉아서 호각을 입술에 대고 휘익 길게 불었다.

그날 오후 늦게 그가 가시나무 밑동을 자르고 있을 때, 그 감독이 와

---

* koup. 카루의 메마른 지역.

서 뒤에 섰다. 팔 아래로 얼핏 검정 구두 두 짝과 한가하게 땅을 두드리는 등나무 막대기가 보였다. 그는 옛날처럼 조바심으로 몸이 떨리는 걸 느꼈다. 계속 도끼질을 했지만 팔에 힘이 없었다. 감독이 자리를 뜬 뒤에야 그는 정신을 가다듬을 수 있었다.

저녁이 되자 그는 너무 피곤해 먹을 수도 없었다. 그는 매트리스를 밖에 내놓고 누워 보라색 하늘에 별이 하나씩 나타나는 모습을 지켜보았다. 그때 누군가 화장실을 가다 매트리스에 걸려 넘어졌다. 한바탕 소동이 일어서 그는 자리를 물렸다. 매트리스를 오두막 안으로 다시 옮긴 그는 지붕 밑 어둠 속에 누웠다.

급료가 지급되는 토요일이면 물건을 파는 트럭이 왔다. 일요일에는 목사가 수용소에 와서 예배를 인도했고, 통금 시간까지 정문이 개방되었다. K는 예배에 참석해 여자들과 아이들 사이에 서서 찬송가를 따라 불렀다. 노래가 끝나자 목사가 고개를 숙이고 기도를 시작했다. "오, 주님. 저희 가슴에 다시 평화가 깃들게 하옵소서. 그리하여 누구도 원망하지 않고 주님의 이름으로 우애롭게 살며 주님의 계율을 지킬 수 있도록 허락해주옵소서." 기도가 끝나면 목사는 몇몇 노인에게 몇 마디 건넨 다음, 정문에서 기다리는 남색 밴에 올라타고 떠났다.

그러고 나면 이제 자유롭게 프린스 앨버트에 가거나 친구들을 방문하거나 펠트를 산책할 수 있었다. K는 기다란 길을 따라 시내로 향하는 한 가족을 바라보았다. 가족은 모두 여덟 명이었다. 남편과 아내는 자기들이 가진 옷 중 가장 점잖은 검정색 외출복을 입었고, 딸들은 흰색 모자에 분홍색과 흰색 원피스로 멋을 냈다. 사내아이들은 회색 정장에 넥타이를 매고 광이 나는 검정색 구두를 신었다. 팔짱을 끼고 웃으며 걸어가는 소녀들, 기타를 들고 누이동생과 여자친구를 데리고 가는 남자 등 다른 사람들도 그 뒤를 따랐다. "우리도 나가는 게 어때요?" K가 로버트에게 물었다. "젊은이들이나 가고 싶으면 가라죠." 로버트가 대답했다. "프린스 앨버트에서 일요일에 특별한 일이 뭐가 있겠소? 나도 전에 가봤지만 아무 의미도 없소. 가고 싶으면 같이 다녀오시오. 카페 바깥에 앉아 시원한 음료수 한잔 사서 마시고, 벼룩한테 물린 자리나 긁으시든지. 그것 말고는 아무것도 할 게 없을 테니까. 내 말은, 우리가 감옥에 있다면 감옥에 있다고 인정하자는 거요. 그렇지 않은 척하지 말고."

그럼에도 K는 수용소를 나섰다. 철조망과 오두막, 펌프가 보이지 않을 때까지 야칼스강을 따라 천천히 걸었다. 그리고 따뜻한 회색 모래에 누워 베레모로 얼굴을 가리고 잠이 들었다. 그는 땀에 흠뻑 젖어 깨어났다. 그는 베레모를 들어올리고 실눈으로 해를 바라보았다. 속눈썹 사이로 하늘을 가득 채운 무지갯빛 햇살이 쏟아져 들어왔다. 꼭 자기 집 구멍도 못 찾는 개미 같구나, 그는 생각했다. 그는 손바닥에 모래를 올렸다가 손가락 사이로 흘려보내는 동작을 되풀이했다.

병원에서 깎아준 콧수염이 다시 그의 입술을 덮기 시작했다. 여전히, 화덕 주변에서 로버트나 그의 가족과 함께 있을 때면 마음이 편치 않았다. 아이들이 계속 그를 쳐다보았다. 그가 앉는 자리마다 쫓아와 그의 얼굴을 움켜쥐려고 하는 꼬마 때문에 특히 더 불편했다. 아이의 어머니가 당황해 데려가면, 아이는 K가 어떻게 해야 할지, 어디를 쳐다봐야 할지 모를 때까지 발버둥치며 놓아달라고 징징거렸다. 그는 나이 많은 여자애들이 등뒤에서 자기를 비웃을까 염려했다. 그는 여자들과 있을 때면 어떻게 행동해야 할지 몰랐다. 아프리칸스 기독교회에서 나온 여자들은 그가 너무 말라서, 혹은 단순한 사람일 거라고 생각해서 주기적으로 죽 양동이를 씻게 했는지도 몰랐다. 일주일에 세 번, 그는 양동이를 씻으면서 끼니를 때웠다. 급료는 반을 로버트에게 주고, 나머지 반은 주머니에 넣고 다녔다. 그는 사고 싶은 것이 없었다. 그래서 시내에 가지 않았다. 로버트는 여전히 여러 방면에서 그를 돌봐주었지만 수용소에 관한 연설은 더이상 하지 않았다. "당신처럼 잠이 많은 사람은 처음 봤소." 로버트가 말했다. "아, 예." K는 로버트도 그걸 알아차렸다는 사실에 놀라며 대답했다.

철교 주변에서 하던 일이 끝났다. 이틀 동안은 할일이 없더니, 시청 소속 트럭이 도로 고르는 일을 시키기 위해 그들을 데리러 왔다. K는 다른 사람들과 함께 정문에 줄을 섰다가, 마지막 순간에 트럭에 타지 않겠다고 했다. "아파서 일을 못하겠어요." 그가 보초에게 말했다. "마음대로 해. 하지만 돈은 못 받을 거야." 보초가 말했다.

그렇게 해서 K는, 그를 둘러싼 수용소의 일상은 일상대로 돌아가는 동안, 오두막 옆 그늘에 매트리스를 내다놓고 얼굴을 팔로 가린 채 누워 있었다. 그가 너무 조용히 누워 있자 처음에는 멀찍이 떨어져서 놀던 아이들이 다가와 그를 깨우려 했다. 그가 일어나지 않자 아이들은 그의 몸을 갖고 장난을 쳤다. 그의 몸이 땅의 일부라도 되는 것처럼 기어오르거나 그 위에서 넘어졌다. 그는 여전히 얼굴을 가린 채 돌아누우며, 아이들이 등에 타고 있어도 졸 수 있다는 사실을 깨달았다. 아이들의 장난에 예기치 않은 쾌감까지 느꼈다. 아이들과의 접촉으로 생기가 되돌아오는 듯한 느낌이 들었다. 시청 소속 사람들이 와서 변소에

석회 뿌리는 것을 보려고 아이들이 우르르 몰려가자 서운한 마음이 들 정도였다.

철조망 울타리 사이로 K가 보초에게 물었다. "나가도 됩니까?"

"당신, 아프다는 줄 알았는데. 오늘 아침에 아프다고 했잖소."

"일하고 싶지 않아서요. 내가 왜 일을 해야 하죠? 여긴 감옥이 아니잖아요."

"일하기는 싫은데 다른 사람들이 먹여주길 바라는 거로군."

"나는 늘 먹을 필요는 없어요. 먹을 게 필요할 때, 일을 할 거예요."

보초는 작은 초소 입구에 있는 접의자에 앉아 벽에 옆구리를 기댄 채 총을 들고 있었다. 그가 먼 곳을 바라보며 미소를 지었다.

"그러니까 문을 열어줄 수 있나요?" K가 말했다.

"이곳에서 나가는 유일한 방법은 일하는 사람들과 같이 나가는 거야." 보초가 말했다.

"그러면, 울타리를 넘으면 어떻게 되죠? 내가 울타리를 넘으면 당신은 어떻게 할 건가요?"

"당신이 울타리를 넘는 순간 무조건 총으로 갈길 거야. 그러니 엄두도 내지 마."

K는 그 위험을 따져보기라도 하듯 철조망을 어루만졌다.

"어이, 친구. 뭐 좀 알려줄까?" 보초가 말했다. "여기 새로 왔으니까 다 위해서 하는 말이야. 내가 지금 당신을 내보내주면, 당신은 사흘도 안 돼 돌아와 들여보내달라고 애원할 거야. 내가 알지. 사흘도 안 돼 문에 서서 눈물을 글썽이며 들여보내달라고 애원할 거라고. 왜 달아나려는 건데? 여기에 집 있겠다, 먹을 것도 있겠다, 침대도 있는데. 일자리도 있고 말이야. 밖에서는 어려운 시절들을 보내고 있어. 당신도 보았을 테니 내가 설명할 필요는 없겠지. 왜 그런 사람들처럼 되려고 하지?"

"수용소에 있고 싶지 않을 뿐이에요." K가 말했다. "울타리를 넘어가게 해주세요. 그냥 돌아서 있어요. 아무도 내가 없어졌다는 걸 모를 테니까. 당신은 여기 있는 사람들 숫자도 모르잖아요."

"울타리를 넘는 순간 총으로 쏴 죽일 거라니까. 서운해하지는 마. 나는 사실대로 말할 뿐이야."

다음날 아침 다른 남자들이 일하러 갈 때 K는 침대에 누워 있었다. 나중에 그는 다시 한번 정문으로 걸어갔다. 같은 보초가 근무를 서고 있었다. 그와 K는 축구 이야기를 나눴다. "나는 당뇨가 있어." 보초가 말했다. "그래서 나를 북쪽으로 보내지 않는 거야. 지난 삼 년 동안 행정이나 병참, 경비 업무를 맡았지. 당신은 수용소 사정이 나쁘다고 생각하겠지. 그런데 가시나무를 바라보는 것 말고 아무것도 하는 일 없이 하루에 열두 시간을 여기 앉아 있다고 생각해보라고. 이봐, 내가 한 가지 얘기해주지. 만약 나한테 북쪽으로 가라는 명령이 떨어지면, 난 여기를 떠날 거야. 정말이야. 그리고 그들은 다시는 나를 보지 못하겠지. 이건 내 전쟁이 아니야. 싸울 테면 그들더러 싸우라고 해. 그들의 전쟁이니까."

그는 K의 입술에 대해 알고 싶어했다("그냥 궁금해서", 그가 말했다). K는 그에게 설명해주었다. 그가 고개를 끄덕였다. "나도 그렇게 생각했어. 그런데 누가 해코지해서 그렇게 됐을지 모른다는 생각도 했지."

경비 초소에는 등유로 돌아가는 자그만 냉장고가 있었다. 그는 점심

식사로 가져온 차가운 닭고기와 빵을 철조망 사이로 건네 K에게 나눠 주었다. "전쟁중이라는 걸 감안하면 우린 꽤 잘 살고 있는 편이지." 그는 이렇게 말하며 음흉한 미소를 지었다.

그는 수용소 여자들이 밤에 자신과 동료를 찾아온다고 말했다. "걔넨 섹스에 굶주려 있거든." 그는 하품을 하며 접의자로 돌아갔다.

다음날 아침 로버트가 K를 흔들어 깨웠다. "옷을 입어요. 일을 해야 하오." 로버트가 말했다. K는 그의 팔을 밀쳐냈다. "오늘은 모두가 나가야 해요." 로버트가 말했다. "핑계도 소용없고, 따질 필요도 없소. 당신도 가야 하오." 십 분 후 K는 싸늘한 아침 바람을 맞으며 정문 밖에 줄을 서서 인원 점검을 받고 트럭이 도착하기를 기다렸다. 그들은 프린스 앨버트의 거리들을 지나 클라르스트룸 쪽으로 향했다. 그리고 길게 뻗은 그늘진 농가를 지나 농로로 접어들어 자주개자리가 무성한 밭 옆에 멈췄다. 완장을 두르고 총을 든 경찰 예비군 두 명이 기다리고 있었다. 트럭에서 내리자 농장 일꾼이 그들에게 낫을 건네주었다. 일꾼은 아무 말도 하지 않았고 그들과 눈을 마주치지도 않았다. 깨끗하게 다림질된 카키색 바지 차림의 키 큰 남자가 나타났다. 그가 낫을 치켜들고 큰 소리로 말했다. "낫을 사용하는 법은 모두 알겠지. 2모르겐*을 잘라야 하니 지금부터 일을 시작한다!"

그들은 세 걸음 간격을 두고 서서 일을 시작했다. 허리를 굽혀 자주개자리를 그러모아 벤 다음, 반걸음 앞으로 나아가 같은 동작을 반복했다. K는 땀이 쏟아지고 현기증이 났다. "깨끗이 자르란 말이야!" 바

---

* 에이커.

로 뒤에서 고함소리가 들렸다. K가 몸을 돌리자 카키색 바지를 입은 농장주가 보였다. 그는 그자의 몸에서 나는 기분좋은 탈취제 냄새를 맡을 수 있었다. "이 원숭이 새끼야, 넌 어디서 굴러먹던 놈이야?" 농장주가 소리를 질렀다. "밑동까지 깨끗이 자르라고!" 그는 K의 손에서 낫을 빼앗더니 그를 밀치고 자주개자리를 한 움큼 그러잡아 밑동까지 싹둑 잘랐다. "봤어?" 그가 소리쳤다. K는 고개를 끄덕였다. "그럼 이렇게 해! 이 자식아, 이렇게 하란 말이야!" K는 몸을 굽히고 낫을 땅에 바짝 붙여 자주개자리를 잘랐다. "저런 쓰레기를 어디서 데려온 거야?" 농장주가 경찰 예비군 한 명에게 고함치는 소리가 들렸다. "송장이나 마찬가지네! 다음에는 진짜 송장을 데려오겠군그래!"

"더 못하겠어요!" 첫번째 휴식시간에 K가 숨을 헐떡이며 로버트에게 말했다. "허리가 끊어질 것 같아요. 일어설 때마다 머리가 빙빙 돌아요."

"천천히 해요." 로버트가 말했다. "그들도 당신이 할 수 없는 걸 하게 할 수는 없을 거요."

K는 자신이 베어온 들쑥날쑥한 자리를 바라보았다.

"저 사람이 누군지 알고 싶소?" 로버트가 낮은 소리로 말했다. "경찰서장 우스트히즌의 처남이오. 저자의 기계가 고장나면 어떻게 되는지 아시오? 경찰서에 전화를 하는 거지. 그래서 서른 명이 아침부터 이곳으로 불려와 저자를 위해 자주개자리를 베는 거라오. 여기 시스템이 바로 그런 식이오."

그들은 어두워질 무렵에야 풀 베기를 마쳤다. 단으로 묶는 일은 다음 날로 넘겼다. K는 지쳐서 비틀거렸다. 그는 트럭에 앉아 눈을 감았다. 끝없이 텅 빈 공간으로 내던져지는 느낌이었다. 오두막으로 돌아간 그는 죽은 듯 잠에 빠졌다. 그러다 한밤중에 아이 우는 소리에 잠이 깼다. 주위에서 두런거리는 소리가 들렸다. 모두가 잠에서 깬 것 같았다. 그들은 어딘가 천막에서 갓난애가 칭얼거리고 훌쩍대다가 숨이 넘어가라 비명을 지르는 소리를 몇 시간째 들으며 누워 있는 것 같았다. 아이는 몇 시간 동안이나 울음을 그치지 않았다. K는 잠을 자고 싶어 미칠 것 같았다. 속이 부글부글 끓었다. 그는 주먹을 가슴에 올리고 누워 있었다. 아이가 죽어버리기라도 했으면 싶었다.

트럭 뒤에 탄 K는 밤중에 갓난애가 울어대는 바람에 잠을 설쳤노라고 로버트에게 말했다. "아이의 입을 결국 어떻게 다물게 했는지 알고 싶어요?" 로버트가 말했다. "브랜디요. 브랜디에 아스피린을 타서 먹였다오. 그게 유일한 약이지. 수용소에는 의사도 없고 간호사도 없으니까." 그는 잠시 말을 멈췄다. "수용소를 처음 열었을 때 무슨 일이 있었는지 얘기해주겠소. 노숙인들, 분키스크랄과 온데르도르프의 무단 거주자들, 거리의 걸인들, 일자리가 없는 사람들, 산에서 자는 부랑자들, 농장에서 쫓겨난 사람들을 위해 새로이 집을 짓고 문을 열었는데, 한 달도 못 가 모두가 병에 걸리고 말았소. 이질, 홍역에 설상가상으로 독감까지 겹쳤지. 우리에 있는 동물처럼 갇혀 있어서 그랬던 거요. 간호사가 와서 뭘 했는지 아시오? 여기 있는 사람 아무에게나 물어봐도 대답해줄 거요. 간호사는 모두가 볼 수 있는 수용소 한가운데에 서서 울기만 했소. 뼈만 앙상한 아이들을 보고 어떻게 해야 할지 몰라 그저 울기만 했지. 몸집이 크고 강단 좋은 그 간호사가 말이오.

여하튼 처음에 그들은 엄청 놀랐소. 그제야 물에 소독약을 타고 변소를 파고 파리약을 뿌리고 비누를 가져다주었지. 하지만 당신 생각에 그들이 우리를 아껴서 그랬을 것 같소? 그럴 가능성은 없소. 우리가 병들어 죽으면 너무 끔찍할 테니 우리가 살아 있는 쪽을 선호한 것뿐이오. 만약 우리가 점점 말라가다가 종잇장처럼 변해 재가 되어 떠내려간다면, 그들은 우리에게 아무것도 주지 않을 거요. 그들은 그저 자기들 마음이 불편해지지 않기를 바라는 것뿐이오. 그래야 편안히 잠을 잘 수 있으니까."

"난 모르겠어요." K가 말했다. "모르겠어요."

"깊이 들여다보지 않아서 그렇소." 로버트가 말했다. "그들의 마음을 잘 들여다보시오. 그러면 알게 될 거요."

K는 어깨를 으쓱했다.

"당신은 갓난애요." 로버트가 말했다. "평생 잠을 자고 있었던 거나 마찬가지지. 이제 깨어날 때가 되었소. 왜 그들이 당신이나 아이들에게 자선을 베푼다고 생각하시오? 당신이 그들에게 위협적이지 않고, 눈을 감은 채 주위에 있는 진실을 보지 않는다고 생각하기 때문이오."

이틀 후, 그날 밤 밤새도록 울었던 아이가 죽었다. 어떠한 상황에서도 수용소 안이나 가까운 곳에 무덤을 팔 수 없다는 상부의 철통같은 지시가 있었기에, 아이는 시립 공동묘지 뒤편에 묻혔다. 열여덟 살 먹은 아이 엄마는 아이를 묻고 와서 식음을 전폐했다. 그녀는 울지 않고 자기 천막 옆에 앉아 프린스 앨버트 쪽만 하염없이 바라볼 뿐이었다. 위로하기 위해 찾아온 친구들의 말도 들으려 하지 않았다. 친구들이 몸에 손을 대면 밀쳐냈다. 마이클 K는 그녀가 자신을 볼 수 없는 울타리 부근에 서서 그녀를 바라보며 몇 시간을 보냈다. 나는 지금 교육을 받는 걸까? 그는 궁금했다. 드디어 수용소 안의 삶에 대해 배우는 걸까? 삶의 장면 장면이 그의 앞에 펼쳐졌고, 모든 장면이 서로 연결되는 것 같았다. 그것이 무엇일지 아직 알 수는 없었지만, 모든 게 하나의 의미로 수렴되거나 어쩔 수 없이 그렇게 될 것 같은 예감이 들었다.

그녀는 하룻밤과 하루해를 천막 옆에 앉아 있다가 안으로 들어갔다. 그녀가 여전히 울지도 않고 먹을 것도 입에 대려 하지 않는다는 소문이 돌았다. K가 아침마다 가장 먼저 하는 생각은 '오늘은 그녀를 볼 수 있을까?'였다. 그녀는 키가 작고 뚱뚱했다. 아무도 아이 아버지가 누구인지 정확히 알지 못했다. 그저 산에 있다는 소문만 들렸다. K는 자신이 마침내 사랑에 빠진 건 아닌지 궁금했다. 사흘이 지나자 여자는 다시 밖으로 나와 자기 삶으로 되돌아갔다. K는 다른 사람들 사이에 있는 그녀가 그들과 다른 점을 찾을 수 없었다. 그는 그녀에게 결코 말을 걸지 않았다.

12월 어느 날 밤, 수용소 사람들은 함성 소리에 잠에서 깼다. 그들은 비틀거리며 침대에서 일어나 프린스 앨버트 방향 지평선 위에서 컴컴한 하늘을 배경으로 거대하고 아름다운 오렌지색 불꽃이 타오르는 광경을 바라보았다. 놀라움에 숨이 멎고 휘파람이 절로 나왔다. "경찰서가 틀림없어!" 누군가 외쳤다. 그들은 불길이 분수처럼 너울거리며 타는 모습을 한 시간가량 지켜보았다. 몇 킬로미터에 걸친 텅 빈 펠트를 가로질러 사람들이 고함치고, 비명을 지르고, 요란하게 불길이 타오르는 소리가 들리는 듯했다. 그러다 차츰차츰 불빛이 더 붉어지고 무뎌지면서 강렬함을 잃더니 연기에 섞인 불꽃 외에는 아무것도 보이지 않았다. 몇몇 아이들은 부모 품에서 잠이 들거나 눈을 비볐다. 이제 침대로 돌아갈 시간이었다.

경찰이 새벽에 급습해왔다. 경찰차 지붕 위에서 메가폰을 잡고 소리를 지르며 명령중인 지휘관의 통제 아래 이십 명이 한 조를 이룬 정규 경찰과 학생 예비군이 총을 들고 개를 데리고 들이닥쳤다. 그들은 말뚝을 뽑아 줄줄이 늘어선 천막을 무너뜨리고 무너진 천막 안에서 발버둥치는 사람들을 구타했다. 오두막에도 난입해 잠자던 사람들을 구타했다. 그들을 재빨리 피해 변소 뒤 구석으로 달아난 젊은이는 잡혀서 인사불성이 될 때까지 발길질을 당했다. 작은 사내아이는 개와 부딪히는 바람에 넘어져 무서움에 벌벌 떨며 소리를 질렀다. 아이를 일으켜세우니 두피가 찢어져 피가 흘렀다. 누군가는 울부짖고, 누군가는 공포감에 넋을 잃은 채, 남녀노소가 옷도 미처 제대로 입지 못하고 오두막 앞 공터에 끌려나와 앉았다. 총을 겨눈 경찰들과 개들의 감시 아래 그들은 나머지 경찰들이 메뚜기떼처럼 움직이며 줄줄이 늘어선 천막을 뒤집고, 안에 있는 것들을 모조리 밖으로 내동댕이치고, 여행가방과 상자들을 뒤지는 모습을 지켜보았다. 공터에 옷, 침구, 음식, 부엌살림, 그릇, 세면용품 등이 이리저리 흩어져 쓰레기장처럼 변하고 말았다. 잠시 후 경찰들은 오두막 안으로 들어가 거기까지 난장판으로 만들었다.

이 모든 일이 벌어지는 동안 K는 쌀쌀한 새벽바람을 막느라 베레모를 귀까지 눌러쓴 채 앉아 있었다. 그의 옆에 있는 여자는 엉덩이를 드러내고 우는 갓난아이와 양팔에 찰싹 들러붙은 어린 두 딸과 함께였다. "애야, 이리 와서 앉으렴." K가 두 딸 중 작은아이에게 속삭였다. 아이는 파괴의 현장에서 눈을 떼지 않은 채 그의 다리를 타고 넘어 엄지손가락을 빨며 그의 품에 안겨 섰다. 아이의 언니도 건너왔다. 두 아이는 서로 몸을 맞대고 서 있었다. K는 눈을 감았다. 갓난아이는 계속 버둥거리며 애처롭게 울었다.

수용소 사람들은 정문 앞에 줄을 서서 한 사람씩 차례로 밖으로 나갔다. 소지품은 모두 남겨두고 나가야 했다. 잠옷 위에 걸친 담요마저 빼앗긴 이들도 있었다. 개를 데리고 있던 경찰관이 K 앞에 있는 여자의 손에서 소형 라디오를 낚아채 땅에 던지고 발로 짓이기며 말했다. "라디오는 안 돼."

정문 밖으로 나가자 남자는 왼쪽, 여자와 아이는 오른쪽에 모이게 했다. 정문이 닫히고 수용소는 텅 비었다. 큰 소리로 명령하던 덩치 큰 금발의 지휘관이 의용군 보초 둘을 데려와 울타리에 일렬로 서 있는 남자들을 보게 했다. 보초들은 무장하지 않은 상태였고 옷매무새도 흐트러진 모습이었다. K는 초소에서 무슨 일이 있었는지 궁금했다. "자, 누가 없는지 얘기해봐." 지휘관이 말했다.

다른 오두막에서 자고 있던 남자 세 명이 보이지 않았다. K는 한 번도 얘기를 나눈 적이 없는 사람들이었다.

지휘관이 자기 앞에서 부동자세를 취하고 있는 보초들을 향해 소리쳤다. 처음에 K는 그가 메가폰에 익숙해서 소리를 지르는 거라고 생각했다. 그러나 곧 그 고함 속에 분노가 배어 있다는 것이 명백해졌다. "우리가 뒷마당에 뭘 두고 있느냐!" 지휘관이 소리쳤다. "범죄자들의 소굴이다! 범죄자와 파괴분자와 게으름뱅이를 두고 있단 말이다! 그리고 너희 두 놈! 네놈들은 날마다 처먹고 자고 살만 찌우느라 네놈들이 지키기로 한 인간들이 어디 있는지도 모른다! 네놈들이 여기서 하는 일이 뭐라고 생각하지? 휴양소라도 운영하는 줄 알아? 이곳은 노동 수용소란 말이다, 새끼들아! 게으른 인간들에게 일하는 걸 가르치는 수용소란 말이다! 일 말이야! 저놈들이 일을 하지 않으면 우리는 수용소를 폐쇄한다! 수용소를 폐쇄하면 이 부랑자들을 모두 쫓아낼 거다! 나가서 돌아오지 마라! 우리는 네놈들에게 기회를 주었다!" 그는 이제 수용소 사람들을 향해 소리쳤다. "그래, 이 배은망덕한 개자식들아! 나는 지금 네놈들 얘기를 하고 있다! 네놈들은 고마워할 줄 모르는 놈들이다! 집이 없는 네놈들한테 집을 지어준 게 누구지? 추위에 바들바들 떨 때 천막과 담요를 준 게 누구냔 말이다! 네놈들을 돌봐주는 게 누구지? 보살펴주고 날마다 음식을 갖다주는 게 누구냐? 그런데 우리한테 이렇게 되갚아? 그래, 이제부터 네놈들은 굶어죽으면 된다!"

그가 깊이 숨을 들이마셨다. 그의 어깨 너머로 불덩어리 같은 태양이 모습을 드러냈다. "내 말 듣고 있나?" 그는 다시 고함을 질렀다. "네놈들 모두 잘 들어라! 네놈들이 전쟁을 하고 싶다면, 그래 전쟁을 해주마! 군대는 엿이나 먹으라고! 지금부터 내 부하들이 보초를 선다. 문들은 잠그겠다. 남자, 여자, 아이 할 것 없이 네놈들의 낯짝이 철조망 밖에 나타나는 순간 내 부하들이 이유를 불문하고 사살할 것이다! 작업 호출이 있을 때를 제외하고는 아무도 수용소를 떠날 수 없다! 면회도 없고, 외출도 없고, 소풍도 없다. 아침저녁으로 모두가 점호를 받게 될 것이다. 우리가 네놈들한테 너무 오랫동안 친절을 베풀었다."

"그리고 이 원숭이 새끼들을 네놈들과 같이 가두겠다!" 그는 한 팔을 들고 두 보초를 과장된 몸짓으로 가리켰다. 두 보초는 여전히 부동자세였다. "누가 이곳을 운영하는지 이놈들에게 가르치기 위해 가두는 거다! 네놈들! 내가 너희 두 놈을 눈여겨보지 않았다고 생각하나? 네놈들이 얼마나 멋대로 지냈는지 내가 모른다고 생각하나? 보초를 서야 할 때 씹이나 하고 있었다는 걸 모른다고 생각하나!" 그 생각에 그는 더 격앙된 것 같았다. 갑자기 돌아서서 경비 초소 안으로 들어가더니 흰색 에나멜이 칠해진 작은 냉장고를 들고 문간에 나타났다. 힘을 쓰느라 얼굴이 벌게진 채 모자는 초소 입구 윗부분에 닿아 벗어졌다. 그는 현관 가장자리까지 와서 냉장고를 최대한 높이 들어올리더니 던져버렸다. 냉장고가 퍽 하는 소리와 함께 바닥에 떨어졌다. 모터에서 등유가 새어나오기 시작했다. "보이나?" 그가 숨을 헐떡이며 말했다. 그러고는 냉장고를 옆으로 기울였다. 냉장고 문이 열리면서 덜거덕거리는 소리와 함께 1리터짜리 진저 비어, 마가린 통, 소시지 한 덩어리, 복숭아, 양파, 플라스틱 물통, 맥주 다섯 병이 쏟아져나왔다. "보이나?" 그는 다시 숨을 헐떡이며 보초들을 노려보았다.

두 명의 젊은 경찰관과 앞뒤에 '샌 호제이 스테이트'라는 글씨가 쓰인 청색 티셔츠를 입은 보조원이 거들먹거리듯 느릿느릿 잔해를 뒤적이는 동안, 수용자들은 아침 내내 뙤약볕 아래 앉아 기다렸다. 오두막 안에 은닉된 포도주를 발견하자 그들은 모조리 땅에 쏟아버렸다. 그리고 키에리*, 쇠막대, 파이프 한 자락, 양모 깎는 가위, 접이식 칼 여러 개 등 자기들이 찾아낸 무기를 쌓아놓았다. 정오가 되어서야 수색 작업이 끝났다. 경찰은 수용자들을 다시 안으로 들여보낸 다음 정문을 잠그고 경찰관 두 명만 남긴 채 금세 사라졌다. 두 경찰관은 오후 내내 차일

* 무기로 사용하는 몽둥이.

아래 앉아 야칼스드리프 사람들이 뒤엉킨 물건들 속에서 각자의 것을 챙기는 모습을 지켜보았다.

새로 온 보초 중 한 사람으로부터 우스트히즌이 그들에게 그렇게 화를 낸 이유를 나중에 들을 수 있었다. 한밤중 하이 스트리트에 있는 용접소에서 커다란 폭발음이 나면서 옆 건물로 걷잡을 수 없이 불이 번지다가 결국 시립 문화역사박물관으로 옮겨 붙었다. 초가지붕에 천장재와 바닥재가 황목이었던 박물관은 한 시간 만에 전소되었다. 뜰에 전시되어 있던 옛 농기구 중 일부만 빼고 전부 타버렸다. 횃불에 의지해 용접소의 연기 나는 벽돌을 조사한 경찰은 누군가 침입한 증거를 찾아냈고, 그들의 운전사 중 한 사람이 전날 저녁 땅거미가 질 무렵 자전거 두 대에 나눠 탄 세 사람을 야칼스드리프 분기점에서 제지했었다고 증언했다(운전사는 그들에게 통금 시간이 다가온다고 경고했고, 그들은 자신들이 살고 있는 온데르도르프로 최대한 빨리 가는 중이라고 말해서, 운전사는 이를 더는 대수롭지 않게 여겼었다). 수용소 사람들이 방화 행위에 연루되었다는 것은 확실해 보였다.

K는 소지품이 몇 가지 안 되어 찾는 데 별 어려움이 없었다. 그러나 트렁크와 여행가방을 갖고 있던 사람들은 잔해 속에서 시무룩한 표정으로 자기 물건을 찾으러 돌아다녔다. 플라스틱 빗 하나 때문에 싸움이 벌어지기도 했다. K는 안으로 들어갔다.

수요일인데도 죽을 나눠주는 여자들은 오지 않았다. 여자들의 대표가 정문에 가서 수용소 부엌에 있는 스토브를 사용할 수 있게 해달라고 부탁했지만, 보초들은 열쇠가 없다고 했다. 그러자 누군가, 아마도 어떤 아이가 부엌 창문에 돌을 던졌다.

다음날은 일꾼을 데려가는 트럭도 오지 않았다. 늦은 오전에 경찰관 두 명이 와서 임무를 교대했다. "우리를 굶겨 죽일 작정이군." 로버트가 다른 사람들에게 들릴 만큼 큰 소리로 말했다. "화재는 저들이 찾던 구실에 불과했어. 저들은 이제 늘 하고 싶어했던 것을 하려는 거야. 우리를 가둬놓고 죽기를 기다리는 거지."

K는 철조망 옆에 서서 펠트를 바라보며 로버트의 말을 곰곰이 생각해보았다. 사람들을 집어넣고 잊어버리는 곳이 수용소라는 생각이 더 이상 생소하지 않았다. 수용소가 도시에서 보이지 않는 막다른 도로 위에 세워져 있다는 것도 우연이 아닌 듯했다. 그러나 사람들이 그들의 눈앞에서 죽어가는 동안, 초소 현관에 앉은 두 젊은 남자가 하품을 하고, 담배를 피우고, 때때로 낮잠을 자러 안으로 들어가고, 태연하게 앉아 그들을 지켜본다는 사실을 그는 여전히 믿을 수 없었다. 사람들은 몸을 남기고 죽었다. 굶어죽는 사람들조차 몸을 남겼다. 만약 살아 있는 몸이 역겨울 수 있는 게 사실이라면, 죽은 몸도 살아 있는 몸과 마찬가지로 역겨울 수 있을 것이다. 만약 이 사람들이 정말로 우리를 제거하고 싶다면, 그는 생각했다(그는 식물이 자라듯 머릿속에서 생각의 싹이 움트는 걸 신기한 듯 지켜보았다). 우리를 영원히 잊고 싶다면, 우리에게 곡괭이와 삽을 주고 구덩이를 파라고 해야 할 것이다. 수용소 한가운데 커다란 구덩이를 파고, 우리가 땅을 파는 데 지쳐갈 즈음 우리에게 그 안으로 들어가 누우라고 명령해야 할 것이다. 우리 모두가 거기에 누우면, 오두막과 천막을 모두 허물고 울타리를 부순 다음 우리가 갖고 있던 마지막 물건들과 함께 오두막과 천막과 울타리를 전부 던져넣고 흙으로 덮은 뒤 땅을 판판하게 골라야 할 것이다. 그

러면, 아마도, 그들은 우리를 잊을 수 있을지 모른다. 하지만 그렇게 큰 구덩이를 누가 팔 수 있겠는가? 여자와 아이와 노인들이 거든다고 해도, 남자 서른 명이 곡괭이와 삽만 가지고 돌처럼 단단한 펠트를 파기란 불가능하다.

이런 생각은, 그는 자기 자신을 알았기 때문에, 그보다 로버트에게 더 어울릴 것 같았다. 원래 로버트의 것이었던 생각이 이제는 그의 안에 자리를 잡았다고 말하는 게 맞을까? 아니면 씨앗은 로버트의 것이었지만 그의 내부에서 자란 생각이니 이제 그의 것이라고 말하는 게 맞을까? 그는 알지 못했다.

월요일 아침, 시청 트럭이 평상시처럼 그들을 일터로 데려가기 위해 도착했다. 트럭에 오르기 전, 보초들이 명단에 있는 이름을 점검했다. 그 외에는 아무것도 변하지 않은 것 같았다. 그들은 운전사가 갖고 있는 작업자 명단에 따라 여러 농장으로 흩어졌다. K는 두 동료와 함께 울타리를 손보는 일에 배정되었다. 작업은 더뎠다. 새 철사가 아니라 낡은 철사를 사용했기 때문에 묶어놓으면 제멋대로 꼬여버렸다. K는 한가롭고 반복적인 그 일이 마음에 들었다. 아침에 왔다 저녁에 돌아가기를 반복하며 일주일 동안 똑같은 농장에서 똑같은 일을 했다. 어떤 날은 몇백 미터밖에 손보지 못할 때도 있었다. 한번은 농장주가 K를 한쪽으로 데려와 담배 한 개비를 주며 칭찬을 했다. "자네는 철사에 대한 감각이 있군. 울타리에 관계된 일을 하게. 어찌 되든 이 나라에는 그런 일을 잘하는 사람이 필요하거든. 가축을 키우려면 울타리가 필요한 법 아니겠나. 간단하잖은가." 그는 자신도 철사를 좋아한다고 말했다. 쓰레기나 다름없는 것을 사용해야 하는 게 괴롭긴 하지만 달리 방법이 없다면서. 주말이 되자 농장주는 세 사람에게 기준 급료를 주는 것 외에 과일 한 꾸러미와 옥수수와 헌옷도 덤으로 주었다. K에게는 낡은 스웨터 한 벌을, 다른 사람들에게는 아내와 아이들에게 주라며 헌옷 한 상자를 주었다. K의 동료 중 한 사람이 돌아오는 길에 트럭에서 상자를 들춰보다 커다란 무명 팬티를 발견했다. 그는 손가락 끝으로 무명 팬티를 멀찍이 들어올리고 코를 찡그리더니 그대로 놓아버렸다. 팬티는 바람을 타고 곡선을 그리며 날아갔다. 그러고 나서 그는 상자를 통째로 옆으로 던져버렸다.

그날 밤 수용소에서는 술판이 벌어지고 싸움이 났다. K가 다시 보니, 당뇨가 있다던 의용군 보초가 불빛 속에 서서 허벅지를 움켜쥐고 도움을 청했다. 그의 손은 피범벅이었고, 바짓가랑이는 젖어 있었다. "이걸 어쩌죠?" 그는 울부짖으며 이 말만 되풀이했다. 그의 손가락 사이로 기름처럼 진한 피가 스며나왔다. 사람들이 사방에서 달려와 그 모습을 지켜보았다.

K는 소동이 벌어지는 곳을 바라보고 있는 정문의 두 경찰 보초에게 달려갔다. "사람이 칼에 찔렸어요." 그가 더듬거리며 말했다. "피를 흘리고 있어요. 병원으로 데려가야 해요."

보초들은 서로 눈길을 교환했다. "이리 데려와. 상태가 어떤지 보게." 그중 한 명이 말했다.

K는 다시 달려갔다. 부상자는 바지를 발목까지 내린 채 아직도 피가 뿜어져나오는 허벅지를 움켜쥐고 쉴새없이 무슨 말인가 하며 앉아 있었다. "이 사람을 정문으로 데려가야 해요!" K가 소리쳤다. 그가 수용소에서 목소리를 높인 건 처음이었다. 사람들이 그를 신기한 듯 쳐

다보았다. "일단 정문으로 데려가면 그들이 병원으로 데려갈 거예요!" 바닥의 남자가 고개를 크게 끄덕이며 울먹였다. "나를 좀 병원으로 데려다줘요. 피가 너무 많이 나요!"

그의 동료인 다른 의용군 보초가 사람들을 밀치고 옆으로 오더니 상처가 난 부위를 수건으로 동여매려 했다. 누군가 K를 팔꿈치로 슬쩍 찔렀다. 돌아보니 다른 오두막에 사는 남자였다. "내버려둬요. 자기들이 알아서 하라고." 남자가 말했다. 모여 있던 사람들이 흩어지기 시작했다. 곧 아이들과 K만 남아 깜박이는 불빛 속에서 젊은 보초가 나이든 보초의 허벅지를 묶는 모습을 바라보았다.

K는 누가 그 보초를 찔렀는지, 그의 상처가 다 나았는지 끝내 알 수 없었다. 이날이 그가 수용소에서 보낸 마지막 밤이었기 때문이다. 모두가 잠들었을 때, K는 조용히 검정색 코트에 소지품을 싸서 소리 없이 빠져나왔다. 그리고 화덕의 마지막 잉걸불이 완전히 사그라지고, 펠트를 가로지르는 바람 소리 외에는 아무 소리도 들리지 않을 때까지 물탱크 뒤에 앉아 기다렸다. 한 시간을 넘게 기다리자 너무 오래 꼼짝 않고 앉아 있던 탓에 몸이 덜덜 떨렸다. 이윽고 그는 신발을 벗어 목에 두르고 발끝으로 걸어 변소 뒤 울타리 쪽으로 가서 소지품을 밖으로 던지고는 울타리를 올랐다. 울타리에 걸터앉는데 철조망 가시에 바지가 걸려 은청색 하늘을 배경으로 총에 맞아 죽기 십상이었다. 그는 가시를 빼내고, 놀랍게도 울타리 안의 땅과 감촉이 똑같은 땅을 까치발로 가로지르며 그곳을 떠났다.

그는 밤새도록 걸었다. 자유로워졌다는 생각에 때때로 전율감이 느껴질 뿐, 피로감은 없었다. 날이 밝기 시작하자 길을 벗어나 넓은 평지로 접어들었다. 숨어 있다 불쑥 튀어나와 멀리 산으로 도망가는 사슴 때문에 몇 번 놀라긴 했지만, 사람하고는 한 번도 마주치지 않았다. 하얗게 메마른 풀이 바람에 물결쳤다. 하늘은 푸르고 몸에서는 활기가 넘쳤다. 그는 커다란 만곡을 그리며 첫번째 농가를 우회하고 다시 그다음 농가를 우회했다. 풍경이 너무 텅 비어서, 이곳에 발을 들여놓고 조약돌을 건드리는 게 그가 처음은 아닐까 하는 생각이 들 정도였다. 그러나 1.5킬로미터나 5킬로미터마다 그가 탈주자일뿐만 아니라 무단침입자임을 상기시켜주는 울타리가 둘러쳐져 있었다. 그는 몸을 숙여 울타리를 통과하며, 퉁기면 소리가 날 정도로 팽팽하게 당겨진 철사줄에서 기술자가 느낌직한 쾌감을 맛보았다. 그렇긴 해도 땅에 말뚝을 박고 울타리를 세워 구획을 나누는 일을 하며 일생을 보내는 자신의 모습은 상상할 수 없었다. 그는 스스로에 대해, 뒤에 발자국을 남기는 무거운 존재가 아니라, 개미가 발을 구르고 나비가 이를 사각거리고 먼지가 굴러다녀도 알아채지 못할 정도로 깊이 잠든 대지 위에 찍힌 점 같은 존재라고 생각했다.

그는 마지막 능선을 올랐다. 심장 박동이 빨라졌다. 정상에 오르자 아래쪽에 그 집이 보였다. 처음에는 지붕과 부서진 박공이, 그다음에는 흰 도료를 칠한 벽이 보였다. 모든 것이 예전 그대로였다. 내가 피사기 집안의 손자보다 오래 견뎌낸 게 틀림없다. 그는 생각했다. 내가 산속에서 공기를 먹고 살던 날들이나 수용소에서 시간에게 먹히며 지냈던 하루하루는 손자가 자기 은신처에서 먹거나 굶고, 자거나 깨면서 견뎌내기에는 너무 긴 시간이었을 것이다.

뒷문이 잠겨 있지 않았다. K가 위쪽을 밀어 문을 열자 뭔가가 그의 얼굴 쪽으로 튀어나와 구석을 돌아 달아났다. 고양이였다. 검은 반점이 있는 굉장히 큰 황갈색 고양이였다. 전에는 농장에서 고양이를 본 적이 없었다.

집에서 열기와 먼지 냄새가 났다. 가공되지 않은 두텁고 낡은 가죽 냄새도 났다. 부엌 쪽으로 가자 냄새가 더 고약해졌다. 그는 부엌문 앞에서 머뭇거렸다. 발자국을 지우고 조용히 걸어나갈 시간은 아직 있다. 그는 생각했다. 내가 돌아온 이유가 무엇이든, 피사기 가족이 살았던 것처럼 살고, 그들이 잤던 곳에서 자고, 베란다에 앉아 그들의 땅을 굽어보며 살려고 온 것은 아니니까. 만약 이 집이 피사기 집안의 모든 세대에 걸친 영혼을 위한 장소로 버려진다 해도, 나하고는 상관없는 일이다. 내가 온 것은 이 집 때문이 아니니까.

지붕에 난 구멍으로 한줄기 햇빛이 들어오는 부엌은 텅 비어 있었다. 냄새는 식료품 저장실에서 나는 것이었다. K는 어둑어둑한 저장실 안을 들여다보고서 갈고리에 양인지 혹은 염소의 옆구릿살이 걸려 있음을 알았다. 마른 회색 껍질에 붙어 있는 뼈들을 제외하면 시체에 남은 것은 거의 없었지만, 금파리들이 여전히 그 주변에서 윙윙거렸다.

그는 부엌을 나와 집안 여기저기를 돌아다니며 피사기네 손자가 있다는 흔적이나 그의 은신처에 대한 실마리를 찾아보려고 했지만, 아무것도 찾지 못했다. 바닥은 새로 쌓인 먼지로 덮여 있었다. 다락방에는 자물쇠가 채워져 있었다. 가구는 늘 있던 자리에 있었고, 사용한 흔적도 없었다. 그는 식당 한가운데 숨을 멈추고 서서, 위쪽이나 아래쪽에서 무슨 조그만 소리라도 날까 싶어 귀를 기울였다. 마치 피사기네 손자와 그가 둘 다 살아 있는데, 손자의 심장이 그의 심장에 맞춰 뛰기라도 하듯, 그의 심장 소리 외에는 아무것도 들리지 않았다.

그는 햇빛 속으로 나와 펠트를 가로지르는 길을 따라 예전에 어머니의 유골을 뿌렸던 밭과 둑이 있는 곳으로 갔다. 그는 길가의 돌멩이 하나하나와 덤불까지 일일이 알아보았다. 그는 집안에서와는 다르게 둑에서 편안함을 느꼈다. 그는 검은색 코트를 둘둘 말아 베고 누워 쉬며 하늘이 빙빙 도는 모습을 바라보았다. 나는 여기에서 살고 싶다. 그는 생각했다. 어머니와 아버지가 살았던 이곳에서 영원히 살고 싶다. 아주 간단한 일인데. 이 같은 시대를 살아가려고 짐승처럼 살 준비를 해야 한다는 게 애석하구나. 살고 싶어하는 사람은 창문에 불을 밝힌 집에 살 수 없다. 굴 속에서 살아야 하고 낮이 되면 숨어야 한다. 삶의 흔적이 남지 않도록 그렇게 살아야 한다. 이것이 현실이다.

둑은 메마르고 한때 주변에 무성하던 풀은 하얗게 부석부석하니 말라 죽어 있었다. 그가 심었던 호박과 옥수수는 흔적도 없었다. 펠트에 자라는 풀이 그가 일군 밭을 무성하게 뒤덮은 상태였다.

그는 펌프 잠금장치를 풀었다. 바퀴가 삐걱거리고 흔들리며 떨리더니 이내 돌아가기 시작했다. 피스톤이 내려갔다 올라오자 물이 쏟아져 나왔다. 처음에는 녹물이 나오다가 나중에는 깨끗한 물이 나왔다. 모든 것이 예전 그대로, 그가 산속에서 기억했던 그대로였다. 그는 물줄기에 손을 대고 손가락을 밀어내는 물의 힘을 느껴보았다. 그러고는 둑 안으로 들어가 흐르는 물줄기 아래에 서서 얼굴을 꽃처럼 위로 향한 채 물을 마시고 옷을 적셨다. 아무리 마셔도 갈증이 났다.

그는 밖에서 잠을 자다 꿈에 피사기네 손자가 나타나는 바람에 깨고 말았다. 꿈속에서 손자는 마루판 밑의 어둠 속에 공처럼 몸을 웅크리고 있었다. 거미들이 그의 몸 위로 기어다니고 옷장의 무게가 그의 머리를 짓눌렀다. 손자는 알아들을 수 없는 말을 했다. 그것이 애원이었는지 고함이었는지 명령이었는지는 확실하지 않았다. 그는 몸이 굳고 지친 걸 느끼며 일어나 앉았다. 그자가 나의 첫날 밤을 훔쳐가게 해서는 안 돼! 그는 혼잣말을 하며 끙끙 앓았다. 나는 보모 노릇을 하려고 여기 온 게 아니다! 지난 몇 달 동안이나 혼자서 잘 지냈을 테니 조금만 더 혼자 알아서 지내라고 하자! 그는 검은색 코트로 몸을 감싼 채 이를 악물고 새벽이 오기를 기다렸다. 거처 마련하는 일을 어서 마무리하고 싶어서 조바심이 났고, 스스로 다짐했던 것처럼 땅을 일구고 씨를 뿌리는 쾌감을 느끼고 싶었다.

그는 오전 내내 펠트를 거닐며 언덕 중턱에서 시작되는 얕은 협곡과 바위가 깎아지른 듯 잘린 단층을 살폈다. 둑에서 300미터쯤 떨어진 곳에 가슴 모양으로 불룩 솟은 낮은 언덕 두 개가 마주보며 곡선을 이루고 있었다. 두 언덕이 만나는 지점에 길이는 3미터쯤 되고 깊이는 사람의 허리 높이 정도 되는 움푹 팬 자리가 있었다. 바닥에는 고운 감청색 자갈이 깔려 있었는데, 언덕에서 캐낼 수 있는 것과 똑같은 자갈이었다. 이곳이 K가 마음에 둔 자리였다. 그는 농가 옆에 있는 헛간에서 자신의 연장인 삽과 끌을 챙겼다. 양 우리의 지붕에서 1.5미터쯤 되는 양철판을 떼어냈다. 과수원의 부서진 울타리 더미에서는 울타리 기둥 세 개를 힘겹게 뽑아냈다. 그러고는 이것들을 모두 둑으로 가져가 작업을 시작했다.

가장 먼저 한 일은 움푹 팬 자리의 위보다 아래가 넓어질 때까지 측면을 깎고 바닥을 고르는 것이었다. 그는 폭이 좁은 위쪽 가장자리에 돌을 쌓아 막았다. 그런 다음 울타리 기둥 세 개를 건너지르고 그 위에 함석판을 얹은 뒤 납작한 돌로 눌렀다. 그는 이제 1.5미터 깊이의 동굴 혹은 구덩이를 갖게 되었다. 그런데 둑 쪽으로 물러나서 살펴보니 입구의 검은 구멍이 훤하게 눈에 들어왔다. 그리하여 오후의 나머지 시간 동안은 그것을 숨길 방도를 찾느라 고심했다. 어둠이 깃들자 그는 문득 자신이 아무것도 먹지 않고 하루를 보냈다는 걸 깨닫고 놀랐다.

다음날 아침 그는 강가의 모래를 몇 자루씩 날라다 바닥에 깔았다. 그리고 언덕 중턱의 단층에서 판판한 돌을 쪼개 혼자만 겨우 드나들 수 있는 틈만 남기고 앞벽을 쌓았다. 그러고 나서 진흙과 마른 풀을 섞어 지붕과 벽 사이 틈을 메웠다. 지붕 위에는 자갈을 깔았다. 하루종일 아무것도 먹지 않았다. 아니 먹을 필요를 느끼지 못했다. 하지만 일하는 속도가 점점 느려진다는 것과, 하던 일을 멈추고 멍하니 다른 생각을 하며 가만히 서 있거나 무릎을 꿇고 앉아 있을 때가 있다는 걸 깨달았다.

진흙으로 틈새를 막고 판판하게 고르다보니, 문득 나중에 폭우라도 쏟아지면 지금 애써 발라놓은 것들이 씻겨 내려가고 빗물이 그의 집을 통과해 협곡으로 쏟아져내릴 거라는 생각이 들었다. 모래 밑에 돌을 깔아야 했구나. 그는 생각했다. 처마를 만들어야 했어. 그런데 또다른 생각이 떠올랐다. 내가 지금 여기 둑 옆에 다음 세대에 물려줄 집을 짓는 건 아니잖아. 무슨 일이 생겨도 가슴을 쥐어뜯지 않고 쉽게 포기할 수 있는, 무심하게 만든 임시 거처면 된다. 만약 그들이 이곳을, 이 폐허를 찾아낸다면 고개를 설레설레 저으며 서로에게 말할 테지. 참으로 무능한 자들일세, 이런 꼴로 집을 만들어놓다니 자부심도 없나보군!

이런 말을 들어도 상관없을 것이다.

헛간에는 마지막 남은 호박씨와 멜론씨 한 줌이 있었다. 돌아온 지 나흘째 되는 날, K는 이 씨앗들을 뿌리기 시작했다. 전에 심은 작물이 죽고 없어진 자리에 무성하게 자란 펠트 풀 사이로 적당한 공간을 마련하고 씨앗을 하나씩 심었다. 밭 전체에 물을 댈 엄두는 더는 내지 않았다. 새로운 풀이 자라 파릇파릇해지면 그가 여기 있다는 것이 들통날 테니까. 그는 낡은 페인트통으로 둑에서 물을 길어다 씨앗 하나하나에 뿌려주었다. 그 일이 끝난 다음에는 싹이 나오기를 기다리는 것 말고는 할일이 없었다. 그는 자신의 구덩이 안에 누워 검은 대지를 뚫고 태양을 향해 올라오려 몸부림치고 있을 가여운 두번째 자식들을 생각했다. 제때 심지 못하고 여름 막바지에 심었다는 것이 유일한 걱정이었다.

씨앗을 돌보고 대지 위에 열매가 맺히기를 기다리면서 음식에 대한 욕구가 점점 더 희미해져갔다. 배고픔이 느껴지지 않았고, 그것에 대한 기억마저 가물가물했다. 그가 만약 무언가를 찾아 먹는다면, 그것은 먹지 않으면 죽는다는 믿음을 아직 떨쳐내지 못했기 때문일 것이다. 어떤 음식을 먹느냐는 그에게 전혀 의미가 없었다. 음식은 맛이 없거나, 맛이 있더라도 먼지 같은 맛이었다.

이 땅에서 먹을 게 나오면 식욕이 돌아오겠지, 그는 혼잣말을 했다. 맛이 있을 테니까.

산과 수용소에서 힘겨운 생활을 한 뒤라 그의 몸은 뼈와 가죽만 남은 상태였다. 옷도 이미 너덜너덜해진 것을 볼품없이 걸치고 있었다. 그러나 밭을 거닐 때면 그는 자신의 몸에서 깊은 환희를 느꼈다. 발걸음은 너무 가벼워서 거의 땅에 닿지도 않는 것 같았다. 날 수도 있을 것 같았다. 몸이면서 동시에 영혼일 수도 있을 것 같았다.

그는 다시 벌레를 먹기 시작했다. 끝없이 흐르는 개울만큼이나 시간이 넘쳐났다. 오전 내내 개미굴 옆에 배를 깔고 엎드려 풀대로 유충을 하나씩 집어 입속에 넣었다. 죽은 나무의 껍질을 벗겨 딱정벌레 유충을 찾기도 했다. 또한 공중으로 날아다니는 메뚜기를 재킷으로 후려쳐 떨어뜨리고는 목과 다리와 날개를 떼어낸 다음 납작하게 눌러 햇볕에 말렸다.

그리고 풀뿌리도 먹었다. 독이 들어 있지는 않을까 하는 두려움 따위는 없었다. 그는 몸에 좋은 쓴맛과 나쁜 쓴맛의 차이를 스스로 알고 있는 것 같았기 때문이다. 마치 한때 동물이어서 좋은 풀과 나쁜 풀을 구분하는 능력이 그의 영혼 어딘가에 남아 있기라도 한 듯이.

그의 은신처는 농장을 지나 우회한 다음, 무어르덴아르스팔레이까지 닿는 보조도로와 만나는 길에서 1.5킬로미터도 채 떨어져 있지 않았다. 통행이 잦은 길은 아니었지만 그래도 조심할 필요가 있었다. 멀리서 들리는 자동차 소리에, K는 몇 번이나 몸을 숙이고 숨어야 했다. 한번은 강둑을 한가롭게 거닐다 위쪽을 쳐다보니, 부르면 들릴 만한 거리에서 당나귀 수레가 지나가는 게 보였다. 한 노인이 여자인지 아이인지 알 수 없는 누군가를 옆에 태우고 수레를 몰았다. 그들이 그를 보았을까? 그는 움직이면 주의를 끌까 두려워, 누구든 보려면 얼마든지 볼 수 있는 위치였지만, 그 자리에 꼼짝 않고 선 채 수레가 천천히 길을 내려가 언덕 너머로 사라지는 모습을 지켜보았다.

이렇게 끊임없이 주위를 경계하는 것만큼이나 물을 마음대로 쓸 수 없는 것도 성가신 일이었다. 펌프의 바람개비가 돌아가는 게 눈에 띄어서도 안 되고, 둑은 언제나 비어 있는 것처럼 보여야 했다. 그런 이유로 달빛이 있을 때나 땅거미가 질 때에만 펌프 잠금장치를 풀고 물을 적당히 틀어서 작물에 물을 줄 수 있었다.

축축한 땅에 사슴 발자국이 난 걸 한두 번 보았지만 대수롭지 않게 여겼다. 그런데 어느 날 밤, 콧김을 내뿜고 발굽을 덜거덕거리는 소리에 그는 잠이 깼다. 집에서 기어나와보니 무언가 보이기 전에 냄새가 먼저 났다. 둑에 물이 마른 뒤 영원히 도망가버린 줄 알았던 염소 냄새였다. 그는 자다 일어나 정신이 혼미했지만, 밭을 구해야 한다는 일념에 염소들을 향해 비틀비틀 달려가면서 욕을 하고 돌을 던지다 넘어지고 말았다. 가시가 손바닥에 깊숙이 박혔다. 그는 밤새도록 밭을 지켰다. 이른 새벽빛 속에서 염소의 모습이 보였다. 놈들은 둘셋씩 무리를 이룬 채 언덕 중턱에 서서 그가 가기를 기다렸다. 그는 낮에도 하루종일 돌을 던지며 놈들을 쫓아내고 망을 봐야 했다.

야생 염소들은 그의 농작물에 위협이 되었을 뿐만 아니라, 그들의 존재 자체로 그 밭을 눈에 띄게 만들었다. 그래서 그는 낮 동안 쉬고 밤에 일어나 땅을 지키고 가꾸기로 마음먹었다. 처음에는 달빛이 있는 밤에만 제대로 일을 할 수 있었다. 달이 뜨지 않아 칠흑같이 어두운 밤에는 팔을 내두르며 한자리에 서 있기만 했다. 뭔가가 주변에 있는 것 같아 두려웠다. 그러나 시간이 지나면서 그는 맹인과 같은 자신감을 갖기 시작했다. 나뭇가지로 땅을 짚어가며 집과 밭 사이에 만들어놓은 길을 따라 걸어가 펌프 잠금장치를 풀고, 꼭지를 열고, 깡통에 물을 채워 풀을 옆으로 젖히고 덩굴을 하나하나 찾아서 물을 주었다. 차츰 밤에 대한 두려움이 모두 사라졌다. 실제로 어떨 때는 낮에 잠에서 깨어 밖을 내다보다 날카로운 햇빛에 깜짝 놀라 잠자리로 돌아가기도 했다. 그럴 때면 눈꺼풀 아래에서 녹색 빛이 요상하게 일렁였다.

어느새 늦여름이었다. 야칼스드리프 수용소를 떠난 지 한 달이 넘었다. 피사기네 손자가 어디 있는지는 찾아보지 않았다. 앞으로도 그럴 것 같지 않았다. 그는 손자를 생각하지 않으려 했다. 그러나 때로는 손자가 펠트에 구덩이를 파고, 농장 어딘가에서 도마뱀을 잡아먹고, 이슬을 마시고, 군대가 그를 잊어주기를 바라며 자신과 흡사한 삶을 살아가고 있지는 않을지 궁금했다. 그럴 것 같지는 않았지만.

농장이 망자들의 거처라도 되는 듯, 그는 필요한 것을 찾으러 갈 때를 제외하고 농장에 가지 않았다. 불을 피울 도구가 필요했는데, 다행히 부서진 장난감이 담긴 여행가방 안에 붉은색 플라스틱 망원경이 있었다. 그는 망원경 렌즈로 햇빛을 모아 마른 풀 한 줌에 불을 피웠다. 또한 헛간에 있는 사슴 가죽을 이용해 잃어버린 것을 대신할 새총을 만들었다.

편리한 생활을 위해 석쇠, 냄비, 접의자, 스펀지 매트리스, 식량 자루 등을 더 가져올 수도 있었다. 그는 헛간에 있는 잡동사니를 뒤적였다. 전부 가져가면 쓸모는 있는 것들이었다. 하지만 그는 피사기 집안의 쓰레기를 자신의 집으로 가져가 결국 그들처럼 불행해지는 건 아닐까 조심스러웠다. 둑 주변에서의 조촐한 시작이 피사기 집안에 필적하는 새집을 지으려는 시도로 이어진다면 최악의 실수가 될 것이다. 그는 혼잣말을 했다. 심지어 연장까지도, 어느 날 그것들이 더이상 필요하지 않게 되는 날에는 벌레들이 먹어치울 수 있도록 나무와 가죽, 동물 창자 따위로 만든 것이어야 할 것이다.

그는 펌프에 몸을 기댄 채, 피스톤이 바닥에 닿을 때마다 울리는 진동을 느끼고, 윤활유를 바른 베어링이 장착된 커다란 바퀴가 머리 위에서 어둠을 가르는 소리를 들으며 서 있었다. 나한테 아이들이 없다는 게 얼마나 다행인가. 그는 생각했다. 아버지가 되고 싶은 마음이 없다는 게 얼마나 다행인가. 나는 우유와 옷과 친구와 교육이 필요할 아이를 이 오지에서 어떻게 키워야 할지 알지 못할 것이다. 나는 의무를 다하지 못할 것이다. 최악의 아버지가 되겠지. 반면에 그저 시간이 가기만을 기다리는 삶을 사는 건 그다지 어려운 일이 아니다. 나는 의무감이라는 것을 피한 운좋은 사람 중 하나다. 그는 야칼스드리프를 떠올렸다. 날마다 발자국들이 빼곡하고 햇볕에 바짝 말라 다시는 아무것도 자라지 않을 철조망 안의 땅 위에서 자기 자식들과 사촌과 육촌의 아이들을 키우고 있을 수용소의 부모들을 떠올렸다. 나의 어머니는 뼛가루가 되어 내가 이곳으로 모셔왔고, 그는 생각했다. 나의 아버지는 헤이스 노리니어스였다. 나의 아버지는 기숙사 문에 붙어 있는 규칙들이었다. 스물한 개의 규칙 중 첫번째는 '기숙사에서는 언제나 정숙한다'였다. 또한 나의 아버지는 선이 반듯하지 않으면 내 귀를 비틀던, 손가락 몇 개가 없던 목공 선생이었고, 카키색 셔츠와 반바지 차림에 검은색 양말과 검은색 구두를 신고 파페하이 스트리트에 있는 교회에 이열 종대로 가서 죄를 용서해달라고 빌던 일요일 아침이었다. 그들이 나의 아버지였다. 나의 어머니는 묻혀서 아직 일어나지 않았다. 바로 이것이 아무것도 남길 게 없는 내가 이 외진 곳에서 시간을 보내야 하는 좋은 이유다.

K가 알기로, 그가 돌아오고 지난 한 달 동안 이곳을 찾은 사람은 아무도 없었다. 농가 바닥에 쌓인 먼지에 찍힌 새로운 발자국은 그와 고양이의 것뿐이었다. 어떻게 그러는지는 몰라도 고양이는 자기 마음대로 왔다가 가곤 했다. 그러던 어느 날 새벽 산책을 하던 중에 그는 농가를 지나치다 언제나 닫혀 있던 앞문이 조금 열린 걸 보고 소스라치게 놀랐다. 갑자기 햇볕으로 나온 두더지처럼 벌거벗은 기분이 들어 열린 문에서 서른 걸음도 떨어지지 않은 곳에 우뚝 멈춰 섰다. 그는 까치발로 강바닥으로 내려갔다가 다시 살금살금 구덩이로 돌아갔다.

일주일 동안 그는 농가 근처에 가지 않았다. 그러나 밤이 되면 살금살금 움직이며 밭을 가꾸었다. 자갈이 부딪기만 해도 그 소리가 펠트에 울려퍼져 결국 자신이 거기 있다는 게 발각되지 않을까 두려웠다. 어린 호박잎은 이제 그가 둑을 사용한다는 걸 증명하는 선명한 녹색 깃발이나 다름없었다. 그는 덩굴을 정성스럽게 풀로 덮었다. 덩굴을 자를까 생각하기도 했다. 그는 달구어진 양철 지붕 밑 잔디를 깔아 만든 잠자리에 누워 잠을 설쳐가면서도 그의 위치가 노출되었음을 알리는 소리가 들리지나 않을까 귀를 곤두세웠다.

그러나 그런 두려움이 터무니없어 보일 때도 있었다. 그럴 때면 그는 인간사회로부터 단절된 삶을 살다보니 자신이 쥐보다 더 소심해질 위험에 처해 있다는 사실을 깨닫곤 했다. 문이 열려 있다고 해서 피사기 집안사람들이 돌아왔거나 그를 악명 높은 브란트플라이에 집어넣기 위해 경찰이 왔다고 생각할 근거가 무엇인가? 날마다 수십만 명의 사람들이 전쟁을 피해 바퀴벌레처럼 달아나는 이 광활한 나라에서, 피난민이나 다른 누군가가 황량한 시골의 텅 빈 농가에 숨어 있다고 불안해할 이유가 뭔가? 그가, 아니 그들이(피난을 떠나는 가족의 모습이 K의 머릿속에 떠올랐다. 살림살이가 가득 실린 수레를 밀고 가는 남자, 그 뒤에서 터벅터벅 걷는 여자와 두 아이, 여자의 손을 잡은 한 아이와 야옹거리는 새끼 고양이를 안고 수레에 실린 짐 위에 앉은 또다른 아이. 모두가 지칠 대로 지친 모습이다. 바람이 그들의 얼굴에 먼지를 뿌리며 하늘의 잿빛 구름을 쏜살같이 몰고 간다)—그런 사람들이 두려워해야 하는 것 아닐까? 그가 그런 사람들을 두려워하는 게 아니라 그들이 그를, 박쥐가 날아다니는 밤중에 땅에서 튀어나온 듯 뼈와 가죽만 남은 야만적인 모습의 그를 두려워해야 하는 것 아닐까?

하지만 또다른 경우를 생각해보았다. 만약 그들이 다른 부류의 사람들이라면, 가령 탈영병이라면, 또는 비번이라 재미삼아 염소 사냥을 나온 경우라면, 또는 호박 덩굴을 풀로 감추고 사는 곳을 진흙으로 가려놓은 나의 엉성한 속임수에 배꼽을 잡고 웃고, 내 엉덩이를 차면서 정신 차리라고 말하고, 나를 하인으로 삼아 자신들을 위해 장작을 패고 물을 길어 오게 하고, 자신들이 총부리를 겨눈 곳으로 염소를 몰게 하고, 잡은 염소를 석쇠에 굽게 해서 먹을 동안 나는 수풀 뒤에서 그 찌꺼기만 먹게 하는 건장한 남자들이라면 어떻게 될까? 밤낮으로 숨어 있는 게 낫지 않을까? 그들의 피조물이 되느니 땅속에 파묻히는 게 낫지 않을까? (그런데 나를 하인으로 삼겠다는 생각이 그들의 마음에 스치기나 할까? 펠트를 가로질러 자기들을 향해 다가오는 야만인을 보면 누가 먼저 모자에 달린 놋쇠 배지를 총으로 맞힐지 내기나 하지 않을까?)

여러 날이 지났고, 아무 일도 일어나지 않았다. 해가 비치고, 새들이 숲에서 숲으로 날아다니고, 거대한 침묵이 사방에 깃들었다. K는 자신감이 돌아왔다. 해가 왼쪽에서 오른쪽으로 호를 그리며 움직이고 베란다의 그늘이 오른쪽에서 왼쪽으로 옮겨가는 동안, 그는 하루종일 몸을 숨기고 농가를 지켜보았다. 중앙 쪽이 더 어두운 것은 문이 열려서 그런 걸까, 아니면 그냥 문일까? 너무 멀어서 잘 보이지 않았다. 밤이 되고 달이 뜨자 그는 전에 과수원이었던 곳까지 다가갔다. 집에는 빛도 소리도 없었다. 그는 발끝으로 걸으며 훤히 트인 곳으로 나와 들을 가로질러 계단 앞까지 이르렀다. 마침내 그는 거기서 늘 그런 상태였던 듯 문이 열려 있는 걸 볼 수 있었다. 그는 계단을 올라 집안으로 들어가 칠흑같이 컴컴한 복도에 서서 귀를 기울였다. 사방이 고요했다.

그는 나머지 밤을 헛간에 있는 포대에 누워 기다리며 보냈다. 밤에 잠을 자는 데 익숙하지 않았음에도 잠이 들기까지 했다. 아침이 되어 그는 다시 집안으로 들어갔다. 바닥은 깨끗이 청소된 상태였고, 벽난로도 그랬다. 희미한 연기 냄새가 아직도 구석에 배어 있었다. 그는 헛간 뒤 쓰레기 더미에서 상표가 붙어 있지 않고 반들반들 윤이 나는 새로운 쇠고기 소금절임 통조림 깡통을 여섯 개나 보았다.

그는 자신의 굴로 돌아가 꼬박 하루를 숨어 있었다. 농장에 군인이 왔다는 확신이 들자, 그것도 도보로 온 게 틀림없다는 생각이 들자 마음이 산란해졌다. 만약 그들이 산속에 있는 반란군을 소탕하거나 탈영병을 추적하거나 순찰을 도는 중이었다면, 왜 지프나 트럭을 타고 오지 않았을까? 왜 비밀스럽게 행동하며 자신들의 자취를 숨긴 걸까? 어쩌면 여러 가지 이유가, 수천 가지 이유가 있을지 모른다. 그러나 그는 그들의 마음을 읽을 수 없었다. 그가 아는 건 다행히 운좋게 발각되지 않았다는 사실뿐이었다.

그날 밤에는 물을 길어올리지 않았다. 햇볕과 바람이 둑 바닥을 어서 말려주었으면 싶었다. 풀을 더 많이, 양팔 가득 뽑아서, 숨기려 해도 잘 숨겨지지 않는 호박 덩굴을 덮었다. 그는 몸을 낮추고 숨소리를 죽였다.

하루가 지나고 다음날이 되었다. 해가 지자 K는 팔다리를 펴기 위해 구덩이에서 나왔다. 그때 평지에서 움직이는 형체가 눈에 들어왔다. 그는 땅바닥에 엎드렸다. 말을 탄 남자와 그 옆에서 걷고 있는 또다른 남자가 둑을 향해 오는 게 보였다. 말을 탄 사람의 어깨 위로 총신이 불거져 있었다. 그는 벌레처럼 구덩이를 향해 미끄러지듯 기어가기 시작했다. 그는 한 가지 생각뿐이었다. 빨리 어두워져라, 땅속으로 들어가 안 보이게 하자.

그는 구덩이 입구 근처에 솟아오른 작은 언덕 뒤에 숨어 고개를 들고 마지막으로 그들을 주시했다.

그것은 말이 아니라 당나귀였다. 위에 탄 사람의 발이 거의 땅에 닿을 정도로 자그만 당나귀였다. 약간 뒤에 당나귀 한 마리가 더 있었다. 사람이 타지 않은 당나귀의 양쪽 옆구리에 커다란 잿빛 짐꾸러미가 묶여 있었다. 두 당나귀 사이에 여덟 사람이 있었고, 아홉번째 사람은 맨 끝 당나귀 뒤에 있었다. 그들은 모두 총을 가지고 있었다. 몇몇 사람은 짐까지 진 것 같았다. 한 사람은 파란색 바지를 입고 또 한 사람은 노란색 바지를 입었는데, 나머지 사람들은 얼룩무늬 제복을 입고 있었다.

K는 최대한 조용히 뒷걸음쳐 구덩이 안으로 들어갔다. 입구에서는 더이상 그들의 모습이 보이지 않았다. 그러나 바람이 없는 날이어

서 그들이 둑에서 멈추는 소리와 펌프 잠금장치가 풀리면서 체인이 달가닥거리는 소리, 심지어 그들의 말소리까지 희미하게 들렸다. 누군가 사다리를 놓고 위로 올라갔다가 다시 내려오는 모양이었다.

어둠이 더 짙게 깔렸다. 그때까지 당나귀들이 콧김을 내뿜는 소리만 들렸다. 그 소리로 낯선 이들이 얼마나 가까이 있는지 알 수 있었다. K는 강바닥에서 쿵 하고 나는 도끼 소리를 들었다. 나중에는 그들이 피워 놓은 희미한 오렌지색 불빛을 받아 위쪽 능선 윤곽이 보이기 시작했다. 바람이 휙 불자 방향타가 움직이고 쇳소리가 나더니 펌프 바퀴가 한 번 돌아가고 멈췄다. "왜 물이 안 나오지?" 그는 이 말을 분명히 들었다. 그뒤에 말소리가 더 들렸지만 알아들을 수 없었다. 왁자지껄하게 웃는 소리가 이어졌다. 그때 바람이 다시 일어 펌프가 삐걱거리며 돌아갔다. 피스톤이 아래로 내려가며 울리는 소리가 손과 발바닥을 통해 느껴졌다. 낮은 환호성이 들렸다. 고기 굽는 냄새가 바람에 실려왔다.

K는 눈을 감고 손으로 얼굴을 감쌌다. 지금 둑에서 야영을 하고 전에 이 집에서 묵었던 사람들은 군인들이 아니라는 게 분명해졌다. 철도를 폭파하고 길에 지뢰를 묻고 농가를 공격하고 가축을 쫓아버리고 도시를 다른 도시로부터 단절시키는, 산사람들이 분명했다. 라디오에서는 그들 다수가 몰살되었다는 방송이 나오고, 피가 흥건한 가운데 입을 크게 벌리고 널브러져 있는 사진이 신문에 실렸던 바로 그 산사람들. 그것이 방문객들의 실체였다. 그러나 그에게 그들은, 힘든 경기를 치른 후 피곤하고 행복하고 배가 고픈 상태로 운동장 밖으로 나온 열한 명의 젊은이들로 이루어진 축구팀 이상으로는 보이지 않았다.

가슴이 쿵쿵 뛰었다. 아침에 그들이 떠나면, 그는 생각했다. 나는 숨어 있지 않고 나가 악대를 따라가는 어린아이처럼 그들 뒤를 따라갈 수도 있을 것이다. 얼마 후면 그들이 나를 알아보고 가던 길을 멈춘 채 원하는 게 뭐냐고 물을 것이다. 그러면 이렇게 대답할 수 있겠지. 짐을 들어드릴게요. 일과가 끝나면 장작을 패고 불을 피워드릴게요. 또는 이렇게 말할 수도 있을 것이다. 다음에도 꼭 오세요. 먹을 것을 드릴게요. 그때쯤이면 호박도 있고 멜론도 있을 거예요. 복숭아도 있고 무화과도 있고 배도 있을 거고요. 아무것도 부족한 게 없을 거예요. 다음에 그들이 산이든 어디든 밤중에 이동하다 이곳에 들르면, 나는 그들에게 음식을 제공하고 그들과 함께 모닥불 주위에 둘러앉아 그들이 하는 얘기를 들을 것이다. 그들의 얘기는 내가 수용소에서 들은 것들과는 다를 것이다. 수용소는 여자, 아이, 노인, 맹인, 불구자, 바보 들이 어떻게 견뎌냈는지에 관한 얘기 말고는 할 얘기가 아무것도 없는, 잊힌 사람들을 위한 곳이기 때문이다. 그와 달리 이 젊은이들은 모험을 하고 승리와 패배를 맛보고 탈출을 해본 사람들인 것이다. 전쟁이 끝난 다음에도 오랫동안 그들에게는 할 얘기가 남아 있을 것이다. 평생 할 얘기가, 손자들이 놀라서 입을 떡 벌리고 들을 만한 얘기가 남아 있을 것이다.

그러나 신발끈이 잘 매여 있는지 확인하려고 몸을 굽힌 바로 그 순간, K는 자신이 구덩이에서 기어나가 어둠을 가로질러 불빛 속에 자신의 모습을 드러내지 않으리라는 것을 알았다. 그 이유가 무엇인지도 알았다. 전쟁이 끝나야 정원을 가꿀 때도 온다고 말하면서 수많은 남자들이 전쟁터로 나갔다. 그러나 뒤에 남아 계속 정원을 가꾸고, 아니 적어도 정원을 가꾼다는 생각만이라도 하고 있을 남자들도 있어야 한다. 한 번 끈이 끊어지면, 땅은 점점 굳어갈 것이고 자기 자식들을 잊어갈 것이기 때문이다. 그게 이유였다.

그러나 이런 이유와 그가 결코 자신을 드러내지 않으리라는 진실 사이에는 그와 불빛 사이의 거리보다 더 넓은 틈이 있었다. 그가 스스로에게 자신을 설명하려고 할 때 늘 그랬던 것처럼 틈과 구멍과 어둠이 있었다. 그 틈과 구멍과 어둠 앞에서 이성이 멈칫거리고, 거기다 대고 아무리 말을 쏟아도 소용없었다. 말들은 먹히고, 틈은 그대로 남았다. 그의 이야기에는 언제나 구멍이 있었다. 틀린 이야기, 그것도 늘 틀린 이야기였다.

그는 헤이스 노리니어스와 그곳의 교실을 떠올렸다. 그가 두려움에 떨며 앞에 있는 문제를 응시하는 동안 선생은 시간을 재며 책상 사이를 성큼성큼 오갔고, 결국 아이들은 연필을 내려놓고 쓸모 있는 사람과 쓸모없는 사람으로 분류되었다. 열두 사람이 여섯 자루의 감자를 먹는다. 자루 하나에는 감자 6킬로그램이 들어 있다. 한 사람 몫은 얼마인가? 그는 자신이 12라고 쓰는 것을 보았고, 6이라고도 쓰는 것을 보았다. 그는 숫자를 가지고 어떻게 해야 할지 몰랐다. 그는 두 숫자를 모두 지웠다. 그리고 몫이라는 단어를 응시했다. 그것은 변하지도 않고, 풀리지도 않았으며, 신비를 드러내지도 않았다. 몫이 무엇인지도 모른 채 죽게 생겼구나. 그는 생각했다.

그는 누워서 둑에 서서히 물이 차오르는 소리를 들으며 밤시간 대부분을 보냈다. 그리고 가끔 별빛이 비치는 바깥을 내다보며 당나귀들이 쉬고 있는지, 아니면 아직도 그의 호박잎을 뜯어먹고 있는지 궁금해했다. 그러다 깜빡 졸았던 게 틀림없다. 뒤이어 누군가 아래쪽 풀을 무겁게 밟으며 지나가는 소리가 들린 것이다. 그리고 손뼉을 치며 당나귀들을 모는 소리도 들렸다. 산들은 분홍빛 하늘을 배경으로 벌써 푸르른 윤곽을 드러냈다. 바람은 잔잔했다. 버클이 딸가닥거리는 소리, 그릇에 숟가락이 부딪는 소리, 물이 철벅거리는 소리가 희미하게 공기에 실려왔다.

그제야 완전히 잠에서 깬 그는 생각했다. 지금이 나의 마지막 기회다. 지금이다. 그는 손바닥과 무릎으로 구덩이 밖으로 기어나와 능선 너머를 내려다보았다.

한 남자가 둑을 기어오르고 있었다. 밤이라 차가워진 물속에서 나온 그는 벽에 몸을 기대고 하얀 수건으로 몸을 닦았다. 아침의 부드러운 첫 햇빛이 그의 나신을 비추었다.

남자 둘이 당나귀에 짐을 실었다. 한 사람은 고삐를 잡고, 다른 사람은 당나귀 등에 부피가 큰 범포 자루 두 개를 묶었다. 자루에 기다란 관 모양 꾸러미도 묶여 있었다.

나머지 사람들은 둑 벽 뒤쪽에 있었다. K는 이따금 머리 하나가 움직이는 걸 보았다.

벽에 기대서 있던 남자가 옷을 입고 다시 나타났다. 그가 몸을 굽히고 수도꼭지를 열었다. K가 처음 이곳에 머물 때 파놓았던 도랑을 따라 물이 밭으로 콸콸 쏟아져 들어갔다.

저건 실수다. K는 생각했다. 저렇게 하면 흔적이 남는다.

그 남자가 펌프에 잠금장치를 걸었다.

그들은 길게 늘어서서 대열을 이룬 뒤 펠트를 가로질러 산을 향해 동쪽으로 이동하기 시작했다. 당나귀 한 마리가 대열의 선두에 서고, 다른 한 마리는 후미에 있었다. 지평선을 막 벗어난 해가 그들의 얼굴을 환히 비추었다. K는 그들의 모습이 누런 초원 위를 깐닥깐닥 움직이는 점으로 변할 때까지 능선 뒤에서 지켜보며 생각했다. 따라가기에 너무 늦은 건 아니야. 아직 너무 늦은 건 아니야. 결국 그들의 모습이 사라지고 나자 그는 나가서 흠뻑 젖은 밭을 한 바퀴 돌아보며 당나귀들이 망쳐놓은 현장을 살폈다.

온통 당나귀 발자국이다. 놈들은 덩굴을 먹어치웠을 뿐만 아니라 여기저기를 짓밟아놓았다. 끊어진 지 오래된 덩굴이 풀 속에 늘어져 있었다. 잎들은 이미 말라서 나뒹굴고 있었다. 놈들은 막 열린 난알과 공깃돌보다 크지 않은 자그만 녹색 견과류까지 먹어치워버렸다. 그는 작물을 반쯤 잃었다. 낯선 이들은 그 외에는 지나간 흔적을 남기지 않았다. 불을 피웠던 자리는 흙과 자갈로 조심스럽게 덮어놓아서 열기 말고는 흔적을 찾을 수 없었다. 둑은 바닥이 드러나 있었다. 그는 수도꼭지를 잠갔다.

그는 구덩이 위쪽 언덕으로 올라가 산마루에 누워 태양을 바라보았다. 아무것도 보이지 않았다. 그들은 언덕 너머로 사라지고 없었다.

마치 자식들을 떠나보낸 여인 같구나. 그는 생각했다. 정리정돈을 하고 정적에 귀를 기울이는 일만이 남아 있었다. 그들에게 음식을 주고 싶었는데, 풀을 먹는 것으로 충분한 당나귀만 먹인 셈이다. 그는 구덩이 속으로 기어들어가 늘쩍지근하게 몸을 뻗고 눈을 감았다.

오전 늦게 그는 요란한 헬리콥터 소리에 잠에서 깼다. 헬리콥터는 머리 위를 지나 강줄기를 따라 날아가더니 십오 분 후에 다시 돌아와 북쪽으로 멀리 날아갔다.

물에 흠뻑 젖은 땅과 전보다 푸르른 풀을 저들이 보게 되겠지. 그는 생각했다. 푸른 호박 잎사귀를 보게 될 것이다. 잎사귀는 그들을 향해 펄럭이는 깃발과 같다. 그들은 공중에서 모든 것을 볼 수 있다. 땅속으로 몸을 숨기지 못하는 모든 걸 볼 수 있다. 이제는 양파를 심어야겠다.

내가 하는 일은 구덩이 속에 숨어 있는 게 전부지만, 그는 또 생각했다. 산으로 달아날 시간은 아직 있다. 하지만 그는 여전히 께느른한 느낌에서 벗어나지 못한 상태였다. 올 테면 오라지, 무슨 상관이랴. 그는 다시 잠이 들었다.

일주일 동안 K는 전보다 더 조심스럽게 행동했다. 낮에는 구덩이 밖으로 절대 나오지 않았다. 그리고 살아남은 덩굴손에는 물을 아주 조금만 주어 잎이 처지고 시들어버렸다. 당나귀가 먹어치운 덩굴은 모두 뜯어냈다. 지금 피어 있는 꽃마다 호박이 열린다 해도 사십 개가 넘지 않겠구나. 그는 혼잣말을 했다. 만약 그들이 다시 이쪽으로 당나귀를 데리고 온다면, 호박은 하나도 남지 않겠어. 작물이 무럭무럭 자라도록 키우는 것은 더이상 문제가 아니었다. 씨앗이 죽지 않을 정도로만 키우는 게 문제였다. 내년 여름이 되면 다시 심을 수 있을 것이다. 그는 스스로를 위로했다.

여름의 막바지였다. 며칠 동안 찌는 듯이 덥다가 하늘에 먹구름이 잔뜩 끼더니 천둥이 쳤다. 흙탕물이 쏟아져 내려왔다. K는 물이 가득 찬 그의 집에서 빠져나왔다. 그는 껍데기가 없는 달팽이가 된 기분으로 둑 벽에 웅크리고 있었다. 한 시간 후 비가 그치고 새들이 노래하기 시작했다. 서쪽 하늘에 무지개가 떴다. 그는 젖어버린 풀 깔개를 구덩이 밖으로 꺼내고 흙탕물이 더이상 흐르지 않을 때까지 기다렸다. 그러고는 진흙을 개서 천장과 벽을 다시 발랐다.

당나귀들은 돌아오지 않았다. 열한 명의 남자들도 돌아오지 않았고, 헬리콥터도 돌아오지 않았다. 호박이 자랐다. K는 밤중에 밭을 기어다니며 호박의 부드러운 껍질을 쓰다듬었다. 호박은 손으로 느낄 수 있을 만큼 하루가 다르게 커갔다. 시간이 지나면서 그는 모든 게 잘될 거라는 희망이 가슴속에 다시 싹트도록 내버려두었다. 낮에 일어나 밭을 굽어보니 풀에 가려진 호박들이 이곳저곳에서 조용히 그를 향해 반짝였다.

그가 뿌린 씨앗 중에는 멜론씨도 있었다. 어느새 밭 가장자리에서 연두색 멜론 두 개가 자라고 있었다. 여러 명의 남자형제 같은 호박 여러 개보다 왠지 두 자매 같은 멜론 두 개가 더 좋은 것 같기도 했다. 그는 멜론 껍질에 상처가 나지 않도록 밑에 풀을 깔아주었다.

어느 날 저녁, 처음으로 쪼개서 먹어도 될 만큼 충분히 익은 호박이 나왔다. 밭 한가운데에서 다른 것보다 더 일찍, 더 빨리 자란 호박이었다. K는 그것이 첫 열매이자 첫 자식이 되리라고 점찍어두었었다. 껍질은 부드러웠다. 칼은 아무런 저항도 받지 않고 안으로 들어갔다. 아직도 둘레에 푸른색이 감돌긴 했지만 속살은 짙은 오렌지색이었다. 밤이 깊어가면서 더 활활 타오르는 숯불 위에 철사로 직접 만든 석쇠를 놓고 그 위에 자른 호박을 올렸다. 호박이 익으면서 향긋한 냄새가 하늘로 치솟았다. 그는 위를 향해서가 아니라 그가 무릎을 꿇은 땅을 향해 전에 배웠던 단어들로 기도를 드렸다. "우리가 먹는 것에 진실로 감사할 수 있게 하소서." 그는 철사 꼬챙이 두 개로 호박을 뒤집었다. 그러는 사이 감사하는 마음이 가슴 가득 밀려왔다. 사람들이 흔히 쓰는 표현대로, 따뜻한 물이 솟구쳐나오듯 감사의 물결이 밀려왔다. 이제 완성이다. 그는 혼잣말을 했다. 직접 땅에서 거둔 음식을 먹으면서 평생 여기에서 조용히 사는 일만 남았다. 땅을 돌보는 자가 되는 일만 남았다. 그는 첫번째 호박 조각을 입으로 가져갔다. 바삭바삭 탄 표면 밑으로 부드럽고 촉촉한 속살이 느껴졌다. 그는 기쁨의 눈물을 글썽이며 호박을 씹었다. 최고다. 그는 생각했다. 내가 지금까지 맛본 호박 중 최고다. 그는 시골에 온 이후 처음으로 먹는 것에 쾌감을 느꼈다. 첫 조각을 맛보고 나자 감각적 쾌감의 아린 뒷맛이 입안에 남았다. 그는 석쇠를 숯불에서 내려놓고 두번째 조각을 집어들었다. 그의 이가 딱딱한 겉면을 통과해 부드럽고 뜨거운 과육을 파고들었다. 이런 호박이라면, 그는 생각했다. 평생 다른 것은 먹지 않고 매일 호박만 먹어도 되겠다. 소금을 조금 뿌리면 얼마나 완벽할까! 그래, 소금을 뿌리고, 버터를 살짝 바르고, 설탕을 약간 치고, 계피를 살짝 뿌리면 얼마나 완벽할까! 세번째, 네번째, 다섯번째 조각을 먹으며, 호박 반 통이 다 없어지고 배가 불러질 때까지 K는 소금, 버터, 설탕, 계피 맛에 대한 기억에 젖어 있었다.

그러나 호박이 익어가면서 새로운 걱정거리가 생겼다. 그동안은 덩굴을 숨기는 게 가능했지만 호박이 커가면서 멀리서 봐도 이상해 보일 정도로 움푹한 곳이 생겼다. 마치 양떼가 무릎까지 차는 풀밭에서 잠을 자는 것처럼 보였다. K는 최선을 다해 호박을 풀로 덮었지만 통째로 덮을 수는 없었다. 늦여름 햇빛을 받아야 호박이 잘 익기 때문이었다. 그가 할 수 있는 거라곤 줄기가 마르기 전에, 심지어 껍질에 푸른색이 도는 경우에도 최대한 빨리 호박을 따서 나르는 것뿐이었다.

낮이 점점 짧아졌고 밤은 점점 추워졌다. 때때로 K는 밭일을 할 때

검은색 코트를 입어야 했다. 그는 포대로 발을 감싸고 허벅지 사이에 손을 낀 채 잠을 잤다. 그는 잠이 점점 많아졌다. 일이 끝나면 더이상 밖에 앉아 별을 바라보거나 밤의 정적에 귀를 기울이거나 펠트를 거닐지 않고, 구덩이 안으로 기어들어 깊은 잠에 빠졌다. 아침 내내 잠을 자곤 했다. 정오가 되면 지붕에서 내려오는 부드러운 온기에 싸인 채 나른함과 백일몽 사이를 오가기 시작했다. 그리고 해가 지면 밖으로 나와 기지개를 켠 뒤 강바닥으로 내려가 통나무가 더는 보이지 않을 때까지 장작을 패곤 했다.

그는 멀리서 눈에 띄지 않게 불을 피울 구덩이를 파고 연통도 만들었다. 식사를 한 후에는 납작한 돌 두 개로 구덩이를 덮고 그 위에 흙을 뿌렸다. 그러면 불씨가 다음날 저녁까지 계속 타고 있었다. 구덩이 주변 흙으로 사라지지 않는 온기에 끌린 다양한 벌레들이 모여들었다.

지금이 정확히 몇 월인지는 몰랐지만 어렴풋이 4월일 거라 짐작은 하고 있었다. 그는 흘러가는 나날도 달의 변화도 기록하지 않았다. 그는 죄수도, 조난자도 아니었고 둑 옆에서의 삶은 그가 채워야 할 형기가 아니었다.

어스름과 밤에 너무 익숙한 존재가 된 나머지 이제 햇빛을 보면 눈이 아팠다. 밤에 둑 주변을 돌아다닐 때도 더이상 길에 의존하지 않았다. 시각보다는 촉각에 의존했다. 눈이나 얼굴에 뭔가가 닿는 것만으로 장애물이 있다는 것을 알았다. 맹인의 눈처럼 몇 시간이나 눈에 초점이 풀려 있기도 했다. 또한 냄새에 의존하는 방식도 터득했다. 그는 땅속에서 올라온 깨끗하고 달콤한 물 냄새를 깊숙이 들이마셨다. 그것이 그를 취하게 했다. 아무리 마셔도 한이 없을 것 같았다. 이름은 몰라도 잎에서 나는 냄새로 나무를 구분할 수 있게 되었다. 또 공기 중에 떠도는 냄새로 비가 오리라는 것을 알았다.

그러나 여름이 막바지로 치달을 무렵, 그는 무엇보다 게으름을 즐기는 법을 배워갔다. 강제 노동을 하다 몰래 즐기는 게으름이나 손가락 끝으로 포크를 들고 대롱거리며 화단 앞에 쪼그려앉아 도둑질하듯 즐기는 찜찜한 게으름이 아니라, 시간에 자신을 맡기는 게으름을 배워갔다. 지표면을 따라 지평선에서 지평선으로 서서히 흐르는 기름처럼, 그의 몸을 씻기고 겨드랑이와 사타구니를 돌아 눈꺼풀을 흔드는 시간에 자신을 내맡기는 법을 배워갔다. 할일이 있는 것을 좋아하지도, 싫어하지도 않았다. 결국 똑같았다. 지붕의 양철판 주름과 녹이 슨 모양새를 바라보며 오후 내내 누워 있을 수도 있었다. 다른 생각도 하지 않았다. 양철판 외에는 아무것도 바라보지 않았다. 그 선들이 어떤 패턴이나 상상으로 바뀌지도 않았다. 그는 집안에 누워 있는 그 자신일 뿐이었고, 녹은 그저 녹이었다. 움직이는 거라곤 그를 그 물결에 싣고 가는 시간뿐이었다. 한 번인가 두 번 전투기가 굉음을 내며 머리 위로 날아갈 때에야 지금이 전쟁중이라는 사실을 잠깐 떠올릴 뿐이었다. 그러나 대부분은 고맙게도 아무도 돌보지 않는 구석, 달력도 시계도 없는 곳에서 반은 깨고 반은 잠든 상태로 지냈다. 뱃속에서 졸고 있는 기생충, 돌 밑에 있는 도마뱀 같구나. 그는 생각했다.

기생충은 경찰서장이 사용했던 단어였다. 그는 야칼스드리프 수용소를 가리켜, 화사하게 햇살이 비치는 깔끔한 도시에 들러붙어 숙주의 영양소를 빨아먹으면서도 아무것도 되돌려주지 않는 기생충 소굴이라고 했다. 그러나 한가롭게 구덩이 속에 누워 아무런 열정 없이 생각하는 K에게(결국 그런 것이 나한테 무슨 의미일까? 그는 생각했다.) 수용소나 도시 중 어느 것이 숙주이고 어느 것이 기생충인지는 더이상 분명치 않았다. 벌레가 양을 먹어치운다면, 양은 왜 벌레를 삼킨 것일까? 만약 수용소에 살고, 자선에 의지해 살고, 땅에 기식하여 살고, 속임수로 살고, 시간을 피하려 구석에서 기어다니고, 깃발을 내걸고 주의를 끌어 인원수를 세기에는 너무 약삭빠른 수백만 명이 있다면, 아니 모두가 알고 있는 것보다 더 많은 수백만 명이 더 있다 한들 어쩌겠는가? 만약 숙주가 기생충, 즉 게으름이라는 기생충과 군대, 경찰, 학교, 공장, 사무실에 은밀하게 스며든 또다른 기생충, 마음의 기생충에 비해 수적으로 열세하다면 어쩌겠는가? 그런 경우에도 여전히 기생충은 기생충이라 불릴 수 있을까? 기생충에게도 살과 육체가 있다. 기생충도 잡아먹힐 수 있다. 어쩌면 수용소가 도시에 기생한다거나 도시가 수용소에 기생한다고 말하는 것은, 누가 목소리를 가장 크게 내느냐에 달린 문제이지 그 이상은 아닐지 몰랐다.

그는 어머니에 대해 생각했다. 어머니는 그에게 자신이 태어난 곳으로 데려다달라고 했고, 어쩌면 말장난에 불과할지 몰라도 그는 그렇게 했다. 하지만 이 농장이 그녀가 진짜로 태어난 곳이 아니라면? 어머니가 얘기했던 짐마차 차고의 돌벽은 어디에 있는가? 그는 낮에 농가 마당과 언덕 중턱에 있는 오두막들과 그 옆의 직사각 모양 맨땅을 살펴보았다. 만약 어머니가 여기 살았었다면 나는 틀림없이 알아볼 것이다. 그는 혼잣말을 했다. 그는 눈을 감고 어머니의 이야기 속에 나오는 진흙 벽돌, 갈대 지붕, 손바닥선인장이 자라는 뜰, 먹이를 향해 달려드는 닭을 쫓는 맨발의 작은 소녀를 상상해보려고 했다. 얼굴은 보이지 않지만 그 아이 뒤의 문간에 서 있는 또다른 여인, 즉 어머니를 세상에 나오게 한 여인의 모습을 상상해보려 했다. 어머니가 병원에서 돌아가실 때, 그러니까 어머니가 끝이 다가오고 있음을 깨달았을 때, 어머니가 의지한 것은 내가 아니라 그녀 뒤에 서 있던 그녀의 어머니나 그 어머니의 영혼이었다. 그는 생각했다. 나에게 어머니는 성인 여성이었지만, 그녀 마음속으로는 아직도 손을 잡아달라고, 도와달라고 어머니를 찾는 어린아이였다. 그리고 그 삶이 어땠는지 알 수는 없지만, 그녀의 어머니도 어린아이이긴 마찬가지였다. 나는 끝없는 아이들의 집안에서 태어난 것이다.

그는 가계의 맨 처음에 홀로 서 있는 사람, 즉 어느 어머니에게서도 태어나지 않은 여인, 형체 없는 회색 드레스 차림의 한 여인을 상상해보려고 했다. 그러나 그녀가 살았던 정적, 기원 이전의 정적에 생각이 미치자 그의 마음은 뒷걸음쳤다.

그가 잠을 너무 많이 자는 바람에, 산토끼와 작은 회색 스틴복 같은 짐승들이 밭에 와서 작물을 먹었다. 만약 덩굴의 줄기 끝만 조금 갉아먹은 거라면 개의치 않았을 것이다. 그러나 짐승들이 줄기를 아예 끊어버려 열매가 말라 죽자 그는 분통이 터졌다. 사랑스러운 멜론 두 개를 잃는다면 어찌해야 할지 알 수 없었다. 그는 몇 시간 동안 철사로 덫을 만들어보려고 했지만 성공하지 못했다. 어느 날 밤, 그는 밭 한가운데에 잠자리를 마련했다. 달빛이 그를 깨어 있게 했다. 그는 바스락거리는 소리가 날 때마다 깜짝깜짝 놀라곤 했다. 추워서 발이 얼얼했다. 둑 주변에 울타리가 있다면 얼마나 편할까. 그는 생각했다. 짐승들이 파고들지 못하게 굵은 철사를 엮어 만든 철망을 30센티미터 깊이로

박은 울타리가 둑 주변에 쳐져 있다면 얼마나 편할까.

입안에서 계속 피 맛이 났다. 설사가 계속 나서 일어서면 현기증이 날 때도 있었다. 몸 한가운데에 꽉 쥔 주먹이 들어 있는 듯 배가 단단하게 뭉칠 때도 있었다. 식욕이 당기진 않았지만 억지로 호박을 먹었다. 배가 뭉친 것은 풀렸지만 몸이 좋아지지는 않았다. 그는 새를 잡아보려고 했으나 인내심뿐 아니라 새총을 다루는 기술마저 잊어버린 상태였다. 그는 도마뱀을 잡아먹었다.

호박이 동시에 다 익어가면서, 덩굴은 누렇게 시들어갔다. K는 호박을 어떻게 저장할지 생각해본 적이 없었다. 호박을 잘라 햇볕에 말려보려고 했지만, 썩어들어가며 개미가 들끓었다. 그는 굴 가까이에 피라미드 형태로 호박 서른 개를 쌓았다. 마치 등대처럼 보였다. 그렇다고 땅에 묻을 수도 없었다. 태양의 피조물인 호박은 온기와 건조함을 필요로 했다. 결국 그는 호박을 강바닥 덤불 속에 오십 보 간격으로 숨긴 뒤 진흙을 개어 껍질에 얼룩덜룩하게 발라 눈에 띄지 않게 위장했다.

그러고 나자 멜론이 익었다. 그는 며칠간 자식이나 다름없는 멜론 두 개를 먹었다. 그걸 먹으면서 몸이 나아지기를 바랐다. 여전히 몸이 약한 상태였지만, 멜론을 먹고 나자 몸이 좋아졌다는 생각이 들었다. 멜론의 속살은 강모래보다 더 짙은 오렌지색이었다. 그는 그렇게 달콤한 열매를 먹어본 적이 없었다. 이 당도는 씨에서 얼마만큼 나오고, 땅에서 얼마만큼 나왔을까? 그는 긁어낸 씨앗들을 펼쳐놓고 말렸다. 씨앗 하나에서 다시 한 움큼이 나오다니, 바로 이것이 대지의 풍요라는 말이 의미하는 바였다.

K가 처음으로 한 번도 구덩이 밖으로 나오지 않은 채 하루가 지나갔

다. 오후에 깨어서도 그는 배고픔을 느끼지 못했다. 차가운 바람이 불었다. 그의 주의를 끄는 것은 아무것도 없었다. 그해의 일은 끝났다. 그는 돌아누워 다시 잠을 잤다. 다시 잠에서 깨었을 때는 새벽이었다. 새들이 지저귀고 있었다.

그는 시간 감각을 잃었다. 다리를 포대로 감싸고 검은색 코트를 덮고 자다 이따금 질식할 듯한 느낌에 잠을 깨면 그제야 낮인 걸 알았다. 어떤 때는 너무 피곤해 잠을 떨쳐내지 못하고 오랫동안 비몽사몽한 상태로 누워 있기도 했다. 몸의 리듬이 느려지는 게 느껴졌다. 너는 숨쉬는 걸 잊어가고 있어. 그는 혼잣말을 하곤 했다. 그러면서도 숨을 쉬지 않고 계속 누워 있었다. 그는 납처럼 무거운 손을 들어올려 심장에 갖다댔다. 마치 멀고 먼 다른 나라에서 일어나는 일처럼 힘없이 열렸다 닫혔다 하는 심장이 희미하게 느껴졌다.

그는 하늘의 주기가 바뀌는 내내 잠을 잤다. 한번은 한 노인이 그를 잡고 흔들어대는 꿈을 꾸었다. 더러운 누더기 옷을 걸친 노인에게선 담배 냄새가 났다. 그가 K에게 몸을 구부려 어깨를 움켜쥐면서 말했다. “이 땅에서 나가!” K는 그에게서 벗어나려 했지만, 노인은 더 세게 그를 움켜쥐었다. “넌 곤경에 처할 거다!” 노인이 씩씩거리며 말했다.

그는 어머니 꿈도 꾸었다. 어머니와 함께 산속을 걷고 있었다. 어머니는 다리가 무거웠지만, 젊고 아름다웠다. 그가 팔을 크게 휘두르며 이쪽 끝에서 저쪽 끝을 가리켰다. 그는 행복하고 흥분한 상태였다. 황갈색 대지를 배경으로 녹색 강줄기가 선명히 보였다. 길도 없고 집도 없었다. 대기는 고요했다. 그는 돌아가는 풍차처럼 크고 요란하게 팔을 휘두르다가, 자신이 발을 헛디뎌 바위 가장자리를 넘어 하늘과 땅

사이의 거대한 공간으로 떠밀려갈 위험에 처했다는 걸 깨달았다. 그러나 두렵지 않았다. 몸이 공중에 뜨리라는 걸 알았으니까.

때때로 그는 하루를 잤는지, 일주일을 잤는지, 한 달을 잤는지 확실치 않은 상태에서 깨어나곤 했다. 자신이 스스로를 완전히 통제하지 못할지도 모른다는 생각이 들었다. 너는 먹어야 해. 그는 혼잣말을 했다. 힘들더라도 일어나서 호박을 찾아봐. 하지만 그는 다시 긴장을 푼 채 다리를 뻗고 감각적인 쾌감에 젖어 하품을 했다. 누워서 그 느낌이 자기 몸을 훑고 지나가게 하는 것 말고는 바라는 것이 없을 정도로 달콤한 쾌감이었다. 식욕도 없었다. 먹는다는 것이, 무언가를 집어 식도로 밀어넘겨 억지로 뱃속에 넣는다는 것이 이상한 일처럼 보였다.

그러고는 잠이 차츰 얕아지면서 더 자주 잠에서 깼다. 너무 빠르고 서로 연결이 안 되어 도저히 따라갈 수 없는 일련의 영상들이 머릿속에 나타나기 시작했다. 그는 몸을 뒤척이고 돌아누우며 좀처럼 잠을 이루지 못했지만, 너무 힘이 없어 일어날 수도 없었다. 그리고 머리도 아프기 시작했다. 그는 머리에 피가 도는 게 느껴질 때마다 몸을 움츠리며 이를 악물었다.

폭풍우가 몰아쳤다. K는 멀리서 천둥이 칠 때는 거의 알아차리지 못했다. 그러다 갑자기 바로 그의 머리 위에서 요란하게 천둥이 치더니 비가 쏟아지기 시작했다. 물이 구덩이 옆으로 새어들었다. 골짜기를 따라 내려온 물이 구덩이 벽에 바른 흙을 씻어내렸다. 그의 잠자리로 물이 밀려들었다. 그는 지붕판 밑에서 고개를 숙이고 어깨를 움츠린 채 일어나 앉았다. 갈 곳이 마땅치 않았다. 그는 밀려들어오는 물 속에서 젖은 코트로 몸을 꼭 감싸고 구석에 기댄 채 자다 깨다를 반복했다.

그러다 추워서 몸을 떨며 햇빛 속으로 나왔다. 하늘은 흐렸다. 불을 피울 방법이 없었다. 그는 이런 식으로는 살 수 없다고 생각했다. 그는 펌프를 지나 밭 주변을 돌아다녔다. 모든 것이 낯익은 그대로였지만, 자신은 이방인이나 유령이 된 듯한 느낌이었다. 땅에는 물웅덩이가 생겼고, 처음으로 강에 물이 흘렀다. 폭이 몇 미터는 되는 갈색 급류였다. 저쪽 멀리에 파란색 자갈을 배경으로 희미한 뭔가가 보였다. 뭘까? 커다란 흰 버섯이 빗물에 쓸려온 걸까? 그는 그것이 호박이라는 걸 알고 깜짝 놀랐다.

몸이 떨리는 게 멈추지 않았다. 팔다리에 힘이 하나도 없었다. 걸음을 뗄 때마다 노인처럼 주춤거렸다. 그는 갑자기 주저앉고 싶어 젖은 땅 위에 털썩 앉았다. 그가 해야 할 일이 너무 많고 거창한 것 같았다. 내가 너무 일찍 일어난 모양이다. 그는 생각했다. 더 자야 하나보다. 눈앞이 빙빙 도는 것을 멈추려면 뭐라도 먹어야 한다고 생각했다. 그러나 그의 뱃속은 아직 준비가 되지 않았다. 그는 설탕을 듬뿍 넣은 뜨거운 차 한 잔을 억지로 머릿속에 떠올리며, 땅을 짚고 엎드려 웅덩이에 고인 물을 마셨다.

그들이 그를 발견했을 때, 그는 여전히 앉은 채였다. 그들이 멀리 있을 때 차가 부릉거리는 소리가 들렸지만, 그는 멀리서 치는 천둥소리라고 생각했다. 그들이 농가 아래쪽 입구에 도착했을 때에야 그는 그들이 누구인지 깨달았다. 그는 일어섰다. 그러나 어지러워서 다시 주저앉고 말았다. 차 한 대가 집 앞에 멈췄다. 다른 지프 한 대는 펠트 위를 덜컹거리며 달려 그를 향해 다가왔다. 남자 네 명이 타고 있었다. 그는 차에서 내리는 그들을 바라보았다. 절망감이 엄습했다.

처음에 그들은 그가 단지 길 잃은 영혼, 적당한 때가 되면 경찰한테 붙잡혀 야칼스드리프에 수용될 단순한 부랑자일 거라고 생각했다. "나는 펠트에 삽니다." 그들이 묻는 질문에 그가 대답했다. "집은 없어요." 그는 무릎에 머리를 기대야 했다. 머리가 쿵쿵 울리고 입안에 쓴맛이 돌았다. 군인 중 하나가 두 손가락으로 그의 팔을 잡고 흔들었다. K는 팔을 빼지 않았다. 팔이 그의 몸에서 튀어나온 막대기처럼 낯설게 느껴졌다. "자네 생각에는 이 사람이 뭘 먹고 사는 것 같아? 파리? 개미? 메뚜기?" 그 군인이 물었다. K는 그들의 군화 외에는 아무것도 볼 수 없었다. 그는 눈을 감고 잠시 의식을 잃었다. 잠시 후 누군가 그의 어깨를 툭 치더니 뭔가를 내밀었다. 두툼한 흰 식빵 두 장 사이에 돼지고기 훈제 소시지를 넣은 샌드위치였다. 그는 몸을 뒤로 물리며 고개를 저었다. "이봐, 먹어! 먹고 힘을 내!" 자선을 베푼 사람이 말했다. 그는 샌드위치를 받아 한입 물었다. 그러나 씹기도 전에 마른 구역질이 나기 시작했다. 그는 무릎 사이에 고개를 묻고 빵과 고기를 뱉은 뒤 샌드위치를 돌려주었다. "아픈 모양이야." 누군가 말했다. "술을 마셨는지도 모르지." 또다른 사람이 말했다.

그런데 그들이 그의 집을 찾아냈다. 비가 온 뒤라 돌로 쌓은 앞쪽 벽이 고스란히 드러났다. 처음에 그들은 교대로 무릎을 꿇고 안쪽을 들여다보았다. 그러다 지붕을 들어내자 말끔한 실내가 드러났다. 벽 쪽으로 지른 선반에는 삽, 도끼, 칼, 수저, 접시, 머그잔이 놓여 있었고, 돋보기도 나왔다. 풀을 깔아 만든 잠자리는 젖어 있었다. 그들은 K를 일으켜세워 그가 만든 물건들 앞으로 데려갔다. 그들은 더이상 친절하지 않았다. 그의 얼굴에 눈물이 흘렀다. "네가 이것을 만들었나?" 그들이 묻자 그는 고개를 끄덕였다. "여기에 혼자 있나?" 그는 고개를 끄덕였다. 그를 잡고 있던 군인이 그의 팔을 뒤로 돌려 심하게 꺾었다. K는 고통에 겨워 신음소리를 냈다. "사실대로 말해!" 군인이 말했다. "사실입니다." K가 대답했다.

트럭이 도착했다. 사람들 목소리와 칙칙거리는 무전기 소리로 주위가 소란스러워졌다. 군인들이 K와 그가 지은 집을 구경하러 모여들었다. "흩어져!" 그들 중 하나가 소리쳤다. "모든 곳을 샅샅이 수색해! 발자국이나 구덩이나 터널이 있는지 살펴봐라. 어떤 형태든 은닉처가 있는지 찾아봐!" 그러더니 목소리를 낮추었다. 그는 다른 사람들처럼 얼룩덜룩한 군복을 입었지만 견장은 차지 않은 모습이었다. 그래서 K는 그가 지휘관이라는 걸 알지 못했다. "너희는 그들이 어떤 사람들인지 잘 알잖아." 그는 이렇게 말하며 불안하게 이곳저곳을 바라보았다. 특정 누군가를 향해 말하는 것 같지는 않았다. "너희는 아무것도 없다고 생각하겠지만, 그사이에 너희 발밑에 있는 땅이 터널들 때문에 푸석푸석해지고 있다. 이런 곳을 둘러보고도 너희는 몇 킬로미터 안에 살아 있는 사람이 단 한 명도 없을 거라고 장담하겠지. 그러나 너희가 등을 돌린 순간, 땅속에서 그들이 기어나온다. 저놈에게 얼마나 오래 여기 있었는지 물어봐." 그가 K를 향해 목소리를 높였다. "너! 얼마나 오랫동안 여기 있었지?"

"지난해부터 있었습니다." K는 그게 잘하는 거짓말인지, 잘못하는 거짓말인지도 모른 채 대답했다.

"그럼 네놈의 친구들은 언제 오지? 네놈 친구들은 언제 다시 오지?"

K는 어깨를 으쓱했다

"이놈을 취조해." 지휘관이 돌아서며 말했다. "계속 취조해. 이놈의 친구들이 언제 오는지 밝혀내. 마지막으로 이곳에 온 게 언제인지도 밝혀내고. 구변이 좋은 놈인지도 확인해봐. 겉으로 보이는 것처럼 진짜 바보인지 확인해보라고."

K를 잡고 있던 군인이 엄지손가락과 집게손가락으로 그의 목덜미를 붙잡고는 그의 무릎이 꺾이고 얼굴이 땅에 닿을 때까지 눌렀다. "장교님께서 말씀하신 걸 들었겠지." 군인이 말했다. "이제 나한테 얘기해봐. 네 얘기를 들어보자." 그는 베레모를 가볍게 툭 치더니 K의 얼굴을 땅으로 세게 밀어붙였다. K의 코와 입술이 납작해지고 입안에서 축축한 흙 맛이 났다. 그는 한숨을 쉬었다. 군인들이 그를 일으켜세우고 붙들었다. 그는 눈을 뜨지 않았다. "네 친구들에 대해 얘기해." 군인이 말했다. K가 고개를 저었다. 그는 명치를 심하게 얻어맞고 기절했다.

그들은 여기에 숨겨져 있을 거라고 생각하는 식량과 무기를 수색하면서 오후를 보냈다. 둑 주변을 샅샅이 수색한 다음 위쪽과 아래쪽 강까지 수색했다. 그들 중 하나는 이어폰이 달린 기구와 검은 상자를 사용했다. K는 그 군인이 부드러운 흙이 깔린 강둑을 따라 막대로 땅을 찔러보며 서서히 움직이는 모습을 바라보았다. 그들은 상당수의 호박, 아니 어쩌면 대부분의 호박을 찾아냈다. 젊은 남자들이 계속 호박을 들고 돌아와 밭 가장자리에 있는 더미에 던졌다. 호박을 찾아낸 그들은 은닉처가 있다고 더욱더 확신했다("그렇지 않다면 왜 그들이 이 원숭이를 여기에 남겨두었겠어?" K는 이렇게 말하는 소리를 우연히 들었다).

그들은 그를 다시 취조하고 싶어했지만 그가 너무 쇠약했다. 그들은 그에게 차를 주고, 그가 그걸 마시는 동안 논리적으로 설득하려 했다. "너는 지금 병에 걸렸다. 너 자신을 돌아봐. 네 친구들이 너를 어떻게 취급하는지 보란 말이다. 그들은 너한테 무슨 일이 일어나든 상관하지 않는다. 집에 가고 싶나? 우리가 너를 집으로 데려다주고 새 삶을 살 수 있도록 해주겠다."

그들은 그를 지프 바퀴에 기대어 앉게 했다. 그들 중 하나가 베레모를 가져와 그의 무릎에 던졌다. 그들은 그에게 부드러운 흰 빵을 한 조각 건넸다. 그는 한입 베어 먹고 옆으로 몸을 기울인 채 마신 차와 함께 토해냈다. "그냥 내버려둬. 끝난 사람이니까." 누군가 말했다. K는 소매로 입술을 닦았다. 그들은 그 주변에 빙 둘러서 있었다. 그는 그들이 자신을 어떻게 해야 할지 모르고 있다는 느낌을 받았다.

그가 말했다. "나는 당신들이 생각하는 사람이 아니에요. 그저 잠을 자고 있는데, 당신들이 와서 깨운 거예요. 그게 전부예요." 하지만 아무도 이해하는 것 같지 않았다.

그들은 농가에 진지를 구축하고, 부엌에 스토브를 설치했다. K는 곧 토마토를 요리하는 냄새를 맡을 수 있었다. 누군가 베란다 갈고리에 라디오를 걸어놓았다. 대기를 가득 채운 신경질적인 전파가 그를 불안하게 만들었다.

그들은 그를 끝에 있는 방으로 데려가 네 겹으로 접은 방수포에 앉힌 뒤 담요를 덮어주었다. 그리고 따뜻한 우유와 알약 두 개를 주었다. 그는 그들이 아스피린이라고 말한 알약을 받아먹었다. 어두워지자 한 소년이 그에게 음식 접시를 갖다주며 말했다. "먹을 수 있으면 한입이라도 먹어봐요." 그러고는 접시에 손전등을 비췄다. K는 진한 고깃국

물에 적신 소시지 두 개와 으깬 감자를 보았다. 그는 고개를 저으며 벽 쪽으로 돌아앉았다. 소년은 ("마음이 바뀔 경우를 대비해서") 접시를 침대 곁에 두고 나갔다. 그후로 그들은 그를 귀찮게 하지 않았다. 그는 음식냄새 때문에 괴로워하며 불편한 상태로 잠시 졸았다. 마침내 그는 몸을 일으켜 접시를 구석에 갖다놓았다. 군인 중 일부는 베란다에, 일부는 거실에 있었다. 웃고 떠드는 소리가 들렸지만 불빛은 없었다.

다음날 아침, 터널과 숨겨놓은 보급품 수색을 돕기 위해 프린스 앨버트의 경찰이 개를 데리고 왔다. 우스트히즌 경찰서장이 즉시 K를 알아보았다. "내가 어떻게 저런 얼굴을 잊을 수 있겠소?" 그가 말했다. "이 멍청이는 12월에 야칼스드리프에서 도망친 놈이오. 이름은 마이클스이고. 이름이 뭐라고 하던가요?" "마이클이라고 했소." 지휘관이 대답했다. "아니, 마이클스요." 우스트히즌 경찰서장은 이렇게 말하며 구둣발로 K의 갈비뼈를 찼다. "이놈은 아픈 게 아니오. 언제나 이런 모습이었소. 야, 마이클스?"

그래서 그들은 K를 다시 둑으로 데려갔다. 그는 개들이 낑낑거리고 가죽끈을 잡아당기며 조련사들을 풀밭과 강둑 아래위로 이리저리 끌고 다니는 모습을 지켜보았다. 결국 그들이 찾아낸 것이라곤 오래된 고슴도치 굴과 토끼집뿐이었다. 우스트히즌이 손바닥으로 K의 머리를 찰싹 때렸다. "이 원숭이 새끼야, 어떻게 된 거야? 한번 해보자는 거야?" 개들은 다시 트럭에 실렸다. 모두가 수색에 흥미를 잃어갔다. 젊은 군인들은 햇볕 속을 서성이며 커피를 마시고 잡담을 했다.

K는 무릎 사이에 머리를 묻고 앉아 있었다. 머리는 맑았지만 현기증은 어쩔 수 없었다. 입에서 침이 흘러내렸다. 그는 닭을 생각도 하지

않았다. 계절이 다시 바뀌기 전에 모든 곡식이 비에 깨끗이 쓸려가고 햇볕에 마르고 바람에 씻기겠구나. 그는 생각했다. 이승을 떠난 어머니가 깨끗이 씻기고 바람에 날려가고 풀잎 속으로 빨려들어갔듯이, 나의 손길이 닿은 곡식 또한 한 알도 남지 않겠구나.

그렇다면 도저히 두고 떠날 수 없는 집이라도 되는 양 나를 이곳에 붙들어매는 것은 무엇일까? 결국 우리는 모두 집을 떠나야 하고, 결국, 우리는 모두 어머니를 떠나야 한다. 그게 아니라면, 나는 집을 떠나지 못하거나 어머니의 무릎에 얼굴을 묻고 죽기 위해 돌아와야 하는 그런 아이들의 집안에서 태어난 아이일까? 나는 내 어머니의 무릎에, 그녀는 그녀의 어머니 무릎에, 그렇게 수세대를 거슬러 올라가 모든 이가 자기 어머니의 무릎에 얼굴을 묻고 죽는 그런 아이들의 집안 말이다.

커다란 폭발음이 들리고, 뒤이어 곧 두번째 폭발음이 들렸다. 대지가 진동하고 새들이 놀라 달아나고 언덕이 우르릉 울리고 그 소리가 메아리쳤다. K는 미친듯이 주변을 돌아보았다. "저길 봐!" 군인이 손가락으로 가리키며 말했다.

한때 피사기 집안의 집이 있었던 자리에 회색과 오렌지색 구름이 일었다. 안개가 아니라 먼지구름이었다. 마치 회오리바람에 집이 통째로 쓸려가는 것 같았다. 구름은 더이상 커지지 않고 엷어졌다. 굴뚝이 있던 뒤쪽 벽 일부, 베란다를 받치고 있던 버팀목 세 개만 남은 잔해가 서서히 모습을 드러냈다. 공중으로 떠올랐던 지붕판이 소리 없이 땅에 떨어졌다. 여진이 계속됐다. 그러나 K는 그 여진이 언덕에 남은 건지, 아니면 그의 머릿속에 남은 건지 더이상 알지 못했다.

제비가 손을 뻗으면 닿을 수 있을 정도로 낮게 날아갔다.

그뒤에도 폭발음이 이어졌다. 그는 이번에는 헛간이 없어졌을 거라고 짐작하며 쳐다보지도 않았다. 그는 생각했다. 피사기 집안사람들은 이제 숨을 곳도 없겠구나.

지프가 펠트를 가로질러 덜컹거리며 다가왔다. 그의 주변에 있던 모든 사람이 정리를 하고 짐을 꾸렸다. 그런데 밭에서 군인 한 명이 아직도 움직이고 있었다. 그는 풀더미를 주워서 조심스럽게 한쪽으로 옮겨 놓았다. K는 조바심을 치며 일어서서 비틀비틀 걸어갔다. "뭐 하는 거죠?" 그가 외쳤다. 군인은 대답하지 않았다. 군인은 얕은 구덩이를 파고 그 흙을 검정 비닐 위에 놓았다. 그리고 세번째 구덩이를 팠다. 다른 두 구덩이 옆에도 비닐 위에 흙이 수북하게 쌓여 있는 걸 K는 보았다. 풀에는 아직도 흙이 붙어 있었다. "뭐 하는 거죠?" 그가 다시 물었다. 낯선 사람이 자신의 땅을 파는 모습을 보자 그는 생각했던 것 이상으로 흥분했다. "내가 팔게요. 나는 땅을 파는 데 익숙해요." 그가 제안했지만, 군인은 팔로 그를 밀쳐버렸다. 세번째 구덩이가 완성되자 그는 여덟 걸음을 뗀 다음 또다른 비닐을 놓았다. 삽이 땅에 박힌 순간, K는 쪼그려앉아 풀을 손으로 감쌌다. "제발 부탁이에요!" 그가 말했다. 군인이 화가 나서 벌떡 몸을 세웠다. 누군가 K의 목덜미를 낚아채 끌고 갔다. "이쪽으로 못 오게 해." 군인이 말했다.

K는 펌프 옆에 서서 그를 바라보았다. 군인은 구덩이 다섯 개를 지그재그로 판 다음, 그 구역을 표시하기 위해 쳐놓았던 기다란 하얀 끈을 풀었다. 그의 동료 둘이 트럭에서 상자를 가져와 지뢰를 매설하기 시작했다. 동료들이 지뢰를 놓고 뇌관을 연결하면, 첫번째 군인이 풀더미를 그 위에 놓고 흙을 한 줌 덮어 표면을 고르고 빗자루로 쓸어 발

자국을 없앤 뒤 뒷걸음으로 기어나왔다.

"비켜." K의 뒤에서 누군가 말했다. "트럭 옆으로 가서 기다려." 지휘관이었다. K는 뒤로 물러나며 지휘관이 명령하는 소리를 들었다. "기둥 안쪽에 허리 높이로 두 개를 붙여놔. 다른 하나는 단 밑에 설치하고, 건드리면 몽땅 날아가게."

모든 것이 차에 실렸다. K는 트럭 뒤칸에, 군인들과 함께 탔다. 그들이 막 떠나려 할 때 누군가 밭 가장자리의 호박 무더기를 가리켰다. "저것도 실어!" 지휘관이 지프에서 소리쳤다. 그들은 호박을 실었다. 지휘관이 다시 명령했다. "저놈이 쓰던 구덩이도 전과 똑같이 해놔!" 그들은 지붕이 원래 모습으로 복구되는 동안 기다렸다. "전처럼 돌로 눌러놔! 서둘러!"

그들은 지프의 뒤를 따라 울퉁불퉁한 길을 달렸다. K는 머리 위의 손잡이를 잡았다. 그는 옆에 앉은 군인들이 그와 부딪힐까봐 몸을 뻣뻣하게 세우고 있다는 걸 느낄 수 있었다. 그가 남겨두고 가는 것들이 전혀 보이지 않을 만큼 먼지구름이 뿌옇게 일었다.

그는 마주앉은 젊은 군인을 향해 몸을 기울이고 말했다. "저 집에 젊은이가 숨어 있어요."

군인은 이해하지 못했다. K는 자신이 한 말을 되풀이해야 했다.

"뭐라는 거야?" 누군가 물었다.

"있잖아, 저 집에 젊은이가 하나 더 숨어 있대."

"그 사람은 이제 죽었다고 말해줘. 천국에 갔다고."

잠시 후 그들은 분기점에 도착했다. 트럭이 속력을 내자 타이어에서 위윙 소리가 났다. 군인들은 긴장을 풀었다. 먼지가 바람에 날리면서 프린스 앨버트로 통하는 기다란 직선도로가 그들 뒤로 훤히 드러났다.

2부

병실에 새로 들어온 환자가 있다. 운동을 하다 쓰러져 호흡곤란과 맥박 저하 증세를 보여 실려온 작은 노인이다. 피부가 갈라지고, 손발이 헐고, 잇몸에서는 피가 난다. 오랫동안 영양실조에 시달린 게 분명하다. 관절은 튀어나오고 몸무게는 40킬로그램도 안 나간다. 소문에 따르면 그는 카루의 인적 없는 외딴곳에서 산중 작전중인 게릴라를 위해 집결지를 운영하고, 무기를 은닉하고, 먹지도 않을 작물을 재배하다 붙잡혔다고 한다. 나는 그를 데려온 보초들에게 왜 이런 상태인 사람에게 운동을 시켰느냐고 물었다. 그들은 미처 몰랐다고 대답했다. 그는 새 수감자들과 같이 들어왔는데, 수속 시간이 길어지자 담당 하사관이 기다리는 동안 뭔가를 시키는 게 좋겠다고 생각해 달리기를 시켰다는 것이다. 나는 이 사람이 그런 걸 할 수 없는 상태라는 걸 몰랐느냐고 물었다. 죄수가 불평하지 않았다고 그들은 대답했다. 그가 자신은 괜찮다며 늘 그렇게 말랐었다고 말했다면서. 당신들은 마른 사람과 뼈만 남은 사람을 구분할 줄 모릅니까? 내가 물었다. 그들은 어깨를 으쓱했다.

*

새로 온 환자 마이클스 때문에 애를 먹고 있다. 그는 자신에게 아무 문제가 없다고 우긴다. 그저 두통에 들을 만한 것만 달라고 한다. 그는 배가 고프지 않다고 말한다. 사실 그는 음식을 삼키지 못한다. 나는 그에게 계속 점적주사點滴注射를 주고, 그는 그것에 희미하게 저항한다.

그는 노인 같아 보이는 외양임에도, 서른두 살밖에 안 됐다고 주장한다. 어쩌면 사실일 것이다. 그는 케이프 출신이고, 이곳이 경마장이었던 때를 알고 있다. 그는 이곳이 기수들의 탈의실이었다는 말을 듣고 재밌어했다. "내 몸무게면, 나도 기수가 될 수 있을 텐데." 그가 말했다. 그는 시청 정원사로 일했으나 직장을 잃고 어머니와 함께 시골에서 새 삶을 꾸리려고 했다. "어머니는 지금 어디 계시죠?" 내가 물었다. "초목이 자라게 하고 계시죠." 그는 내 눈을 피하며 대답했다. "돌아가셨다는 말인가요?" 내가 물었다(그래서 땅에 묻혔다는 말인가요?). 그는 고개를 저었다. "그들이 어머니를 태웠어요." 그가 말했다. "어머니의 머리카락에 불이 붙어 후광처럼 타올랐어요."

그는 마치 날씨 얘기를 하듯 태연하게 말했다. 나는 그가 정신이 온전한 건지 확신할 수 없다. 그가 반군을 위한 집결지를 운영했다고 생각하면 믿기지 않을 따름이다. 그보다는 누군가 그에게 와서 음료를 건네며 총을 간수해달라고 부탁했다는 게 더 맞을 것 같다. 그는 그걸 거부하기에는 너무 우둔하든지, 아니면 너무 순진했을 것이다. 그는 반란자라는 명목으로 수감되었지만, 막상 그는 전쟁이 계속되고 있다는 걸 거의 모르는 것 같다.

*

펠리시티가 그의 수염을 깎아서 그의 입을 살펴볼 기회가 생겼다. 격막隔膜의 위치가 잘못된, 단순하고 불완전한 틈. 입천장은 이상이 없었다. 나는 그에게 그 부분을 고치려 시도해본 적이 있는지 물었다. 그는 알지 못했다. 나는 그의 나이에도 수술은 간단할 거라고 언급했다. 할 수 있다면 그 수술을 할 용의가 있느냐고 그에게 물었다. 그가 답했다(그 말을 그대로 인용하자면). "나는 있는 그대로의 나예요. 나는 여자들은 신경쓰지 않아요." 나는 여자들은 상관할 것 없고, 다른 사람들처럼 말할 수 있게 되면 살아가기에 더 편할 거라고 얘기해주고 싶었지만, 그의 마음을 다치게 하고 싶지 않아 아무 말도 하지 않았다.

나는 노엘에게 그 사람에 대해 얘기했다. 그는 집결지 운영은 고사하고 다트 놀이도 못할 사람이다. 어쩌다 전쟁 지역으로 들어갔다가 나올 생각도 못한 정신이 박약한 사람이다. 교화 수용소가 아니라 바구니를 짜거나 구슬을 꿰면서 보호구역에서 지내야 할 사람이다.

노엘이 기록부를 가져왔다. "기록에 따르면," 그가 말했다. "그는 방화범이오. 또한 노동 수용소에서 탈주한 자요. 붙잡혔을 당시에는 버려진 농장에서 밭작물을 키워 게릴라에 제공하고 있었소. 이게 마이클스의 전력이오."

나는 고개를 저었다. "그들이 실수한 겁니다." 내가 말했다. "마이클스라는 이름을 가진 다른 누군가와 그를 혼동한 거예요. 이 마이클스는 백치입니다. 성냥을 어떻게 켜는지도 모르는 사람입니다. 이 마이클스가 밭을 가꿨다면, 어째서 그는 굶어 죽어가고 있었을까요?"

"당신은 왜 먹지 않았죠?" 나는 병실로 돌아가 마이클스에게 물었다. "저 사람들 말로는 당신에게 밭이 있었다던데." 그가 대답했다. "그들이 잠을 자던 나를 깨웠어요." 이 말을 듣는 내 표정은 틀림없이 멍했을 것이다. "잠을 잘 때는 음식이 필요 없어요."

그는 자신의 이름이 마이클스가 아니라 마이클이라고 말한다.

*

노엘은 나에게 그를 빨리 치료해서 내보내라고 압력을 가한다. 진료소에는 침대가 여덟 개 있다. 그렇다보니 현재 환자 열여섯 명 중 나머지 여덟 명은 옛날에 계체량 검사실이었던 방을 쓰고 있다. 노엘은 환자를 더 빨리 치료해 내보낼 수 없는지 내게 묻는다. 나는 전염병이 돌기를 원한다면 몰라도 이질에 걸린 환자를 수용소로 보낼 수는 없다고 대답한다. 물론 그는 전염병이 돌기를 원하는 건 아니라고, 하지만 과거에 꾀병을 부리는 사람들이 있었기 때문에 그런 일이 없도록 뿌리를 뽑으려는 거라고 말한다. 나는 그가 자신이 하는 일에 책임이 있듯 나도 내 환자에게 책임이 있으며, 그것이 군의관으로서 나의 신념이라고 말한다. 노엘이 내 어깨를 두드린다. "당신은 잘하고 있소. 그걸 의심하는 건 아니오." 그가 말한다. "내가 부탁하는 건 그들이 우리를 호락호락하게 생각하지 않게 해야 한다는 것뿐이오."

우리 두 사람 사이에 침묵이 흐른다. 우리는 창유리에 붙은 파리를 바라본다. "하지만 우리가 호락호락하긴 하지요." 내가 넌지시 말한다.

"어쩌면 우리가 호락호락하긴 할 거요." 그가 대답한다. "어쩌면 우리는 마음속으로 큰 그림을 그리고 있는지도 모르오. 어느 날 그들이 와서 모든 사람을 재판에 회부하면, 누군가 앞으로 나와 '저 두 사람은 빼주세요. 우리에게 호락호락하게 대했던 사람들이니까요'라고 말할지도 모르잖소? 하지만 내 말은 그게 아니오. 나는 사람들이 들고 나는 것에 대해 얘기하는 거요. 당신 병실에서 나가는 환자보다 들어오는 환자가 더 많은데, 도대체 어쩔 셈이오?"

우리가 그의 사무실에서 나왔을 때, 상병이 경주로 한복판에서 깃대에 꽂힌 오렌지색, 흰색, 파란색으로 이루어진 국기를 들어올리고 다섯 악기로 이루어진 악대가 〈에이트 디 블로우〉*를 연주하고 있었다. 코넷은 음정이 맞지 않았다. 시무룩한 표정의 남자 육백 명이 너덜너덜한 카키색 군복을 입고 생각을 가다듬으며 맨발로 차려 자세를 취하고 서 있었다. 일 년 전만 해도 우리는 그들에게 국가를 부르게 하려고 했지만, 이제는 체념한 상태다.

---

* '푸른 하늘에서'라는 뜻. 남아프리카공화국 국가.

*

펠리시티가 오늘 아침 신선한 공기를 마시라며 마이클스를 밖으로 데리고 나갔다. 나는 볕을 쬐는 도마뱀처럼 태양을 향해 얼굴을 쳐들고 잔디 위에 앉아 있는 그를 지나치며 병원 생활이 어떤지 물었다. 예상과 달리 그는 말이 많았다. "라디오가 없어서 좋아요. 내가 있던 곳에선 언제나 라디오를 틀어놓았거든요." 처음에 나는 그가 다른 수용소 얘기를 하는 줄 알았다. 하지만 알고 보니 그가 어린 시절을 보낸 비참한 어느 시설에 대한 얘기였다. "저녁 여덟시까지 오후와 저녁 내내 음악이 흘러나왔죠. 마치 모든 것 위에 내려앉는 기름때처럼요." "음악은 사람을 침착하게 해줘요." 내가 설명했다. "그게 아니었다면 사람들은 서로의 얼굴을 물어뜯고 의자를 창밖으로 던지며 난리를 쳤을지 몰라요. 음악은 당신 안에 있는 야만적인 가슴을 진정시켜주지요." 그가 내 말을 이해했는지 모르겠지만, 한쪽으로 기운 입술에 미소를 지으며 그가 말했다. "음악은 나를 불안하게 만들었어요. 나는 안절부절못하고 생각조차 할 수 없었어요." "무슨 생각을 하고 싶었는데요?" "날아오르는 생각을 하곤 했어요. 나는 늘 날고 싶었죠. 팔을 펼치고 울타리 위로 날아올라 집들 사이를 누비고 다니는 상상을 했어요. 나는 사람들 머리 위를 날아다니고, 그들은 그런 나를 보지 못하는 거죠. 그런데 음악을 틀면 너무 불안해서 더이상 날 수가 없었어요." 그는 자신을 가장 불안하게 했던 한두 곡을 구체적으로 말해주기까지 했다.

나는 그를 발목이 부러진 소년에게서 멀리 떨어진 창문 옆 침대로 옮겼다. 왜 그를 싫어하는지는 모르겠지만 그 소년은 하루종일 누워서 그를 향해 씩씩거렸다. 그는 이제 일어나 앉으면 적어도 하늘과 깃대 꼭대기 정도는 바라볼 수 있었다. “조금만 더 먹어요. 그러면 산책을 나갈 수 있어요.” 나는 그를 달랬다. 그러나 그에게 정말로 필요한 것은 우리가 해줄 수 없는 물리치료다. 그는 막대기들을 고무줄로 엮어 만든 장난감 같다. 그에게는 단계적인 식이요법과 가벼운 운동, 물리치료가 필요하다. 그러면 그는 곧 다시 수용소 생활에 합류해 경주로를 가로질러 왔다갔다 행진을 하며 구호를 외치고 국기에 대한 경례를 하고 구덩이를 팠다가 다시 메우는 훈련을 할 수 있게 될 것이다.

*

매점에서 이런 얘기를 엿들었다. “아이들이 아파트에 사는 걸 힘들어해요. 넓은 정원과 애완동물이 너무 그립대요. 우리는 사흘을 말미로 통고를 받고 떠나와야 했어요. 두고 온 것들을 생각하면 눈물이 나요.” 물방울무늬 드레스를 입은 혈색 좋은 여자가 한 말이다. 어느 하사관의 부인인 것 같았다. (그녀는 버리고 온 집에 낯선 남자가 나타나 군화를 신은 채 시트 위에 벌러덩 눕거나 대용량 냉장고를 열고 아이스크림에 침을 뱉는 꿈을 꾼다고 말했다.) “괴로워하지 말라는 말씀은 마세요.” 그녀의 말을 듣고 있는 사람은 호리호리하고 작은 체구에 남자처럼 머리를 빗어 넘긴 모르는 여자였다.

우리가 여기에서 하는 일을 신뢰하는 사람이 우리 중에 있을까? 그럴 것 같지 않다. 그녀의 하사관 남편은 특히 그럴 것이다. 우리에게는 오래된 경주로와 많은 양의 가시 철조망이 주어지고, 인간의 영혼을 개조시키라는 명령이 하달되었다. 우리는 영혼에 대한 전문가가 아니지만, 그것이 신체와 모종의 관계에 있을 거라 조심스럽게 가정하고 포로들에게 팔굽혀펴기와 앞뒤로 행진을 시킨다. 또한 우리는 군악대의 레퍼토리 곡들로 그들을 구슬리고, 산뜻한 제복을 입은 젊은이들이 머리 희끗한 노인들에게 모기를 박멸하는 방법과 산중턱을 일구는 방법을 알려주는 영화를 보여준다. 그런 과정의 마지막에는 그들이 깨끗해졌다는 증서를 교부한 다음, 노동부대로 보내 물을 긷고 변소를 파도록 한다. 거대한 열병식이 있을 때면 항상 노동부대가 탱크, 로켓포, 야포 사이에 있는 카메라 앞을 지나간다. 우리가 적군을 아군으로 만들 수 있다는 걸 보여주기 위함이다. 그러나 그들이 어깨에 총이 아닌 삽을 메고 행진한다는 사실에 나는 주목한다.

*

일요일을 쉬고 수용소로 귀환할 때면, 나는 입장료를 내고 경마장에 입장하는 도박꾼 같은 기분으로 문에 들어선다. 정문에는 '경내 A'라는 표지가 붙어 있고, 병원으로 가는 문에는 '회원 및 직원 전용'이라는 표지가 붙어 있다. 그들은 왜 그 표지판을 뜯어내지 않은 것일까? 경마장이 곧 다시 개장할 거라고 믿어서일까? 이 모든 소란이 끝나면 세상이 전과 같은 상태로 돌아갈 것이라 확신하고, 아직도 어딘가에서 경주마를 훈련시키는 사람들이 있을까?

*

환자가 열두 명으로 줄었다. 그러나 마이클스는 나아질 기미가 없다. 장이 상한 게 분명하다. 나는 다시 그에게 탈지유를 먹게 한다.

그는 늘 짓는 미소를 지으며 누워 창문과 하늘을 바라보고 있다. 머리를 박박 깎아 귀가 두드러져 보인다. 그가 이곳에 올 때 갖고 있던 갈색 봉지는 베개 밑에 넣어두었는데, 지금은 그 봉지를 가슴에 안고 있다. 나는 그에게 그것이 그의 무티*냐고 물었다. 아니요, 라고 그가 말했다. 그러고는 나에게 마른 호박씨를 보여주었다. 나는 몹시 감동했다. "전쟁이 끝나면 당신은 농사일로 돌아가겠군요." 내가 말했다. "카루로 돌아갈 생각인가요?" 그는 애매한 표정을 짓는다. "물론 이곳 반도에도 완만한 경사의 잔디밭 아래에 좋은 땅이 있겠지요. 이곳 반도에서 원예업을 하는 것도 괜찮을 것 같네요." 그는 내 말에 대답하지 않았다. 나는 그의 손에서 봉지를 건네받아 '안전상의 이유'를 대고 베개 밑에 밀어넣었다. 한 시간쯤 뒤에 지나가면서 보니 그는 갓난아이처럼 입으로 베개를 꾹꾹 누르며 잠들어 있었다.

그는 돌멩이 같다. 태초부터 어딘가에 조용히 누워 자기 일만 하다 지금에서야 갑자기 이 손에서 저 손으로 아무렇게나 건네지는 조약돌 같다. 주변에 대해서는 거의 아무것도 모르고, 자신과 자신의 내적 삶에 갇힌 단단한 작은 돌멩이. 그는 돌멩이처럼 이런 기관, 수용소, 병원 등등을 통과한다. 전쟁의 내장을 통과한다. 불모의, 아직 태어나지

* 약.

않은 피조물. 그는 어느 모로 보나 나보다 나이가 많지만, 나는 도저히 그를 성인 남자로 생각할 수 없다.

*

그의 상태가 안정적이다. 설사도 멎었다. 그러나 맥박이 느리고 혈압은 낮다. 밤 기온이 점점 올라가고 있음에도 지난밤에는 춥다고 했다. 그래서 펠리시티가 그에게 양말을 갖다줘야 했다. 오늘 아침에는 친절하게 대해주려는 나를 뿌리쳤다. "당신은 내가 죽어야 나를 혼자 있게 내버려둘 셈인가요?" 그가 말했다. "왜 나를 살찌우려고 하죠? 왜 나를 갖고 난리죠? 내가 왜 그렇게 중요합니까?" 나는 말씨름을 할 기분이 아니었다. 내가 그의 팔목을 잡으려 하자 그는 팔을 곤충 발톱처럼 내두르며 놀라운 힘으로 나를 떼어냈다. 나는 회진을 마칠 때까지 그를 가만히 내버려두었다가 다시 그에게 갔다. 말하고 싶은 게 있었다. "마이클스, 당신이 왜 중요한지 나한테 물었으니 대답해줄게요. 그에 대한 답은 당신이 중요하지 않다는 거예요. 그렇다고 당신이 잊혔다는 의미는 아니에요. 아무도 잊히지 않아요. 참새를 생각해봐요. 헐값에 팔리는 참새 다섯 마리도 잊히는 건 아니에요."

그는 혼령에게 자문을 구하는 노인처럼 한동안 천장을 응시하다가, 이윽고 입을 열었다. "제 어머니는 평생 일만 했어요." 그가 말했다. "다른 사람들 집의 마룻바닥을 닦아주고, 그들을 위해 요리를 하고, 설거지를 했어요. 어머니는 그들의 더러운 옷을 빨아주었지요. 그들이 목욕을 한 후에는 목욕탕을 청소했고요. 무릎을 꿇고 그들의 변기를 닮았어요. 하지만 어머니가 늙고 병들자 그들은 어머니를 잊었어요. 어머니를 자기들 눈에 안 보이는 곳으로 보내버렸어요. 어머니가 죽자 불속에 던져버렸어요. 그리고 나에게 유골이 든 낡은 상자를 주며 '너의 어머니 여기 있다. 데려가라. 네 어머니는 우리한테는 아무 소용이 없다'라고 하더군요."

발목이 부러진 소년도 잠이 든 척하며 귀를 쫑긋하고 누워서 듣고 있었다.

나는 최대한 무뚝뚝하게 마이클스의 말에 대답했다. 그의 자기연민에 장단을 맞춰줄 때가 아닌 것 같았다. "우리는 당신에게 해줘야 할 일을 해주는 것뿐이에요." 내가 말했다. "당신이 딱히 특별한 건 아니니 그 점은 안심해도 좋아요. 당신의 몸 상태가 호전되면, 닦고 청소해야 할 마룻바닥과 변기는 얼마든지 있을 거고요. 나는 당신이 어머니에 대해 전부 얘기한 것은 아닐 거라고 확신해요. 당신도 틀림없이 그건 알 거예요."

그럼에도 불구하고 그의 말이 맞다. 사실 나는 그에게 과도한 관심을 쏟고 있다. 결국 그는 누구인가? 한편에는 도시에서 피난처를 구하려고 시골을 떠나 홍수처럼 밀려드는 사람들이 있다. 또 한편에는, 방 한 칸에서 다섯 식구가 살며 먹을 것도 충분치 않은 삶에 지쳐 도시를 빠져나가 버려진 시골에서 살려는 사람들도 있다. 마이클스는 두번째 부류에 속한 수많은 사람 가운데 하나인 걸까? 사람이 너무 많이 타는 바람에 침몰하는 배에서 빠져나온 한 마리 쥐. 다만 그는 도시 쥐이기 때문에 땅에서 사는 법을 모르고 굶주리기 시작했을 뿐이다. 사람들 눈에 띄어 다시 갑판으로 끌어올려진 건 다행스러운 일이었다. 그는 뭣 때문에 그렇게 언짢아하는 걸까?

*

프린스 앨버트 경찰서에서 노엘에게 전화가 걸려왔다. 지난밤에 급수 시설이 습격당했다는 것이다. 수도관 일부와 펌프가 폭파되었다. 기술자들을 기다리는 동안, 그들은 일단 지하수를 이용해야 할 것이다. 지상의 전기선도 절단된 상태다. 커다란 배들이 안에 탄 사람들의 무게 때문에 신음하며 점점 더 외롭게 어둠을 가르고 나아가는 동안, 작은 배 중 또하나는 틀림없이 가라앉고 있다. 경찰은 이 사건에 누가 관련되어 있는지, 즉 마이클스의 산속 친구들 중 누가 관련된 것인지 다시 확인하고 싶어한다. 그들은 자기들을 대신해 그에게 우리가 질문해주기를 바라고 있다. "이미 그들이 한번 했잖아요?" 나는 노엘에게 항의했다. "그를 다시 심문할 필요가 뭐가 있답니까? 그는 아파서 돌아다닐 수도 없어요. 여하튼 그런 사건에 책임도 없는 사람이고요." "우리와 대화를 못할 정도로 아픈 상태요?" 노엘이 물었다. "물론 그 정도는 아니지만, 그에게서 제대로 된 답을 끌어낼 수 없을 겁니다." 내가 말했다. 노엘이 마이클스의 서류를 다시 꺼내 나에게 보여주었다. 분류라는 글자 밑에 시골 경찰의 깔끔한 글씨체로 오프하르데르* 라고 적혀 있었다. "오프하르데르가 뭐죠?" "다람쥐나 개미, 벌 같은 거요." "새로운 계급인가요? 그 사람이 오프하르데르 학교를 졸업하고 오

* 아프리칸스어로 '물건을 버리지 않고 모아두는 사람'을 의미.

프하르데르 배지를 받았나요?"

우리는 파자마 차림인 마이클스의 어깨에 담요를 둘러주고 경마장 관람석 맨 끝에 있는 창고로 데려갔다. 페인트통과 종이상자들이 벽에 쌓여 있고, 구석에는 거미줄이 끼고 바닥엔 먼지가 두텁게 덮여서 앉을 자리도 없었다. 마이클스는 담요를 꼭 잡아당기며 막대기 같은 발을 단단히 디디고 서서 우리 질문에 삐딱하게 응수했다.

"마이클스, 곤란하게 됐어." 노엘이 말했다. "프린스 앨버트에 있는 네 친구들이 못된 짓을 저질렀다. 그들은 골칫거리야. 우린 그들을 붙잡아 얘기를 해야 해. 그런데 너는 우리를 성심성의껏 도와주는 것 같지 않아. 그래서 너에게 다시 한번 기회를 주려는 거야. 네 친구들이 어디에 숨어 있는지, 우리가 그들과 어떻게 접선할 수 있는지 말해." 그는 담배에 불을 붙였다. 마이클스는 움직이지도, 우리에게서 눈을 떼지도 않았다.

"마이클스," 내가 말했다. "아니 마이클! 우리 중 몇몇은 당신이 반군들과 관련이 있는지 어떤지도 잘 몰라요. 만약 당신이 그들을 위해 일하지 않았다는 것을 우리에게 납득시킨다면, 당신은 우리 수고를 덜어주는 것이고, 당신도 덜 불행해질 거예요. 그러니 나와 소령님께 얘기해봐요. 당신이 붙잡혔을 때 농장에서 실제로 뭘 하고 있었던 거죠? 우리가 현재 알고 있는 건 프린스 앨버트 경찰에서 우리한테 넘긴 서류와, 솔직히 앞뒤가 안 맞긴 하지만 그들이 하는 말이 전부예요. 우리에게 진실을 얘기해봐요. 다 얘기해요. 그러면 당신은 침대로 돌아갈 수 있고, 우리는 당신을 더이상 괴롭히지 않을 거예요."

이제 그는 목까지 담요를 잡아당기고, 눈에 띄게 몸을 구부린 채 우리 두 사람을 응시했다.

"이봐요, 빨리 얘기해봐요!" 내가 말했다. "아무도 당신을 해칠 생각이 없어요. 우리가 알고 싶어하는 것만 말하면 돼요!"

침묵이 길어졌다. 노엘은 모든 짐을 나한테 떠넘긴 채 아무 말도 하지 않았다. "마이클스, 얘기해봐요. 하루종일 이러고 있을 수는 없잖아요. 전쟁이 계속되고 있어요!"

마침내 그가 입을 열었다. "나는 전쟁을 하는 게 아닙니다."

나는 짜증이 치밀었다. "전쟁을 하는 게 아니라고요? 당신이 좋아하든 말든, 당신도 물론 전쟁을 하는 거예요! 여긴 휴양소나 요양소가 아니라 수용소예요. 당신 같은 사람들을 갱생시켜 일할 수 있게 만드는 수용소란 말이에요! 당신은 등이 부러질 때까지 모래주머니에 모래를 담고 구덩이를 파는 일을 배우게 될 거예요! 그리고 만약 협조하지 않는다면, 이보다 훨씬 더 나쁜 곳으로 가게 될 거예요! 하루종일 햇볕이 불같이 내리쬐는 곳에 서서 감자 껍질과 옥수수 속을 먹어야 하는 곳으로 가게 될 테고, 만약 운이 나빠 거기서 살아남지 못한다면, 그들은 명단에서 당신 번호를 지울 것이고 그게 당신의 마지막이 될 거예요! 그러니, 얘기해봐요. 시간이 없어요. 우리가 문서를 작성해 프린스 앨버트에 보낼 수 있도록 당신이 뭘 했는지 얘기하라고요! 여기 계신 소령님은 바쁜 분이에요. 시간을 허비하는 데 익숙하지 않다고요. 이분은 은퇴하셨다가 이렇게 좋은 수용소를 운영해 당신 같은 사람들을 돕기 위해 오신 분이에요. 당신은 협조해야 해요."

그는, 내가 달려들면 피할 셈으로, 여전히 웅크린 채 대답했다. "나는 말에 능숙하지 못합니다." 그러고는 더는 말이 없었다. 그는 도마뱀

같이 생긴 혀로 입술을 축였다.

"이봐요, 우리는 당신이 말을 능숙하게 하든 말든 관심이 없어요. 우리에게 진실을 말해달라는 것뿐이라고요!"

그는 교활하게 웃어 보였다.

"네가 일궜다는 밭에 뭘 심었지?" 노엘이 말했다.

"채소를 심었습니다."

"누구를 위한 채소였지? 그걸 누구에게 주었어?"

"채소는 제 것이 아니었습니다. 땅에서 나온 거니까요."

"나는 그걸 누구에게 주었느냐고 물었다."

"군인들이 가져갔습니다."

"군인들이 너의 채소를 가져가는 게 싫었나?"

그는 어깨를 으쓱했다. "자라는 것은 모두를 위한 것입니다. 우린 모두 대지의 자식이니까요."

내가 끼어들었다. "당신 어머니가 농장에 묻히지 않았나요? 어머니가 거기에 묻혀 있다고 내게 말하지 않았던가요?"

그의 얼굴이 돌처럼 굳었다. 나는 이때다 싶어 몰아붙였다. "당신은 나한테 어머니 얘기를 했죠. 하지만 소령님은 그 얘기를 듣지 못하셨어요. 소령님께 어머니 얘기를 해드려요."

그가 어머니 얘기를 할 때 얼마나 괴로워하는지 나는 다시 한번 눈여겨보았다. 그는 발가락을 꼼지락거리며 갈라진 입술을 혀로 핥았다.

"한밤중에 나타나서 농장을 불사르고 여자들과 아이들을 죽인 네 친구들 얘기를 해봐." 노엘이 말했다. "내가 듣고 싶은 것은 그거다."

"당신 아버지 얘기를 해봐요." 내가 말했다. "어머니 얘기는 많이 하지만 아버지에 대해서는 얘기한 적이 없잖아요. 아버지는 어떻게 됐지요?"

그는 좀처럼 닫히는 법이 없는 입술을 완강하게 다물고 노려보았다.

"마이클스, 아이가 있나요? 나이가 그 정도 됐다면 있을 것도 같은데. 혹시 부인과 아이가 어디론가 끌려가지 않았나요? 왜 당신은 혼자죠? 당신의 대를 이을 사람은 어디 있죠? 당신한테서 대가 끝나기를 바라나요? 그렇다면 슬픈 얘기 아닌가요?"

무거운 침묵이 내려앉았다. 너무나 무거워 그 침묵이 내 귀에 울리는 게 들릴 정도였다. 수직갱도, 지하실, 방공호, 공기가 통하지 않는 장소 등에서 맞닥뜨리게 되는 그런 종류의 침묵이었다.

"마이클스, 우리는 얘기를 하라고 당신을 이곳으로 데려온 거예요." 내가 말했다. "우리는 당신에게 편안한 침대와 충분한 음식을 제공하잖아요. 당신은 하루종일 침대에 편안하게 누워 하늘을 나는 새를 바라볼 수도 있잖아요. 그러니 우리가 뭔가 기대해도 되죠. 친구, 지금이 바로 그때예요. 당신에게는 할 얘기가 있고, 우리는 그걸 듣고 싶어요. 무엇이든 일단 시작해봐요. 어머니 얘기를 해봐요. 아버지 얘기를 하든지. 당신 인생관에 대한 얘기는 어때요. 만약 어머니와 아버지나 인생관에 대해 얘기하고 싶지 않다면, 최근에 지은 농사나 가끔 들러 밥을 먹고 간, 산에 사는 친구들에 대해 얘기해봐요. 우리가 알고 싶어하는 것에 대해 얘기해봐요. 그러면 더는 귀찮게 하지 않고 내버려둘게요."

나는 잠시 말을 멈췄다. 그가 멍하니 나를 응시했다. "얘기해봐요, 마이클스." 나는 다시 말을 이었다. "얘기하는 게 얼마나 쉬운지 알게 될 테니까요. 자, 얘기해요. 내 말 들어요. 내가 하는 말로 이 방이 어떻게 가득차는지 보라고요. 나는 하루종일 지치지도 않고 말하면서 온 세상을 말로 채우는 사람들을 알고 있어요." 노엘의 눈이 나의 눈과 마주쳤지만 나는 계속했다. "이봐요. 스스로에게 뭔가 실체를 부여해봐요. 그러지 않으면 당신 삶은 아무런 관심도 받지 못한 채 끝장나버릴 거예요. 전쟁이 끝나고 그간 없어진 사람이 얼마나 되는지 계산할 때, 당신은 그저 숫자 하나에 지나지 않을 거라고요. 그저 사라져버린 사람 중 하나가 되고 싶지는 않죠? 살고 싶지 않아요? 살고 싶다면 얘기해요. 당신의 목소리가 들리게 해요. 자기 얘기를 하라고요! 우리는 듣고 있어요! 필요하다면 당신 얘기를 밤낮으로 들어주며 메모까지 해줄 점잖고 교양 있는 두 신사를 이 세상 어디에서 찾을 수 있겠어요?"

예고도 없이 노엘이 불쑥 방에서 나갔다. "여기서 기다려요. 돌아올 테니까." 나는 마이클스에게 당부하고 급히 따라나갔다.

어둑한 통로에서 나는 노엘을 붙잡고 간곡히 얘기했다. "그에게선 아무것도 끌어낼 수 없어요. 소령님도 보셔서 알 겁니다. 그는 얼간이예요. 관심을 둘 만한 얼간이도 아닙니다. 높은 벽으로 둘러싸인 곳에 갇혀 베개 속을 채우거나 화단에 물 주는 일을 했어야 하는데 전쟁터를, 이런 말을 사용해도 될지 모르지만, 삶의 전쟁터를 떠돌아다니게 된 가엾고 무기력한 사람일 뿐입니다. 노엘 소령님, 제 말 들으세요. 진지하게 부탁드립니다. 그 사람을 놔주세요. 그 사람에게서 무슨 얘기를 뜯어내려고 하지 마십시오……"

"누가 뜯어낸다고 했소?"

"……그러니까 그에게서 얘기를 쥐어짜내려고 하지 말아주십시오. 짜낼 얘기가 실제로 없으니까요. 그는 정말로 자신이 뭘 하고 있는지 모릅니다. 며칠 동안 그 사람을 관찰했기 때문에 그건 확신합니다. 내용을 적당히 꾸며 보고서를 작성하세요. 스와트버그 폭도들은 몇 명으로 구성되었답니까? 스무 명이요? 서른 명이요? 그가 소령님께 스무 명이라고 말했다고 보고하세요. 늘 스무 명이었다고요. 그들이 사 주나 오 주, 육 주에 한 번씩 농장에 나타났다고 하세요. 다음에 언제 올지는 얘기하지 않았다고 하고요. 그가 그들의 성은 모르고 이름만 안다고 하고, 이름을 적당히 꾸며대세요. 그들이 갖고 다니는 무기 목록도 적당히 꾸미고요. 산속 어딘가에 그들의 캠프가 있긴 한데, 어디에 있는지는 얘기해주지 않았다고 하세요. 아주 높은 산속에 있고, 농장에서 도보로 이틀이 걸린다는 것밖에 모른다고 하세요. 그들은 동굴에서 자고 여자들도 데리고 있다고 하세요. 아이들도 딸려 있다고 하고요. 그걸로 충분해요. 그렇게 보고서를 작성해 보내세요. 그러면 우리에게 더는 간섭하지 않을 거예요. 우리는 우리 일을 계속할 수 있을 테고요."

우리는 푸른 봄 하늘 아래에서 햇빛을 받으며 바깥에 서 있었다.

"그러니까 허위 보고서를 작성해 서명하라는 말이군."

"노엘 소령님, 그건 거짓말이 아닙니다. 어쩌면 제가 말씀드린 이야기에는 소령님이 마이클스의 엄지손가락을 쥐어트는 고문을 해서 캐낼 수 있는 것 이상의 진실이 담겨 있을 겁니다."

"그 폭도들이 산속에 살지 않는다면 어쩔 거요? 만약 프린스 앨버트 주변에 살면서 낮에는 시키는 대로 일을 하다가 아이들이 잠들고 나면 마루청에서 총을 꺼내 들고 어둠 속을 돌아다니며 건물을 폭파하고 불을 지르고 사람들을 위협한다면 어쩔 거요? 그럴 가능성은 생각해보았소? 뭣 때문에 마이클스를 보호하려고 애쓰는 거요?"

"그를 보호하려는 게 아닙니다, 노엘 소령님! 소령님은 자기 엉덩이와 팔꿈치도 구분하지 못하고, 꿈에 나타난 머리카락에 불이 붙은 어머니를 생각하면서 다리를 후들후들 떨고, 갓난애를 배추밭에서 데려온다는 말을 믿는 저 불쌍한 백치에게서 얘기를 쥐어짜내며 지저분한 저곳에서 남은 오늘을 보내고 싶으십니까? 노엘 소령님, 우리가 할 수 있는 더 좋은 일들이 있습니다! 감히 말씀드리지만, 저 사람한테는 아무것도 캐낼 게 없습니다. 만약 소령님이 그를 경찰에 넘긴다 해도 그들 역시 똑같은 결론에 도달할 것입니다. 정신이 제대로 박힌 사람이 조금이라도 관심을 가질 만한 이야기는 없다는 걸 그들도 알게 될 것입니다. 저는 그를 지켜봐서 압니다! 그는 우리가 사는 세계에 속한 사람이 아니에요. 자기만의 세계에 살고 있습니다."

마이클스, 결국 나는 내 달변으로 당신을 구했어요. 우리는 경찰을 만족시킬 얘기를 꾸며낼 겁니다. 수갑을 차고 오줌 냄새가 진동하는 트럭에 올라 프린스 앨버트로 가는 대신, 당신은 깨끗한 시트에 누워 비둘기가 나무에 앉아 구구거리는 소리를 들으며 졸고 혼자만의 생각을 할 수 있게 된 거예요. 언젠가 당신이 이걸 고맙게 생각해주었으면 좋겠어요.

그럼에도, 당신이 도시의 그늘에서 삼십 년을 살았고, 그다음엔 전투 지역에서 한철을 마음대로 살다 (당신이 한 말을 그대로 믿는다면) 멀쩡하게 살아나왔다는 것이 놀랍기는 해요. 애완 오리 새끼 중 가장 약한 녀석, 새끼 고양이 중에서 가장 왜소한 녀석, 둥지에서 쫓겨난 아기 새가 살아남는 것만큼 목숨을 부지하기 어려운 상황이었을 텐데 말이죠. 서류도, 돈도, 가족도, 친구도 없고, 자기가 누구인지도 모르는 당신이 말예요. 모호한 사람 중에서도 가장 모호한, 불가사의할 정도로 모호한 당신이.

*

따뜻한 여름 첫날, 해변에 가기에 좋은 날씨다. 하지만 그 대신 고열과 현기증, 구토, 림프샘이 붓는 증상을 보이는 새로운 환자가 실려왔다. 나는 그를 계체량 검사실에 격리시키고 혈액과 소변 샘플을 와인버그로 보냈다. 그리고 반시간 전에 우편물 취급실을 지나다 붉은 십자가가 그려져 있고 '긴급'이라는 스탬프가 찍힌 꾸러미가 그대로 놓여 있는 걸 보았다. 오늘 우편배달 트럭이 오지 않아서 그렇다고 직원이 설명했다. 누군가 자전거를 타고 가서 부칠 수는 없었느냐고 다그치자 직원은 심부름을 보낼 사람이 없었다고 대답했다. "이건 죄수 한 사람에 관련된 문제가 아니에요. 수용소 전체의 위생이 걸린 문제란 말입니다." 내 말에 그는 어깨를 으쓱했다. 모러 이스 노흐 어 다하. 서두를 게 뭐 있느냐고? 그의 책상 위에는 포르노 잡지가 펼쳐져 있었다.

벽돌과 가시 철망으로 이루어진 서쪽 벽 뒤로 난 로즈미드 애비뉴를 따라 늘어선 참나무들이 지난 며칠 사이에 선명한 진녹색으로 바뀌었다. 애비뉴에서 달가닥거리는 말발굽 소리가 들린다. 다른 방향에 있는 연병장에서는 와인버그의 교회에서 나온 소규모 성가대의 노랫소리가 들린다. 이들은 매월 두번째 일요일마다 죄수들에게 찬송가를 불러주기 위해 아코디언 연주자를 대동하고 찾아온다. 그들은 마지막 곡으로 〈루어프 디 이러르〉*를 부르고 있다. 그 노래가 끝나면 죄수들은 D 건물로 열을 맞춰 가서 팹**과 콩과 고깃국물로 식사를 할 것이다. 그들의 영혼을 위해 성가대와 목사가 있고(목사는 얼마든지 있다), 그들의 몸을 위해 군의관이 있다. 그러니 그들에겐 부족할 게 없다. 몇 주가 지나면 그들은 마음이 깨끗하고 일하려는 의지가 있는 사람이라는 증명서를 받고 이곳을 나갈 것이다. 그러고 나면 육백 명의 해맑은 신입들이 들어올 것이다. "내가 그 일을 하지 않으면 다른 사람이 그 일을 하게 될 것이오." 노엘은 말한다. "그 누군가는 나보다 더 거칠게 일을 처리하겠지. 내가 온 이래로 적어도 죄수들이 괴상한 이유로 죽어가는 일은 없어졌소. 이대로 전쟁이 영원히 계속될 리는 없소. 모든 것에 끝이 있는 것처럼 전쟁도 끝날 것이오." 판 렌스버그 소령이 했던 말이다. 내가 말할 차례가 되자 나는 말한다. "하지만 총격이 멈추고 보초들이 달아난 뒤에 적들이 아무 제지도 받지 않고 정문을 통과해 걸어들어오면, 수용소장이 책상에 있던 권총을 들고 자기 머리에 총알을 박는 모습을 모두가 기대할 것입니다. 모든 것에도 불구하고 그것이 사람들이 기대하는 행동이겠지요." 노엘은 아무 응수도 하지 않는다. 그러나 나는 그가 그 모든 걸 생각해보았을 거라고 추측한다.

*

어제 나는 마이클스를 퇴원시켰다. 퇴원증에 적어도 일주일은 훈련에서 제외시키라고 분명히 적어놓았다. 그러나 오늘 아침 그랜드스탠

---

* 아프리칸스어로 '하느님을 찬양하세'.

** 옥수수죽.

드에서 나왔을 때, 내 눈에 맨 먼저 들어온 것은 다른 사람들과 함께 경주로를 힘겹게 돌고 있는 마이클스의 모습이었다. 그는 윗도리를 벗은 채 건장한 남자 사십 명 뒤에 처져 뼈만 남은 다리를 질질 끌며 뛰고 있었다. 나는 담당 하사관에게 항의했다. "더 못 뛰겠으면 나오면 됩니다." 그의 답변이었다. 나는 이의를 제기했다. "그는 죽어 나자빠질 거요. 심장이 멎어버릴 거라고요." 그가 대답했다. "저놈이 당신에게 얘기를 꾸며댔던 겁니다. 저 자식들이 하는 얘기를 다 믿으시면 안 되죠. 저놈은 아픈 곳이 없어요. 여하튼 왜 그렇게 관심이 많은 거죠? 보세요." 그가 손가락으로 가리켰다. 마이클스가 우리를 지나쳤다. 눈을 감고, 심호흡을 하며, 긴장이 풀린 얼굴로.

어쩌면 정말로 내가 그의 이야기를 너무 많이 믿은 것일 수도 있다. 어쩌면 정말로 그는 다른 사람들보다 적게 먹어도 상관없는지도 모른다.

*

내가 틀렸다. 나는 의심하지 말았어야 했다. 이틀 후 그가 돌아왔다. 펠리시티가 문으로 갔더니, 정신을 잃은 그가 두 보초의 부축을 받으며 서 있었다. 그녀는 무슨 일이 있었는지 물었다. 그들은 모르는 척하며 말했다. 알브레히츠 하사한테 물어보세요.

그는 손발이 얼음장처럼 차가웠고, 맥박이 아주 희미하게 뛰었다. 펠리시티가 담요로 그의 몸을 감싸며 뜨거운 물병을 함께 넣어주었다. 나는 그에게 주사를 놓고, 잠시 후 튜브를 통해 포도당과 우유를 주입했다.

알브레히츠는 그 사건을 단순한 명령불복종죄로 생각한다. 마이클스가 규정된 활동에 참여하기를 거부했다는 것이다. 그는 그 벌로 쪼그려뛰기를 해야 했다. 쪼그려뛰기 대여섯 번 만에 그는 쓰러졌고 의식을 회복하지 못했다.

"그가 거부한 활동이 뭐죠?" 내가 물었다.

"노래입니다." 그가 말했다.

"노래라고요? 이보세요, 그는 머리가 온전치 않아요. 제대로 말할 수도 없는 상태고요. 그런데 어떻게 노래를 바랍니까?"

그는 어깨를 으쓱했다. "해보려고 하는 게 나쁠 건 없잖아요."

"어떻게 그에게 기합을 줄 수 있죠? 당신도 봐서 알겠지만, 그는 갓난애처럼 약한 상태라고요."

"교범에 나온 대로 했을 뿐입니다." 그가 대답했다.

*

마이클스의 의식이 돌아왔다. 그가 처음으로 한 행동은 자신의 코에서 튜브를 뽑은 것이었다. 그를 말리기에는 펠리시티가 너무 늦게 나타났다. 이제 그는 담요를 몇 장씩이나 덮고 문 옆에 송장처럼 누워, 먹기를 거부한다. 그는 막대기 같은 팔로 음식이 담긴 병을 밀쳐버린다. "그건 내게 맞는 음식이 아니에요." 그는 이렇게 말할 뿐이다.

"도대체 당신에게 맞는 음식이 뭐죠?" 내가 묻는다. "왜 우리한테 이러는 거예요? 우리가 당신을 도우려고 하는 걸 모르겠어요?" 그가 너무나 무관심한 표정으로 나를 쳐다보는 바람에 정말 화가 머리끝까지 난다. "날마다 수백 명이 굶어죽는데, 당신은 먹지 않겠다고! 이유가 뭐예요? 단식하는 거예요? 단식으로 저항하는 거냐고요? 정말 그런 겁니까? 뭣에 대해 저항하는 거죠? 자유를 원해요? 우리가 당신을 풀어주면, 당신을 이 상태로 거리에 내보내면 당신은 스물네 시간 안에 죽을 거예요. 당신은 자기 몸을 간수하지 못하니까, 어떻게 하는지도 모르니까. 펠리시티와 내가 이 세상에서 당신을 염려하고 도와주려 하는 유일한 사람들이라고요. 당신이 특별해서가 아니라 그게 우리의 일이기 때문이에요. 그런데 당신은 왜 협조하지 않는 거죠?"

이런 공개적인 소란에 병실이 크게 술렁거렸다. 모두가 들었다. 뇌막염에 걸린 게 아닐까 의심이 가는 (어제 펠리시티의 치마에 손을 대다 나한테 들킨) 소년도 얼굴 가득 미소를 띠고 침대에서 무릎을 굽힌 채 무슨 일인지 고개를 쭉 빼고 쳐다보았다. 펠리시티도 비질하던 시늉을 멈추었다.

"나는 특별 관리를 해달라고 한 적이 없어요." 마이클스가 쉰 목소리로 말했다. 나는 등을 돌리고 걸어나왔다.

당신은 아무것도 요구한 적이 없지만, 당신은 나의 목을 둘러싼 앨버트로스가 되었어요. 당신이 앙상한 팔로 내 머리를 감싸고 있어요. 나는 당신의 무게에 눌려 고개를 숙이고 걸어가죠.

나중에 병실이 잠잠해진 뒤 나는 돌아가서 당신의 침대 곁에 앉았어요. 그리고 오랫동안 기다렸죠. 그러자 당신이 마침내 눈을 뜨고 말했어요. "나는 죽으려는 게 아닙니다. 이곳 음식을 먹을 수 없을 뿐입니다. 수용소 음식을 먹을 수 없을 뿐이라고요."

"그를 석방시키는 게 어떨까요?" 나는 노엘을 압박했다. "제가 오늘밤 그를 정문으로 데리고 나가 호주머니에 몇 푼 넣어주고 쫓아버릴게요. 그러면 그는 원하던 대로 혼자 살아갈 수 있을 겁니다. 소장님이 석방시키면 제가 대신 보고서를 작성할게요. '사망 원인: 입소 이전부터 시작된 만성적 영양실조에 따른 폐렴', 이렇게 쓰면 될 거예요. 그의 이름을 명단에서 지워버리고 더이상 생각하지 않으면 돼요."

"그에게 그토록 관심을 갖다니 당황스럽군." 노엘이 말했다. "나한테 기록을 함부로 고치라고 하진 마시오. 나는 그럴 생각이 없소. 만약 그가 죽는다면, 스스로 굶어죽는 거니 죽게 놔두시오. 그러면 간단하잖소."

"이건 죽음의 문제가 아니에요." 내가 말했다. "그는 죽고 싶어하는 게 아니에요. 이곳 음식이 싫을 뿐이라고요. 지독히 싫어해요. 이유식조차 먹지 않으려 해요. 어쩌면 그는 자유의 빵만 먹는지도 모르죠."

어색한 침묵이 우리 사이에 내려앉았다.

"어쩌면 당신과 나도 수용소 음식이 싫기는 마찬가지일 겁니다." 나는 내 의견을 밀고 나갔다.

"그들이 그를 데려왔을 때 당신도 보았을 거요." 노엘이 말했다. "그때도 그는 해골 같았소. 그는 자유의 빵을 먹으며 새처럼 자유롭게 자신의 농장에 살았소. 하지만 여기에 왔을 때는 해골 같았소. 다하우*에서 나온 사람 같았지."

"어쩌면 그는 처음부터 아주 깡마른 사람이었는지도 모릅니다." 내가 말했다.

---

* 나치의 강제수용소.

*

병실은 어둠에 휩싸였고, 펠리시티는 그녀의 방에서 잠이 들었다. 나는 손전등을 들고 마이클스의 침대맡에 서서, 그가 깨어나 눈을 가릴 때까지 흔들었다. 그리고 그에게 몸을 가까이 숙여 귀엣말을 하려는데, 담배 냄새가 났다. 목욕을 하는데도 불구하고 어찌된 일인지 그의 몸에서는 항상 담배 냄새가 났다.

"마이클스, 얘기해주고 싶은 게 있어요. 먹지 않으면 당신은 정말로 죽을 거예요. 간단한 문제죠. 시간이 걸리긴 하겠지만, 즐거운 일도 아닐 거고요. 하지만 그러다 당신은 분명 죽을 겁니다. 나는 당신을 제지하는 일은 아무것도 하지 않을 거예요. 당신의 몸을 묶고 머리를 고정시킨 후, 목구멍에 튜브를 꽂아 음식물을 넣는 건 쉬운 일이겠지요. 하지만 그렇게 하지 않을 거요. 나는 당신을 어린애나 동물이 아니라 자유인으로 대하고 싶어요. 자신의 삶을 팽개치고 싶다면 그렇게 해요. 어쨌든 그건 내 삶이 아니라 당신 삶이니까."

그는 눈에서 손을 떼고 낮게 헛기침을 했다. 그러고는 무슨 말인가를 하려는 것처럼 보였지만, 이내 말하는 대신 고개를 저으며 미소를 지었다. 손전등 불빛에 비친 그의 미소는 역겨웠고, 상어 같았다.

"당신이 원하는 음식이 뭐죠?" 내가 나직이 물었다. "어떤 음식을 주면 먹을 거요?"

그는 천천히 손을 뻗어 손전등을 옆으로 밀쳤다. 그런 다음 돌아눕더니 다시 잠이 들었다.

*

9월에 입소한 사람들의 훈련이 끝났다. 그리고 오늘 아침 북 치는 사람이 선두에 서고 무장한 보초들이 양쪽에서 호위하는 가운데, 맨발의 남자들이 긴 행렬을 이뤄 내륙으로 가는 기차역을 향해 12킬로미터 행군을 시작했다. 통제하기 힘든 자로 분류되어 배편으로 물데르스루스로 송치되기를 기다리는 여섯 명과 행군이 불가능하다는 진단을 받아 입원한 세 명은 뒤에 남았다. 마이클스는 후자에 속했다. 그는 튜브를 통한 음식물 투여를 거부한 이래 아무것도 먹지 않았다.

산들바람에 석탄산비누 냄새가 실려오고 상쾌한 적막이 감돈다. 몸이 가뿐하고, 꽤 행복한 것 같기도 하다. 전쟁이 끝나고 수용소가 폐쇄되면 이런 기분일까? (아니면 수용소는 그때도 폐쇄되지 않고, 높은 담은 여전히 쓸모가 있을까?) 당번인 직원 몇 명을 제외하고 모두가 주말 외출을 나간다. 월요일에 11월 입소자들이 도착할 예정이다. 그러나 기차 운행 상황이 너무 나빠 우리는 매일 하루짜리 계획만 세울 수 있을 뿐이다. 지난주에는 데아르가 공격을 받아 상당한 피해를 입었다고 한다. 뉴스에는 나오지 않았지만, 노엘이 믿을 만한 사람으로부터 들었다고 한다.

*

나는 오늘 메인 로드의 행상에게서 엷은 갈색 땅콩호박을 한 개 사서 잘게 썰어 토스터에 구웠다. "진짜 호박은 아니지만 맛은 거의 똑같아요." 나는 베개로 마이클스의 몸을 받쳐주며 말했다. 그는 한입 베어 물었고, 나는 그걸 우물우물 씹는 그를 지켜보았다. "괜찮아요?" 내 물음에 그는 고개를 끄덕였다. 호박에 설탕을 뿌리기는 했지만, 계피는 찾을 수 없었다. 잠시 후 나는 그가 당황스러워하지 않도록 그곳을 떠났다. 다시 가보니 그는 누워 있고 옆에 놓인 접시는 비어 있다. 나는 펠리시티가 다음번 청소 때 침대 밑에서 개미가 득실득실 꼬인 땅콩호박을 보게 되리라고 생각한다. 애석한 일이다.

"어떻게 하면 음식을 먹겠어요?" 나중에 내가 그에게 물었다.

그가 한참 동안 대답이 없어 나는 그가 잠들었다고 생각했다. 그때 그가 헛기침을 했다. "전에는 내가 무엇을 먹는지 관심을 갖는 사람이 없었어요." 그가 말했다. "그래서 이유가 뭔지 궁금해요."

"당신이 굶어죽는 것을 보고 싶지 않기 때문이죠. 아니, 이곳에 있는 누구도 굶어죽는 걸 보고 싶지 않기 때문이에요."

그는 내 말을 들은 것 같지 않다. 마치 놓치고 싶지 않은 생각의 타래라도 있다는 듯 그의 갈라진 입술이 계속 움직였다. "그래서 궁금한 거죠. 나는 이 사람에게 어떤 존재일까? 내가 살든 죽든 그게 이 사람에게 무슨 의미일까?"

"그런 질문은 우리보고 어째서 포로들을 총으로 쏴 죽이지 않느냐고 묻는 거나 마찬가지예요."

그는 고개를 설레설레 젓다가 느닷없이 검은 눈을 크게 뜨고 나를 바라보았다. 나는 더 말하고 싶은 게 있었지만 할 수 없었다. 무덤 너머에서 상대방을 바라보는 듯한 사람과 논쟁을 한다는 게 미련한 짓 같았다.

우리는 오랫동안 서로를 응시했다. 어느새 나는 속삭임보다 더 작게 말하고 있었다. 그러면서 '굴복'이라는 단어가 떠올랐다. 그래, 이것이 굴복할 때의 느낌일 것이다. "나도 당신과 똑같은 질문을 할 수 있어요. '나는 이 사람에게 무엇인가?'" 더 부드럽게 속삭였지만, 가슴이 방망이질을 했다. "내가 당신에게 이곳으로 오라고 하진 않았어요. 당신이 이곳으로 오기 전에는 모든 것이 괜찮았죠. 나는 이런 곳에서 행복할 수 있는 만큼 행복했어요. 그래서 나도 '왜 하필 나일까?' 하고 자문했죠."

그는 다시 눈을 감았다. 나는 목이 탔다. 나는 그를 뒤로하고 세면실로 가 물을 마셨다. 후회스러웠다. 나는 앞으로 생길 문제와 내가 아직 준비되지 않은 상태라는 생각을 하며 한동안 세면대에 몸을 기대고 서 있었다. 나는 물 한 잔을 들고 그에게 돌아갔다. "먹지는 않더라도 마시기는 해야 해요." 나는 그가 일어나 앉아 물 몇 모금을 마시도록 도왔다.

*

마이클스에게

내 답변은 이거예요. 당신의 이야기를 알고 싶었기 때문이에요. 나는 하고많은 사람 중에 당신이 어떻게 해서 전쟁 속으로, 그것도 당신이 설 자리가 없는 전쟁 속으로 들어가게 됐는지 알고 싶어요. 마이클스, 당신은 군인이 아니에요. 아니, 웃음거리이자 광대이자 나무 인간이에요. 당신은 뭐하러 이 수용소에 온 거죠? 꿈속에서 당신을 찾아온다는, 머리카락에 불이 붙고 복수심에 불타는 당신 어머니에게서 당신을 돌려놓기 위해 우리가 이곳에서 할 수 있는 건 아무것도 없어요. (내가 그 부분에 관한 당신의 이야기를 제대로 이해했나요? 여하튼 나는 그런 식으로 이해했어요.) 우리가 당신을 어떤 자리로 복귀시킬 수 있을까요? 바구니 짜는 일? 잔디 깎는 일? 마이클스, 당신은 약육강식의 세계에서 살아남을 수단이라곤 이상한 생김새밖에 없는 대벌레 같아요. 어쩌다 그렇게 됐는지는 몰라도 거대하고 넓고 평평하고 헐벗고 단단한 평원 한가운데에 내려앉은 대벌레 말이에요. 당신은 꼬챙이처럼 연약한 다리를 하나씩 천천히 들어올리고 주위를 돌아보며 자신과 관련 있을 만한 뭔가를 찾아보지만 아무것도 없죠. 마이클스, 당신은 왜 숲을 떠났나요? 당신이 있어야 할 자리는 그곳이에요. 당신은, 대벌레들이 생명을 유지하기 위해 필요한 것이라면 무엇이든 하듯, 평화로운 교외의 이름 없는 정원 한구석에 있는 평범하기 그지없는 나무에 붙어 잎사귀 여기저기를 갉아먹고, 기이하게 생긴 진딧물을 먹고, 이슬을 마시며 평생 살았어야 해요. 그리고 솔직히 말하면, 당신은 더 어렸을 때 어머니에게서 떠났어야 해요. 당신 얘기만 들으면 당신 어머니는 진짜 살인자 같아요. 어머니에게서 최대한 멀리 떨어진 숲을 찾아 독립적인 삶을 시작했어야 해요. 마이클스, 어머니를 등에 업고 불타는 도시에서 안전한 시골로 달아날 때, 당신은 큰 실수를 한 거예요. 그녀의 무게에 눌려 헐떡이고 연기에 숨이 막히고 총알을 피하며 부모를 위해 할 수 있는 모든 정성을 기울이는 당신을 생각하면, 당신 어깨에 올라타 당신의 뇌를 먹으며 의기양양하게 노려보는 그녀가 떠올라요. 위대한 '죽음'의 화신 같다고 할까요. 그런데 이제 그녀가 죽고 없으니 당신도 따라 죽으려 하는군요. 마이클스, 당신이 그렇게 눈을 크게 뜨고 뭘 보고 있는지 궁금해요. 나를 보는 건 분명히 아니에요. 하얀 벽이나 텅 빈 침대를 보는 것도 분명 아니고요. 눈처럼 하얀 두건을 두른 펠리시티를 보는 것도 아니죠. 당신은 뭘 보는 건가요? 머리카락에 불이 붙은 채 활짝 웃으며 구부러진 손가락으로 손짓하는, 빛의 장막을 지나 저세상으로 당신을 부르는 어머니인가요? 그걸로 삶에 대한 당신의 무관심이 설명되는 걸까요?

내가 알고 싶은 또하나는 그런 황무지에서 도대체 뭘 먹었기에 다른 음식은 모두 맛없다고 하느냐는 거예요. 당신이 언급한 유일한 음식은 호박이었어요. 심지어 당신은 호박씨를 갖고 다니기까지 하죠. 카루에서 먹은 음식은 호박뿐인가요? 일 년 동안 호박만 먹고 살았다는 걸 나더러 믿으라는 건가요? 마이클스, 인간의 몸은 그럴 수 없어요. 그 외에 어떤 걸 먹었나요? 사냥을 했나요? 활을 만들어 사냥을 했나요? 나무뿌리와 열매를 먹었나요? 메뚜기를 먹었나요? 당신 서류를 보면 당신은 오프하르데르, 그러니까 '저장하는 자'라고 되어 있어요. 그런데 당신이 무엇을 저장했는지는 기록돼 있지 않아요. 만나*라도 저장했나요? 하늘에서 만나가 떨어져, 당신 친구들이 밤에 찾아와 먹을 수 있도록 땅속에 묻힌 통에 저장했나요? 당신은 만나만 먹고 살아서 수용소 음식을 먹으려 하지 않는 건가요?

마이클스, 당신은 숨어 있어야 했어요. 너무 조심성이 없었던 거예요. 사람의 손길이 미치지 않는 깊고 깊은 굴속으로 기어들어가 골치

---

* 이스라엘 민족이 모세를 따라 40년간 광야에서 방랑하던 때 하느님이 내려주신 특별한 양식.

아픈 일이 모두 끝날 때까지 인내심을 갖고 기다려야 했어요. 스스로를 눈에 보이지 않는 혼령, 지구의 방문객, 국법이 미치지 않는 존재라고 생각했나요? 여하튼 지금 당신은 국법의 손아귀에 있어요. 그 법이 옛 케닐워스 경마장 그랜드스탠드 밑 침대에 당신을 붙들어두고 있다고요. 그 법은 필요하다면 당신을 갈아서 가루로 만들어버릴지도 몰라요. 마이클스, 법은 철로 만들어졌어요. 당신도 그 사실을 알게 되길 바라요. 당신이 아무리 말랐어도, 법은 관대해지지 않을 거예요. 어쩌면 남극 대륙이나 한없는 바다를 제외하면, 세계의 영혼들을 위해 남겨진 집은 없을지도 몰라요.

마이클스, 타협하지 않으면 당신은 죽을 거예요. 영혼만 남을 때까지 몸이 야위고 쇠약해지고 점점 더 실체가 없어지면 공기 중으로 날아오를 수 있을 거라고 단순하게 생각하지 말아요. 당신이 선택한 죽음은 고통과 비참함, 수치와 회한으로 가득해요. 그리고 풀려날 때까지는 아직 견뎌야 할 날이 많아요. 정신 차리고 내 말 듣지 않으면 당신은 죽을 거예요. 그리고 당신의 이야기도 영원히 죽어 없어질 거예요. 마이클스, 내 말 들어요. 당신을 구할 수 있는 사람은 나밖에 없어요. 당신을 본모습 그대로 봐주는 사람은 나뿐이에요. 당신을 염려하는 사람도 나밖에 없어요. 당신을, 유약한 수용소에 맞는 유약한 사람인지 아니면 험악한 수용소에 맞는 험악한 사람인지 구분하지 않고, 그러한 구분을 넘어선 인간의 영혼으로, 다행히 교리나 역사에도 구애받지 않은 영혼으로, 단단한 석관石棺 안에서 날개를 파닥이고 우스꽝스러운 가면 뒤에서 뭔가를 중얼거리는 영혼으로 생각하는 사람은 나밖에 없어요. 마이클스, 당신은 당신 나름으로 소중한 존재예요. 태초부터 살아남은 당신 종족의 마지막 후손이에요. 실러캔스*나 야키어**를 구사하는 마지막 사람처럼 말이에요. 우리는 모두 역사의 가마솥 속으로 굴러떨어졌어요. 그런데 당신만, 자신의 바보 같은 빛을 따르고, 고아원에서 시간을 벌고(누가 그곳을 은신처라고 생각했겠어요?), 평화와 전쟁을 피하고, 아무도 눈여겨볼 생각조차 하지 않을 허허벌판에서 잠복하고, 시간 속을 떠돌고, 계절을 지켜보고, 역사의 행로를 바꾸려고 애쓰는 것을 모래알만큼도 하지 않으면서, 옛 방식으로 살아남았어요. 우리는 당신을 소중히 여기고 찬양해야 해요. 당신의 옷을 마네킹에 입혀 박물관에 전시해야 해요. 당신의 옷과 호박씨 봉지도 딱지를 붙여 전시해야 하고요. 당신이 이곳에 머물렀던 것을 기념하는 명판을 만들어 경주로 벽에 걸어놓아야 해요. 하지만 그런 일은 없을 거예요. 포기하지 않고 끝까지 입을 벌리지 않는다면, 당신은 아무도 모르게 죽을 것이고, 지금은 발터마더 공동묘지로 시체를 운반하는 것은 생각할 수도 없는 상황이니 경주로 구석의 이름 모를 구덩이에 묻힐 것이고, 나 말고는 아무도 당신을 기억하지 않을 거라는 게 진실이니까. 마이클스, 부탁이니 제발 단념해요!

친구로부터

*

온갖 소문이 무성하더니, 마침내 이달에 들어올 입소자들에 대한 확

* 중생대의 물고기.

** 멕시코 북서부와 미국 애리조나 남부에 사는 야키족의 언어.

실한 소식이 전해진다. 주력부대는 레더스버그에서 선로가 막혀 수송을 기다리고 있다. 동부 케이프에서 오기로 되어 있던 부대는 오지 않기로 했다. 에이튼하허의 집결수용소에 죄수들을 튼튼한 사람과 허약한 사람으로 분류할 직원이 없어서 그쪽 지역의 모든 수감자들이 새로운 통보가 있기 전까지 경계가 삼엄한 수용소들에 배치된다.

그리하여 케닐워스 수용소에는 휴일 같은 분위기가 계속된다. 내일은 수용소 팀과 병참감 팀이 크리켓 경기를 하기로 돼 있다. 운동장 가운데가 부산스럽다. 잔디를 깎고 롤러로 땅을 고른다. 노엘이 팀의 주장을 맡기로 했다. 마지막으로 크리켓을 한 지 삼십 년이나 됐다며, 몸에 맞는 흰 바지를 못 찾겠다고 한다.

만약 선로가 계속 파괴되고 모든 곳에서 수송이 막혀버리면, '성城'에서는 우리를 잊고 전쟁이 계속되는 동안 담장 안에서 크리켓이나 하도록 내버려둘 것이다.

노엘이 병실을 살펴보러 나왔다. 병실에는 마이클스와 뇌진탕 환자뿐이었다. 마이클스는 잠들어 있었지만, 우리는 목소리를 낮추고 그에 대해 이야기를 나눴다. 나는 튜브를 사용하면 아직 그를 살릴 수 있지만, 살고 싶어하지 않는 사람을 강제로 살리는 게 망설여진다고 노엘에게 말했다. 그리고 분명히 '강제로 먹이지 말고, 인위적으로 생명을 연장시키지 말라'는 지침을 따르고 있다('단식투쟁을 공개적으로 알리지 말라'는 지침도 있다)고 덧붙였다. "얼마나 더 살 것 같소?" 노엘이 물었다. 나는 이 주 아니면 길어야 삼 주 정도라고 답했다. "적어도 조용한 죽음이긴 하겠군." 그가 말했다. 나는 그렇지 않고 고통스럽고 비참한 죽음일 것이라고 대답했다. "이 사람에게 줄 수 있는 주사는 없소?” 그가 물었고, 나는 되물었다. “이 사람을 죽여줄 주사 말인가요?” “아니, 이 사람을 죽이는 주사가 아니라 편안하게 보내줄 주사 말이오.” 나는 거절했다. 아직 그가 마음을 돌릴 여지가 있는데, 그런 책임을 떠맡을 수는 없다. 우리의 대화는 거기까지였다.

*

크리켓 경기에서는 우리 팀이 졌다. 잔디가 고르지 않아 공이 이리저리 튀었고, 타자들은 공에 맞지 않으려 펄쩍펄쩍 뛰고 난리였다. 옆에 붉은 줄이 들어간 흰 운동복을 입은 노엘은 마치 내복을 입은 산타클로스 같아 보였다. 11번 타자로 나온 그는 첫번째 공에 아웃당했다. “크리켓을 어디서 배우셨어요?” 내가 물었다. “1930년대에 무리스버그에서 배웠소. 점심시간에 학교 운동장에서.” 그가 대답했다.

그는 자기가 우리 팀 최고의 선수인 듯한 인상을 풍겼다.

게임이 끝난 후 밤늦게까지 파티를 했다. 우리가 2월에도 이곳에 있게 된다면, 사이먼즈타운에서 재시합을 하자고 약속했다.

*

노엘은 아주 의기소침해 있다. 오늘 그는 재활수용소와 포로수용소의 구분이 없어질 거라는 소식을 들었다고 했다. 에이튼하허는 그저 시작일 뿐이라는 것이다. 바르드스키어르더스보스는 폐쇄되고, 케닐워스를 포함한 나머지 세 수용소는 곧바로 포로수용소로 전환될 예정이라고 한다. 재활은 이상에 불과할 뿐, 결국 실패로 끝난 모양이다. 포로수용소에서도 노동부대 병력을 차출할 수 있다고 한다. "케닐워스의 주거지 한복판에 전쟁에 단련된 군인들을 수용하겠다는 뜻입니까? 이중 철조망과 벽돌담밖에 없는데, 노인과 어린아이와 심장에 문제가 있는 사람 몇 명 가지고 어떻게 그들을 지키라는 겁니까?" 이러한 노엘의 질문에 돌아온 답변은 케닐워스 수용소의 문제점을 충분히 감안해 가로등과 감시탑을 포함한 실질적인 보수 작업을 완료한 다음 수용소로 사용한다는 것이었다.

노엘은 나에게 사임을 고려중이라고 털어놓는다. 나이는 예순이고 나라에 봉사할 만큼 했고, 남편과 사별한 딸이 자꾸 고든스 베이로 와서 같이 살자고 한다면서. "강철 같은 수용소를 운영하기 위해서는 강철 같은 사람이 필요하지." 나도 부정할 수 없었다. 강철 같은 사람이 아니라는 게 그의 최대 장점이었으니까.

*

마이클스가 사라졌다. 밤사이 도망친 게 틀림없었다. 펠리시티는 오늘 아침 출근했을 때 그의 침대가 비어 있는 걸 보았다는데, 바로 보고하지는 않았다("저는 그 사람이 화장실에 간 줄 알았어요……!"). 나는 열시가 지나서야 알았다. 지금 돌이켜 생각해보니 보통의 건강한 사람이었다면 얼마나 도망치기 쉬웠을까 싶다. 수용소는 거의 비어 있다시피 했고, 정문과 직원 막사로 통하는 문에만 보초들이 근무를 섰다. 담장 순찰도 없었고, 쪽문은 간단히 잠겨 있었다. 밖으로 도망치려는 사람이 아무도 없는데, 누가 침입하려고 하겠는가? 여하튼 우리는 마이클스를 잊고 있었다. 어떻게 그럴 수 있었는지 모르겠지만, 그는 슬며시 걸어서 담장을 넘고 이곳을 몰래 빠져나간 게 틀림없다. 철조망은 절단된 데가 없어 보였지만, 마이클스는 어떤 틈이든 빠져나갈 수 있을 정도로 뼈만 앙상한 상태였으니까.

노엘은 궁지에 몰렸다. 명시된 절차에 따르면, 탈주자 발생시 수용소장은 이를 경찰에 알리고 그 처리를 위임해야 한다. 그러나 그렇게 하면 조사가 시작될 것이고, 이곳의 안일한 근무 행태가 낱낱이 드러날 게 분명하다. 직원의 절반이 외박을 나가고 도보 순찰을 중단한 정황이 드러날 것이다. 대안이 있다면, 사망진단서를 작성해 마이클스가 죽은 것으로 처리하는 것이다. 나는 노엘에게 그렇게 하자고 재촉했다. "제발 마이클스에 관한 얘기는 여기서 끝내시죠." 나는 그에게 말했다. "그 가엾은 바보는 병든 개가 사라지듯 어느 구석에서 죽으려고 가버린 거예요. 놔두자고요. 그를 다시 끌고 들어와 낯선 사람들이 지켜보는 가운데 스포트라이트를 받으며 죽도록 강요하지 마세요." 그러자 노엘이 미소를 지었다. "웃으시는군요." 내가 말했다. "하지만 제가 하는 말은 사실입니다. 마이클스 같은 사람은 소령님과 제가 이해할 수 없는 것들과 접촉합니다. 위대하고 선한 지도자가 부르는 소리를 듣고 그에 복종하죠. 코끼리에 관해 들어본 적 없으세요?"

"마이클스는 이 수용소에 오지 말았어야 했습니다." 나는 말을 이었다. "그건 실수였습니다. 사실 그의 인생은 처음부터 끝까지 실수였습니다. 잔인한 생각이지만, 말씀드리죠. 그는 이런 세상에 태어나지 말았어야 하는 사람입니다. 그의 어머니가 그의 생김새를 보았을 때 조용히 질식시켜 쓰레기통에 처넣어버렸더라면 더 좋았을 것입니다. 자, 이제 그가 평화롭게 떠나도록 내버려두시지요. 제가 사망진단서를 작성할 테니 소령님이 확인 서명을 하세요. 성의 담당 직원은 자세히 보지도 않고 서류철에 넣어버릴 겁니다. 그게 마이클스에 관한 이야기의 끝이 되겠지요."

"그는 수용소에서 준 카키색 파자마를 입었소." 노엘이 말했다. "경찰이 그를 붙잡으면 어디에서 왔느냐고 물어볼 거요. 그러면 그는 케닐워스에서 왔다고 얘기할 거고, 경찰은 조사 후 탈출사건이 보고되지 않았다는 걸 알게 될 거요. 그러면 엄청난 대가를 치러야 할 거고."

"그는 파자마를 입지 않았어요." 내가 답변했다. "저는 아직 그가 무엇을 입고 나갔는지 모릅니다. 여하튼 파자마는 놓고 나갔어요. 그는 케닐워스에서 나왔다고 얘기하지 않을 겁니다. 이유는 간단해요. 케닐워스로 돌아오고 싶지 않을 테니까요. 그는 그들에게 다른 이야기를 할 겁니다. 가령 천국의 정원에서 나왔다고 할지도 모르는 일이죠. 그는 호박씨 봉지를 꺼내 흔들며 늘 짓던 미소를 지을 겁니다. 그러면 그들은 곧장 그를 정신병원으로 보내버릴 겁니다. 정신병원이 아직 폐쇄되지 않았다면 말이죠. 노엘 소령님, 제가 장담하건대, 이게 마이클스의 마지막입니다. 그의 몸무게가 얼마인지 아십니까? 35킬로그램이에요. 가죽과 뼈만 남은 거죠. 지난 이 주 동안 그는 아무것도 먹지 않았습니다. 그의 몸은 평범한 음식을 소화할 능력을 잃어버렸어요. 일어서서 걸을 수 있다는 게 놀라울 정도입니다. 담장을 넘었다는 것은 기적입니다. 그가 얼마나 버틸 수 있겠어요? 밖에서 하룻밤 자고 나면 죽을 겁니다. 심장이 멈춰버릴 거예요."

"그 말이 나왔으니 하는 말인데," 노엘이 말했다. "그가 담장 바깥 어딘가에 누워 있는 건 아닌지 조사해봤소? 담장을 올라갔다 밖으로 곧장 떨어지지 않았을까 해서 묻는 말이오." 나는 벌떡 일어섰다. "수용소 밖으로 떨어진 시체에 파리가 들끓는 현장을 사람들에게 보여줄 수는 없잖소." 그가 말을 이었다. "당신이 할 일은 아니겠지만, 조사해보고 싶다면 그렇게 하시오. 내 차를 사용해도 좋소."

나는 차를 가져가지 않고 걸어서 수용소를 한 바퀴 돌았다. 주위에 잡초가 무성하게 자라 있어서 뒷담을 따라 걸을 땐 무릎 높이의 풀을 헤치며 힘겹게 나아가야 했다. 시체도 없고, 철조망이 절단된 곳도 없었다. 반시간 후 나는 출발 지점으로 돌아왔다. 그리고 그 안에 거주하는 사람들에게는 우주나 다름없는 수용소가 밖에서 보면 얼마나 작은가 하는 생각에 약간 놀랐다. 나는 노엘에게 보고하러 돌아가는 대신, 참나무가 짙은 그늘을 드리운 로즈미드 애비뉴를 따라 걸으며 한낮의 고요를 즐겼다. 자전거를 탄 노인이 나를 지나치며 손을 들어 인사했다. 그가 페달을 밟을 때마다 삐걱거리는 소리가 났다. 노인을 따라 애비뉴 아래로 직행하면 두시쯤 해변에 닿을 것이라는 생각이 머릿속을 스쳤다. 규칙이나 규율이 내일, 내달, 내년이 아니라 오늘 무너지면 안 되는 이유가 있을까? 나는 스스로에게 물었다. 내가 진료소에서 재고 조사를 하며 오후를 보내는 것과 해변에 가서 속옷 차림으로 따사로운 봄볕을 쬐며 물속에서 장난치는 아이들을 바라보다 아직 있을지 모를 주차장 매점에 가서 아이스크림을 사 먹는 것 중에 어느 쪽이 더 인류에게 이로운 행위일까? 노엘이 책상에 앉아 나가는 사람 대비 들어오는 사람의 숫자를 맞추려 애를 쓰고 궁극적으로 이뤄낸 것은 무엇일까? 차라리 그는 낮잠을 자는 게 더 낫지 않았을까? 우리가 오늘 오후 휴일을 선포하고 뇌진탕 환자에게 모든 걸 맡긴 뒤 지휘관, 의사, 군목, 훈련교관, 보초, 개 조련사, 유치장 건물에 감금된 몸이 튼튼한 포로 여섯 명이 다 함께 해변으로 가면, 인류 행복의 총합이 증가할지도 모른다. 어쩌면 여자들을 만날 수도 있겠지. 인류의 행복을 증진시키기 위한 것이 아니라면, 결국 우리는 무엇 때문에 전쟁을 하는 걸까? 또는 내가 잘못 기억하고 있는 걸까? 지금 내가 생각하는 건 다른 전쟁인 걸까?

"마이클스는 담장 밖에 없었습니다." 나는 보고했다. "우리에게 죄를 덮어씌울 옷을 입지도 않았고요. 그는 앞뒤에 '트리펠러스'라고 적힌 감청색 작업복을 입었습니다. 언제부터인지 모르지만, 그랜드스탠드 화장실 벽에 걸려 있던 옷입니다. 그러니 그를 이대로 포기해도 무방합니다."

노엘은 피곤해 보였다. 늙고 지쳐 보였다.

"또한," 나는 말했다. "우리가 왜 이 전쟁을 하는지 다시 알려주실 수 있습니까? 언젠가 한 번 들었는데, 너무 오래되어 잊어버린 것 같아서요."

"우리가 이 전쟁을 하는 이유는," 노엘이 말했다. "소수자들이 그들의 운명에 대한 결정권을 갖도록 하기 위해서요."

우리는 허망한 시선을 주고받았다. 내 마음이 어떤 상태였든, 그것을 그와 공유할 수는 없었다.

"당신이 약속했던 사망진단서를 작성해주시오." 그가 말했다. "날짜는 쓰지 말고 공란으로 남겨두시오."

그러고 나서 저녁에는 할일이 없어 간호사 책상에 앉아 있었다. 병실은 어둠에 휩싸이고 밖에서 남동풍이 불기 시작했다. 뇌진탕 환자의 숨소리가 나지막이 들렸다. 그때 문득 내가 인생을 허비하고 있다는 생각이 강하게 들었다. 날마다 뭔가를 기다리며 인생을 허비하다, 결국 이 전쟁의 포로가 된 것 같았다. 나는 밖에 나가 텅 빈 경주로에 서서 바람에 깨끗하게 쓸린 하늘을 올려다보며 불안한 마음이 지나가고, 전에 느끼던 차분함이 돌아오기를 바랐다. 전쟁중의 시간은 기다림의 시간이라고, 언젠가 노엘이 말했다. 살아가는 시늉을 하고, 자신의 의무를 다하고, 담장 밖에서 들려오는 전쟁의 소리에 늘 귀를 곤두세우고, 그 소리의 높낮이가 변하는지 귀기울이며 기다리는 일 외에 수용소에서 할일이 뭐가 있겠는가? 문득 나는 펠리시티가, 펠리시티의 경우만 생각해보자면, 역사가 어떤 길을 택할지 머뭇거리는 동안 자신은 살아 있지만 살아 있지 않은 정지 상태에 살고 있다고 생각하는 건 아닐지 궁금해졌다. 펠리시티와 나 사이에 오간 대화로 미루어 보건대, 펠리시티는 결코 역사를 어린 시절의 교리문답식 질의응답 이상으로 생각하지 않았다("남아프리카는 언제 발견되었는가?" "1652년." "인간이 만든 구멍 가운데 세계에서 가장 큰 구멍은 어디에 있는가?" "킴벌리."). 펠리시티 스스로는 소용돌이치고 회오리치는 시간 속에 있다고 생각하지 않을지 궁금했다. 우리 주변, 전장과 지휘부, 공장과 거리, 중역실과 내각회의실에서 음산하게 소용돌이치다 나중에는 변형의 순간으로 나아가는 시간 말이다. 그 혼돈 속에서 형식이 태어나고 역사는 스스로에게 영광스러운 의미를 부여한다. 내가 그녀를 오해하는 게 아니라면, 펠리시티는 자신을 기다림의 시간, 수용소의 시간, 전쟁의 시간 등과 같은 시간의 호주머니 안에 고립된 표류자라고 생각하지 않는다. 그녀에게 시간은 늘 그랬던 것처럼 충만한 것이다. 시트를 세탁하는 시간이나 바닥을 청소하는 시간조차도 말이다. 반면, 한쪽 귀로는 수용소 생활의 진부한 소리를 듣고, 다른 쪽 귀로는 '위대한 설계'의 회전의回轉儀들이 초감각적으로 돌아가는 소리를 듣는 나에게 시간은 공허한 것이 되어버렸다. (아니면 내가 펠리시티를 과소평가하는 것일까?) 완전히 내면으로만 향한 채, 서서히 진행중인 소멸의 과정에 싸여 있는 뇌진탕 환자조차, 죽음을 살면서도 나보다 더 강렬하게 살아간다.

그런 일이 일어나면 당혹스럽기는 하겠지만, 나는 경찰이 헝겊인형을 쥐듯 마이클스의 목덜미를 틀어쥐고 문 앞에 나타나 "이 개자식들을 더 철저히 감시해야 되겠어요!"라고 말하며 그를 여기에 두고 가버렸으면 싶다. 사막을 호박꽃으로 뒤덮겠다는 환상을 지닌 마이클스도 너무 바쁘고, 너무 우둔하고, 너무 몰두하느라 역사의 수레바퀴 소리를 듣지 못하는 사람들 중 하나다.

*

오늘 아침 예고도 없이 수송대가 새로운 죄수 사백 명을 싣고 도착했다. 처음에 그들은 레더스버그에서 일주일 동안 발이 묶여 있다가 보포트 웨스트 북쪽 노선에 계류했다. 여기에서 우리가 게임을 하고, 여자친구와 시간을 보내고, 삶과 죽음과 역사에 대해 사색하는 동안, 그들은 11월의 햇볕을 받으며 측선에 정차한 가축용 화물칸에 몸을 신고 기다렸다. 그들은 살을 에는 고지대의 밤 날씨를 견디기 위해 서로 몸을 비비며 웅크리고 잠을 잤고, 하루에 딱 두 번 용변을 위해 화물칸에서 내릴 수 있었으며, 선로 옆 가시나무로 불을 피워 끓인 죽만 먹으며 버티고, 그들이 탄 화물칸 바퀴에 거미가 집을 지을 동안, 그들보다 더 급한 화물을 실은 기차가 덜커덩거리며 지나가는 것을 바라보았다. 처음에 노엘은 그들을 받지 않을 거라고 딱 잘라 말했다. 이곳 시설을 고려하면 그로서는 당연한 결정이다. 그러나 죄수들의 상태를 살펴보고, 그들의 피로감과 무력감을 확인하고는 생각이 달라졌다. 만약 그가 문제를 제기하면, 그들은 다시 철도역으로 실려가 타고 온 화물칸에 다시 올라, 알 수 없는 상부 부처의 어딘가에서 누군가가 힘을 쓸 때까지, 그게 아니면 죽을 때까지 기다려야 할 판이었다. 그래서 우리는 한 사람도 빠짐없이 하루종일 쉴새없이 일하며 그들의 입소 절차를 처리했다. 그들의 몸에서 이를 제거하고, 그들의 옷을 태우고, 수용소 제복으로 갈아입히고, 먹을 것을 주고, 약을 먹이고, 진짜 환자들과 단순히 굶주려서 아픈 자들을 분리했다. 병실과 별관은 다시 한번 터질 듯이 가득찼다. 새로 온 환자 중에는 마이클스와 다름없이 부러질 것 같은 사람들도 있었다. 내 생각에 그들은 마이클스처럼 그것이 무엇이든 인간으로서 가능한 죽음 속의 삶이나 삶 속의 죽음에 가까이 있었다. 그러고 나서 우리는 대체로 할일로 돌아갔다. 머지않아 국기 게양 훈련과 교육적인 노래 부르기가 다시 되풀이되면서, 여름날 오후의 평화로움이 깨질 것이다.

죄수들의 얘기에 따르면, 오는 도중에 적어도 이십 명이 죽었다고 한다. 죽은 사람들은 아무런 표시도 없이 펠트에 묻혔다. 노엘은 서류를 검토했다. 그 서류는 오늘 아침 케이프타운에서 새로 작성된 것이어서 도착 번호 외에는 아무것도 기록돼 있지 않았다. "탑승 서류를 보내달라고 하지 그러세요?" 내가 물었다. "시간 낭비요." 그가 대답했다. "그들은 서류 정리가 아직 끝나지 않았다고 말할 거요. 서류 정리는 끝나지 않을 거요. 아무도 조사를 원하지 않아요. 게다가 누가 사백 명 중에 이십 명이 빠진 걸 가지고 용인할 수 없는 비율이라고 말하겠소? 사람들은 늘 죽고 죽어가는 법이오. 그게 인간의 본질이오. 그걸 막을 수는 없잖소."

이질과 간염이 번진다. 물론 기생충도 마찬가지다. 펠리시티와 내가 모든 상황에 대처할 수 없는 건 분명하다. 노엘이 죄수 두 명을 징발해 잡역부로 쓸 수 있게 허락해주었다.

그사이 케닐워스를 상위 보안 등급의 수용소로 격상시키려는 작업이 진행된다. 3월 1일이 기한으로 정해진다. 그랜드스탠드를 철거하는 작업을 포함해 포로 오백 명을 추가로 수용할 수 있는 오두막을 짓는 등 대대적 변화가 예고되었다. 노엘은 성에 전화를 걸어 너무 늦게 통보해주었다고 항의했으나 돌아온 대답은 이러했다. "모든 것이 제대로 처리될 테니 진정하시오. 우선 우리를 돕는 차원에서 운동장을 치워주시오. 잔디가 있으면 태우시오. 돌이 있으면 제거하시오. 돌은 그림자를 드리우니까. 행운을 빕니다. 기억하시오, 어 부르 마크 어 플란*."

노엘은 평소보다 술을 더 마시는 것 같다. 나도 그렇고 그도 그렇고, 어쩌면 지금이, 죄수가 죄수를 감시하게 하고, 아픈 사람이 아픈 사람

* 우리는 해낼 거요.

을 치료하게 내버려둔 채 요새—그래, 반도는 분명히 요새가 될 것이다—를 떠나기에 적절한 시기 같았다. 어쩌면 우리 두 사람은 마이클스의 책에서 한 페이지를 뜯어내고 조용한 시골로 여행을 가야 할지도 모른다. 다시 말해 카루의 오지로 가서 집을 짓고 적당한 재산과 소박한 습관을 가진 두 명의 점잖은 탈주자로 살아야 할지도 모른다. 마이클스가 그랬던 것처럼 어떻게 하면 잡히지 않고 멀리 갈 수 있느냐가 가장 어려운 문제다. 어쩌면 우리는 제복을 버린 채 손에 흙을 묻히며 땅에 조금 더 바짝 붙어 걸어가는 것부터 시작할 수 있을 것이다. 그럼에도 우리는 마이클스처럼, 마이클스가 뼈만 앙상한 모습이 되기 전에 틀림없이 그랬을 것처럼, 정체를 알 수 없는 사람으로 보이진 않을 것 같다. 나에게 마이클스는 언제나 누군가 흙 한 줌에 침을 뱉어 빚어낸 초보적인 인간 형상처럼 보였다. 그 과정에서 한두 가지 실수를 하고(입이 그렇고, 머릿속에 든 것도 분명 그렇다), 한두 가지를 빠뜨렸지만(섹스가 그렇다), 결국에는 흙으로 빚은 작달막한 진짜 인간이 되어 나타난 것 같았다. 원시예술에서나 볼 수 있는, 땅굴 생활에 맞게 손가락이 갈고리처럼 구부러지고 등이 굽은 채 어머니의 땅딸막한 허벅지 사이에서 세상으로 나온, 그런 유형의 작달막한 인간 말이다. 멀리 어딘가에서 삐거덕거리며 돌아가는 역사의 수레바퀴에 전혀 신경쓰지 않고, 땅 위에서 허리를 굽히고 살다가 때가 되면 스스로 무덤을 파고 조용히 미끄러져 들어가, 담요를 덮듯 자신의 머리 위로 무거운 흙을 끌어당기고는 마지막 미소를 씩 지으며 돌아누워, 마침내 자신의 집인 잠 속으로 하강하는 그런 존재 말이다. 국가의 어느 기관이 그와 같은 존재를 요원으로 채용하겠는가? 물건을 나르고 대량으로 죽는 것 말고 그들을 쓸데가 어디 있겠는가?

그러나 나는—만약 캄캄한 밤에 작업복 차림에 테니스화를 신고 담을 넘는다면(나는 공기로 만들어진 존재가 아니니 철사를 절단해야 할 것이다)—어느 길이 안전할지 망설이며 서 있다가 첫번째 순찰병에게 덜컥 잡히고 말 것이다. 진실은, 내게 주어졌던 유일한 기회가 사라지고 없다는 것, 내가 알아채기도 전에 사라져버렸다는 것이다. 마이클스가 도망친 밤에 나도 따라갔어야 했다. 준비가 안 된 상태였다고 변명한들 부질없다. 만약 내가 마이클스를 진지하게 생각했다면 나는 언제나 준비된 상태였을 것이다. 갈아입을 옷, 두둑한 지갑, 성냥, 비스킷, 정어리 통조림이 든 보따리를 언제나 옆에 두었을 것이다. 결코 그에게서 눈을 떼지 않았을 것이다. 그가 잠을 자면 나는 문턱에서 잠을 자고, 그가 깨어나면 그를 지켜보았을 것이다. 그리고 그가 슬그머니 달아나면, 슬그머니 뒤를 따라갔을 것이다. 그를 따라 그늘에서 그늘로 몸을 숨기며 이동해 컴컴한 구석에서 담장을 넘고 별빛을 받으며 참나무가 심긴 거리를 걸어갔을 것이다. 그가 "나를 따라오는 자는 누굴까? 나한테 원하는 게 뭘까?" 하고 혼잣말을 하거나, 권총을 숨긴 보따리를 들고 작업복에 테니스화를 신은 사복경찰로 나를 오해해 달아나지 않도록, 그가 멈추면 따라 멈추며 적당한 거리를 두고 따라갔을 것이다. 나는 골목길을 빠져나가는 그를 밤새도록 끈덕지게 따라갔을 것이다. 이곳저곳에서 꼬불꼬불한 연기가 솟아오르는 판자촌을 피해, 그에게서 오십 걸음쯤 떨어진 채 모래와 나무 사이를 터벅터벅 걸어 새벽녘에 케이프 플래트*의 폐허 가장자리에 도착할 때까지 따라갔을 것이다. 그곳에서 날이 밝으면, 당신은 마침내 고개를 돌리고 나를 바라보았을 것이다. 약사에서 임시 군의관이 되었다가 이제 당신을 따르고 있는 나를. 깨달음을 얻기 전까지는 당신에게 언제 자고 언제 일어날지를 지시하고, 당신의 코에 튜브를 쑤셔넣고, 당신의 목구멍으로 약을 넘기고, 당신이 들을 수 있는 거리에 서서 당신에 관한 농담을 하고, 특히 당신이 먹을 수 없는 음식을 무자비하게 강요했던 나를. 당신은 의심쩍은 표정으로, 어쩌면 화난 표정으로 길 한가운데 서서 내가 다가와 무슨 일인지 설명해주기를 기다렸을 것이다.

그러면 나는 당신 앞에 가서 얘기했을 것이다. 나는 이렇게 말했을 것이다. "마이클스, 당신을 그렇게 대한 나를 용서해줘요. 나는 마지막 날까지 당신이 어떤 사람인지 알아보지 못했어요. 이렇게 당신을 따라온 것도 용서해줘요. 당신에게 짐이 되진 않겠다고 약속해요("당신 어머니처럼 짐이 되진 않을게요"라고 할까? 그건 아마 너무 무례할 것이다.) 나를 먹여주고 보살펴달라는 게 아니에요. 나한테 필요한 건 아주 간단한 거예요. 이 나라는 크지만, 모든 사람을 위한 공간이 있을 거라고 당신이 생각할 만큼 크긴 하지만, 내가 살면서 깨달은 건 수용소를 벗어나기가 어렵다는 사실이에요. 그러나 나는 수용소들 사이에, 어느 수용소에도 속하지 않고, 수용소의 관리 범위에도 속하지 않는 지역이 있다고 확신해요—가령 산꼭대기라든가, 늪 한가운데에 있는 섬이라든가, 사람들이 살 수 없다고 생각할 법한 좁다란 불모지가 있을 거예요. 나는 그런 곳을 찾아 정착하고 싶어요. 상황이 나아질 때까지만 머물 수도 있고 어쩌면 영원히 정착할 수도 있겠죠. 하지만 나는 지도와

---

* 평평한(flat) 곳에 위치한 흑인들의 집단 거주지.

길에만 의존하면 된다고 생각할 만큼 어리석지 않아요. 그래서 길을 가르쳐달라고 당신을 따라나선 거예요."

그런 다음 나는 당신과 몸이 닿을 거리까지 바짝 다가섰을 것이다. 당신은 내 눈을 쳐다볼 수밖에 없었을 것이다. "마이클스, 당신이 도착한 순간부터," 만약 내가 진작에 깨닫고 당신을 따라나섰다면 이렇게 말했을 것이다. "나는 당신이 어느 수용소에도 맞지 않는 사람이라는 걸 알았어요. 고백하자면, 처음에는 당신을 웃음거리로 생각했어요. 나는 판 렌스버그 소령에게 당신을 수용소에서 예외로 해달라고 했어요. 내 생각에 당신에게 재활 훈련을 시키는 것은 쥐나 생쥐나(이렇게 말해도 되는지 모르겠네요) 도마뱀에게 짖고 구걸하고 공 받는 훈련을 시키는 것과 다름없다고 생각했기 때문이에요. 그러나 시간이 지나면서 서서히 당신이 보여주는 저항의 진가를 깨닫기 시작했어요. 당신은 영웅이 아니었어요. 그런 척하지도 않았고요. 또한 단식의 영웅은 더더욱 아니었어요. 사실 당신은 전혀 저항하지 않았어요. 우리가 뛰라고 하면 당신은 뛰었어요. 우리가 다시 뛰라고 하면 당신은 다시 뛰었어요. 그러나 세번째로 뛰라고 했을 땐 아무것도 못하고 고꾸라져버렸죠. 우리는 모두, 우리 중에서 가장 믿지 않으려고 하는 사람들까지도, 당신이 뛰지 않은 것은 명령에 복종할 힘이 바닥났기 때문이라는 걸 알 수 있었어요. 그래서 당신을 일으켜세우는데, 당신 몸이 깃털 한 포대 무게밖에 되지 않았어요. 우리는 당신을 데려가 음식을 내밀며 말했죠. 먹고 기운을 내서 다시 우리 명령에 따르라고. 당신은 거절하지 않았어요. 내 생각에 당신은 시키는 대로 성실하게 따르려고 했어요. 당신의 의지는 따르고자 했던 거죠(이렇게 구분하는 나를 이해해줘요. 이렇게밖에 설명할 도리가 없네요). 의지는 따라왔지만, 당신의 몸이 뒷걸음쳤어요. 나는 그렇게 해석했어요. 당신의 몸은 우리가 주는 음식을 거부했고, 당신은 점점 더 말라갔죠. 왜 그럴까? 나는 궁금했어요. 뻔히 굶어 죽어가면서 왜 먹지 않는 걸까? 나는 당신을 날마다 지켜보면서 서서히 진실을 이해하기 시작했어요. 당신은 어떤 수용소도 제공해줄 수 없는 다른 종류의 음식을 당신의 의식적 자아(이 용어를 사용하는 걸 이해해줘요)도 모르게 간절히 원했던 거예요. 당신의 의지는 고분고분했지만, 당신의 몸이 다른 음식을 달라고 애원했던 거예요. 그게 유일한 이유였어요. 나는 이제 몸에는 모호함이 없다는 사실을 배웠어요. 몸이 원하는 것은 오직 생존이라는 사실을 알게 됐어요. 자살이란 몸이 몸에게 하는 행위가 아니라, 의지가 몸에게 하는 행위라는 걸 알았어요. 그러나 나는 이곳에서 그 본질을 바꾸기보다는 차라리 죽음을 택하는 몸을 보았어요. 몇 시간 동안 문간에 서서 당신을 바라보며 그 불가사의를 골똘히 생각해봤어요. 당신의 거부 뒤에 있는 것은 원칙이 아니라 관념이었어요. 당신은 죽고 싶어하지 않았지만, 죽어갔어요. 당신은 황소 시체 속에 넣고 꿰맨 토끼 같았어요. 숨이 막히는 것은 말할 것도 없으려니와, 고기가 널려 있음에도 진짜 음식을 갈구하며 굶어죽어가는 토끼 말이에요."

어쩌면 나는 우리 뒤로 얼마쯤 떨어진 곳에서 한 남자가 헛기침을 하며 가래침 뱉는 소리가 들리고 장작 타는 냄새가 나서, 하던 얘기를 잠시 멈췄을지도 모른다. 그러나 나의 반짝이는 눈이 잠시 당신을 그대로 붙들었을 것이다.

"나는 당신이 겉보기와는 다른 사람이라는 걸 알아차린 유일한 사람이었어요." 나는 계속 말을 이었을 것이다. "날마다 반복되는 완고한 아니요라는 말에 차츰 무게가 실리면서, 당신이 단순한 환자나 전쟁의 희생자 또는 희생의 피라미드를 구성하는 벽돌 이상의 존재라는 걸 느끼기 시작했어요. 결국에는 누군가 밟고 올라가 다리를 벌리고 서서, 고함을 치고 가슴팍을 두드리며 자신이 아래에 있는 모든 것의 황제라고 선언하는 희생의 피라미드 말이에요. 당신은 야간등만 켜진 창문 밑 침대에 눈을 감고 누워 있곤 했어요. 아니, 자고 있었는지도 모르죠. 나는 숨소리를 죽이고 문간에 서서 다른 사람들이 잠 속에서 신음하고 바스락거리는 소리를 들으며 기다렸어요. 모든 침대 중에 하필 당신 침대 주변만 공기가 짙어지고 어둠이 밀집되어 검은 회오리로 바뀌는 듯한 느낌이 점점 더 강해지더군요. 그 회오리는 당신의 침구 끝자락도 건드리지 않은 채 당신을 향해 다가가더니 절대적인 정적에 싸여 당신의 몸 위에서 포효했어요. 나는 꿈에서 깨어나려는 사람처럼 고개를 흔들었지만, 그 느낌은 사라지지 않았어요. '이건 나의 상상이 아니다. 나는 혼잣말을 했어요. 뭔가 의미심장한 것이 모여드는 이 느낌은 내가 소독을 위해 이 침대 저 침대에 쐬는 광선이나, 일시적인 기분에 따라 이 환자 저 환자에게 입혀주는 옷 같은 것이 아니다. 마이클스는 다른 무언가를 의미한다. 그리고 그가 가진 의미는 나 하나에만 해당하지 않는다. 만약 그렇다면, 만약 이 의미의 기원이 내 안의 결핍에 지나지 않는다면, 그러니까 수용소는 말할 것도 없고 전쟁이 우리에게 보여주는 미래에 대한 우리의 갈망을 만족시키는 것이 얼마나 어려운지 알기에 믿음이 결핍된 상태에 지나지 않는다면, 만약 내가 마이클스와 그의 이야기에 끌리는 것이 의미를 향한 단순한 열망 때문이라면, 만약 마이클스가 겉모습(그러니까 당신의 겉모습), 즉 입술이 뒤틀리고 뼈와 가죽만 남은(눈에 보이는 대로 얘기할 뿐이니까, 이해해줘요) 인간 이상의 존재가 아니라면, 나는 기수 탈의실 뒤쪽 화장실 마지막 칸에 들어가 문을 잠그고 머리에 총알을 박아도 상관없을 것이다. 그러나 내가 오늘밤보다 더 진실한 적이 있었던가?' 나는 문간에서서 음산한 눈길로 스스로를 돌아보며 내가 아는 마지막 수단을 동원해 내 신념의 한복판에 부정직의 싹이 있는 것은 아닌지—예를 들어 수용소가 단순히 경주로에 조립식 오두막들이 점점이 흩어져 있는 옛 케닐워스 경마장이 아니라, 의미가 세상으로 분출되는 특권을 지닌 장소라고 생각하는 유일한 사람이 되고 싶은 욕구가 있는 건 아닌지 찾아보려고 했어요. 하지만 그런 싹이 내 안에 잠복해 있다 해도, 고개를 들진 않았어요. 그것이 고개를 들지 않는데, 내가 어떻게 강제로 그렇게 할 수 있겠어요? (나는 뭔가를 탐색하려는 자아와 어딘가로 숨으려는 자아를 분리해 독수리와 쥐처럼 서로 싸우게 할 수 있다는 생각에는 회의적이에요. 하지만 그 문제는 우리가 경찰을 피해 도망치지 않아도 될 훗날에 얘기하기로 하죠.) 그래서 나는 다시 한번 그쪽을 바라봤어요. 그런데도 그것은 여전히 진실이었어요. 나는 스스로를 속이는 게 아니었어요. 나 자신에게 비위를 맞추는 게 아니었어요. 스스로를 위안하는 게 아니었어요. 그것은 이전에도 그랬던 것처럼 진실이었어요. 한 침대 위에만 어둠이 모여 짙어졌어요. 그 침대는 당신 침대였어요."

이때쯤 당신은 내가 무슨 이야기를 하는지 따라가기도 어렵고, 수용소에서 최대한 멀어지고 싶은 마음에 돌아서서 걸어가기 시작했을지 모른다. 아니면 내 목소리에 끌린 판잣집 아이들이 우리 주변에 몰려들었을지도 모르고. 아이들 몇몇은 파자마를 입었을 것이다. 그들은 내 입에서 쏟아지는 거창하고 열정적인 말을 듣고 입을 다물지 못하며 당신을 불안하게 만들었을지도 모른다. 그러면 나는 소리칠 필요도 없이 부리나케 당신을 바짝 따라붙었을 것이다. "마이클스, 날 용서해줘요." 나는 말해야 했을 것이다. "얘기가 얼마 남지 않았으니 제발 조금만 기다려줘요. 당신이 나한테 무슨 의미인지 얘기해주고 싶을 뿐이에요. 그러면 더는 얘기하지 않을게요."

바로 그때, 당신이 갑자기 달아났을 것이다. 그게 당신의 본성이니까. 나는 물속을 헤치듯, 회색 모래를 헤치듯 길을 가르며 달리고, 나뭇가지를 요리조리 피하고, 당신 뒤를 쫓아가며 소리쳤을 것이다. "당신이 그 말을 아는지 모르지만, 당신이 수용소에 살았던 것은 단지 알레고리였어요. 가장 고차원적으로 얘기하자면, 얼마나 수치스럽게, 또 얼마나 터무니없이 하나의 의미가 체제의 일부가 되지 않으면서도 그 안에 자리잡을 수 있느냐에 대한 알레고리였어요. 내가 당신을 꼼짝 못하게 하려고 할 때마다 당신이 어떻게 빠져나갔는지 몰랐나요? 나는 알았어요. 당신이 철조망을 끊지 않고 밖으로 빠져나갔다는 걸 알았을 때, 내가 무슨 생각을 했는지 알아요? '그는 장대높이뛰기 선수가 틀림없다.' 바로 이 생각이었어요. 그래요, 마이클스, 당신은 장대높이뛰기 선수가 아닐 수도 있어요. 그러나 위대한 탈출 예술가예요. 위대한 탈주자 중 하나예요. 나는 당신이 존경스러워요!"

이때쯤 나는 뛰어가며 설명을 하는 통에 숨을 헐떡거리기 시작했을 것이다. 당신이 나와 거리를 벌리기 시작했을 수도 있다. "이제 마지막으로 당신의 정원 얘기를 할게요." 나는 헐떡거리며 말했을 것이다.

"사막 한복판에 꽃을 피우고 생명의 음식을 생산하는 신성하고 매혹적인 정원의 의미를 당신에게 얘기해줄게요. 당신이 지금 향해 가고 있는 정원은 수용소를 제외하고 어디에도 없고 어디에나 있어요. 마이클스, 그곳은 당신이 속해 있고, 당신이 집이 없다고 느끼지 않는 유일한 곳의 또다른 이름이에요. 그곳은 지도에 나와 있지 않아요. 어떤 도로도 그곳으로 이어지지 못해요. 그곳은 그저 도로일 뿐이에요. 당신만이 거기로 이르는 길을 알고 있어요."

바로 이때 당신이 뒤에서 소리지르는 남자를 피하려고, 박해자이자 미치광이이자 추적자이자 경찰관처럼 보이는, 푸른 옷의 남자를 피하려고, 가장 형편없는 관찰자의 눈에도 확연히 보일 만큼 전력을 다해 달아나기 시작한 것은 나의 상상일까, 아니면 사실일까? 재미삼아 우리를 종종걸음으로 따라오던 아이들이 이제 당신 편이 되어 여기저기에서 나를 향해 돌진하고 막대기와 돌을 던지기 시작하는 바람에 내가 어쩔 수 없이 걸음을 멈추고 그들을 막으며 큰 소리로 "내 말이 맞죠? 내가 당신을 제대로 이해한 거죠? 내 말이 맞으면 오른손을 들어봐요! 틀리면 왼손을 들고요!" 하고 마지막 말을 외치는 사이, 당신이 굶은 사람이라고는 보기 힘들 정도로 힘차게, 멀리 내달으며 아카시아나무가 울창한 숲으로 들어간다면, 놀라운 일일까?

3부

마이클 K는 오랫동안 걸은 후라 다리가 후들거렸다. 그는 찬란한 아침 햇살에 눈이 부셔 실눈을 뜨고, 시 포인트 산책로의 미니 골프장 옆 벤치에 앉아 바다를 바라보며 기운을 차렸다. 대기는 고요했다. 아래쪽에서 파도가 바위에 부딪혔다 물러나는 소리가 들려왔다. 개 한 마리가 다가와 그의 발 냄새를 맡더니 벤치에 대고 오줌을 쌌다. 반바지에 러닝셔츠를 입은 여자아이들 셋이 서로 속닥이며 나란히 뛰어갔다. 그러고 난 자리에 달콤한 향기가 남았다. 비치 로드에서 아이스크림 노점상이 흔드는 벨 소리가 가까워지다 다시 멀어졌다. 낯익은 곳에 오자 마음이 평온해지고 따뜻한 날씨가 고맙기까지 했다. K는 한숨을 내쉬며 천천히 옆으로 고개를 떨궜다. 그는 자신이 잠을 잔 건지 아닌지 알지 못했다. 그러나 눈을 뜨자 다시 걸을 수 있을 정도로 몸이 가

뿐해져 있었다.

비치 로드에는 판자로 막아놓은 창문들이 그의 기억보다 더 많았다. 특히 길 쪽으로 난 창문들이 그랬다. 어느새 녹이 더 슬기는 했지만, 똑같은 차들이 똑같은 자리에 그대로 주차되어 있었다. 바퀴가 없어지고 불에 타버린 큼직한 차 한 대가 방파제에 맞대어 옆으로 엎어져 있었다. 그는 자신이 푸른 작업복 안에 아무것도 입지 않았다는 것과 산책하는 사람들 중에 자기만 신발을 신지 않았다는 것을 의식하며 산책로를 따라 걸었다. 그러나 사람들의 눈이 그를 향해 깜빡거렸다면, 그의 발이 아니라 그의 얼굴을 향해서였다.

그는 불에 탄 잔디밭에 이르렀다. 깨진 유리 조각과 새까맣게 탄 쓰레기 사이로 벌써 연두색 싹이 돋기 시작했다. 한 소년이 검게 그을린 놀이터 기둥을 손바닥과 발바닥이 새까매져라 기어올랐다. K는 잔디를 가로지르는 길을 택해 도로를 건너 코트다쥐르 아파트의 어둑어둑한 현관으로 들어갔다. 벽에 검은 스프레이로 '조이 룰스'라고 크게 흘려 쓴 낙서가 보였다. 그는 복도로 들어가 해골 그림이 붙은 문 맞은편 벽에 등을 대고 쪼그려앉았다. 한때 어머니가 살았던 방이다. 그는 생각했다. 괜찮을 거야. 사람들은 나를 거지라고 생각할 거야. 그는 잃어버린 베레모를 떠올렸다. 그걸 옆에 놓고 구걸하면 딱 어울릴지도 몰랐다.

그는 몇 시간 동안 기다렸다. 아무도 오지 않았다. 그는 일어나 문을 열어볼 생각은 하지 않았다. 일단 문이 열리면, 자신이 무슨 행동을 할지 모르기 때문이었다. 오후가 반쯤 지나자 뼛속으로 한기가 스며들기 시작했다. 그는 다시 건물에서 나와 해변으로 갔다. 그리고 따뜻한 햇살이 내리쬐는 흰 모래 위에서 잠이 들었다.

그는 목이 마르고 혼란스러운 상태로 잠에서 깼다. 작업복 안은 땀으로 범벅이 돼 있었다. 해변에서 공중화장실을 발견했지만 물이 나오지 않았다. 세면대는 모래로 가득차 있고, 벽에도 모래가 30센티미터나 쌓여 있었다.

K는 이제 무엇을 해야 할지 생각하며 세면대 앞에 서 있다가 세 사람이 들어오는 걸 거울로 보았다. 한 사람은 몸에 달라붙는 흰색 드레스에 밝은 백금색 가발을 쓰고 은색 하이힐을 손에 든 여자였다. 다른 두 명은 남자였다. 그중 키가 큰 사람이 K에게 곧장 다가오더니 그의 팔을 잡았다. "볼일 다 봤는지 모르겠지만." 남자가 말했다. "이곳은 예약이 돼 있거든요." 그는 해변의 눈부시게 하얀 빛 속으로 K를 떠밀었다. "갈 데는 많잖아요." 남자는 이렇게 말하며 그를 찰싹 쳤다. 어쩌면 약간 떠밀었을 수도 있다. 키 큰 남자가 화장실 문 옆에 서서 그를 주시했다. 그 남자는 체크무늬 모자를 한쪽으로 삐딱하게 쓰고 있었다.

자그만 해변 이곳저곳에 수영하러 온 사람들이 있긴 했지만, 물에 들어간 사람은 밀려드는 얕은 파도 앞에서 스커트를 추켜올린 채 다리를 단단히 벌리고 서서 아기의 발가락이 파도에 스칠 만큼만 왼쪽 오른쪽으로 흔들어주고 있는 여자 외에는 아무도 없었다. 아기는 무서워하면서도 좋아서 소리를 질러댔다.

"내 누이요." 문 옆에 서 있던 남자가 물에 있는 여자를 가리키며 말했다. 그리고 그의 어깨 너머를 가리키며 말했다. "저쪽에 있는 사람도 내 누이요. 나는 누이가 많아요. 대가족이죠."

K는 머리가 욱신거리기 시작했다. 그는 모자가 있으면 좋겠다고 생각하며 눈을 감았다.

다른 남자가 화장실 밖으로 나오더니 아무 말 없이 산책로로 통하는 계단을 서둘러 올라갔다.

태양의 가장자리가 텅 빈 바다의 표면에 닿았다. K는 생각했다. 모래가 식을 때까지 기다리면서, 어디든 갈 만한 곳을 생각해야겠다.

키 큰 남자가 구두 앞부리로 그의 갈비뼈를 툭툭 건드리며 그를 굽어보았다. 남자의 뒤에는 두 누이가 서 있었다. 한 여자는 아이를 업었고, 다른 여자는 이제 맨머리로 가발과 구두를 들고 있었다. 남자가 발끝으로 그를 탐색하다가 작업복 옆에 찢어진 곳을 찾아내고 열어젖혔다. K의 허벅지가 살짝 드러났다. "이것 좀 봐, 이 사람 아무것도 안 입었어!" 남자가 두 여자를 향해 고개를 돌려 웃음을 터트리며 말했다. "벌거벗은 남자라! 이봐, 당신 언제부터 굶은 거요?" 남자가 K의 옆구리를 툭툭 건드렸다. "이 사람 정신을 차리도록 뭐라도 좀 주자고!"

아기를 업은 여자가 갈색 종이로 싼 포도주 병을 가방에서 꺼냈다. K는 일어나 앉아 그걸 마셨다.

"당신 어디에서 왔소? 여기서 일해요?" 남자가 작업복 호주머니에 쓰인 금색 글씨를 기다란 손가락으로 가리키며 물었다.

K가 대답하려는 순간 갑자기 속이 뒤틀리면서 포도주가 깨끗한 갈색 물줄기가 되어 쏟아지더니 모래 속으로 금세 스며들었다. 그는 눈을 감았다. 세상이 빙빙 돌았다.

"이봐요!" 낯선 남자가 웃으면서 K의 등을 두드렸다. "그게 빈속에 마시는 술이라는 거요! 내가 당신을 처음 봤을 때 속으로 무슨 생각을 했는지 말해줄게요. '이 사람은 분명히 영양실조에 걸렸다! 푸짐한 식사를 해야 한다!' 이렇게 생각했어요." 남자가 K를 부축해 일으켜세웠다. "트리펠러 씨, 함께 갑시다. 당신이 그렇게 야윈 채로 있지 않게 우리가 뭐라도 줄 테니."

그들은 텅 빈 버스정류장이 나올 때까지 산책로를 따라 함께 걸었다. 낯선 남자가 가방에서 썰지 않은 빵 한 덩이와 연유 한 통을 꺼냈다. 그리고 뒷주머니에서 날렵하게 생긴 작은 물건을 꺼내 K의 눈앞에 들어 보였다. 그가 어떻게 하자 그 물건은 칼로 변했다. 그러고는 입을 오므려 휘파람을 불면서 번쩍이는 칼날을 모두에게 휘두르더니, K를 가리키고 무릎을 치며 요란하게 웃었다. 엄마의 어깨 너머로 눈을 크게 뜨고 바라보던 아기도 허공으로 주먹을 버둥거리며 웃기 시작했다.

낯선 남자는 정신을 차리고 빵을 두툼하게 자르더니 그 위에 연유를 소용돌이 모양으로 뿌려 K에게 건넸다. 모두가 지켜보는 가운데, K는 빵을 먹었다.

어느 샛길을 지날 때였다. 수도꼭지 하나에서 물이 떨어졌다. K는 물을 마시려고 대열에서 빠져나왔다. 그는 끝없이 마셨다. 물이 그의 몸을 통과해 곧장 빠져나가는 것 같았다. 그는 샛길 구석으로 가서 하수구 위에 쪼그리고 앉아 볼일을 봐야 했다. 그러고 나자 너무 어지러워 작업복 소매를 팔에 끼는 데도 한참 걸렸다.

그들은 주거지역을 뒤로하고 시그널 힐의 낮은 비탈길을 오르기 시작했다. 맨 뒤에 있던 K가 숨을 고르느라 걸음을 멈췄다. 아기를 업은 여자도 멈췄다. "요게 무겁네!" 그녀가 아기를 가리키며 웃었다. K가 가방을 들어주겠다고 했지만, 그녀는 거절했다. "괜찮아요. 익숙하거든요." 그녀가 말했다.

그들은 삼림보호구역의 경계를 표시하는 울타리에 난 구멍을 통과했다. 낯선 남자와 다른 여자는 그들보다 앞서서 구불구불한 언덕길을 올랐다. 시 포인트의 불빛들이 저 아래에서 반짝거리기 시작했다. 수평선에서 바다와 하늘이 진홍색으로 빛났다.

그들은 소나무숲 아래에서 걸음을 멈췄다. 흰 옷을 입은 여자가 어둑어둑한 곳으로 사라졌다. 몇 분 뒤 그녀는 청바지 차림으로 불룩한 비닐가방 두 개를 들고 돌아왔다. 또다른 여자는 블라우스를 열고 아기에게 젖을 물렸다. K는 눈을 어디에 두어야 할지 몰랐다. 남자가 담요를 편 다음 촛불을 켜 깡통에 꽂았다. 그러고 나서 빵, 연유, 돼지고기 훈제 소시지("금쪽같은 거요!" 그가 K가 있는 쪽으로 소시지를 흔들며 말했다. "엄청나게 비싸거든!"), 바나나 세 개를 꺼내놓았다. 그들의 저녁식사였다. 그가 포도주 병마개를 따서 K에게 건넸다. K는 한 모금 마시고 돌려주었다. "물 좀 있나요?" 그가 물었다.

남자는 고개를 저었다. "포도주도 있고, 우유도 두 종류나 있는데—그는 불쑥 아기를 안은 여자를 손으로 가리켰다—물은 없네요. 어이 친구, 유감스럽게도 이곳에는 물이 없어요. 내일 갖다줄게요. 내일은 새로운 날이 될 거요. 내일이 되면 당신을 새로운 남자로 만들어줄 모든 것을 갖게 될 거요."

포도주 때문에 어지러움을 느낀 K는 이따금 몸을 가누기 위해 손으로 땅을 짚어가며 빵과 연유와 바나나 반쪽을 먹었다. 그러나 소시지는 거절했다.

낯선 남자가 시 포인트에서의 삶에 대해 얘기했다. "우리가 부랑자들처럼 산속에서 자는 게 이상해 보이오? 우리는 부랑자가 아니오. 우리에게는 음식도 있고, 돈도 있고, 생계도 유지하고 있어요. 우리가 어디에 살았는지 아시오? 트리펠러 씨에게 우리가 어디에 살았는지 말씀드려."

"노르망디요." 청바지를 입은 여자가 말했다.

"노르망디 1216번지. 그런데 계단을 오르내리는 게 싫증나서 이곳으로 왔어요. 여기가 우리의 여름 휴양지예요. 그래서 여기로 소풍을 오죠." 남자가 웃었다. "그전에 우리가 어디에 살았는지 아시오? 이분에게 말씀드려."

"클리퍼스였지요." 여자가 말했다.

"클리퍼스 유니섹스 헤어드레서스. 그러니 당신도 보다시피 방법만 알면 시 포인트에 사는 건 쉬운 일이오. 이제 당신이 어디에서 왔는지 얘기해봐요. 전에는 당신을 본 적이 없어서요."

K는 이제 자신이 얘기할 차례라는 것을 알았다. "나는 지난밤까지 삼 개월 동안 케닐워스 수용소에 있었어요." 그가 말했다. "한때는 시청 정원사였고요. 오래전 일이네요. 그러다 이곳을 떠나 어머니를 모시고 시골로 가야 했죠. 어머니 건강 때문에요. 어머니는 시 포인트에서 일하셨고, 이곳에 방이 있었어요. 우리가 오는 길에 그 앞을 지나쳤어요." 한 차례 구역질이 배에서 올라왔다. 그는 몸을 가누려고 애썼다. "내륙으로 가던 도중에 어머니는 스텔렌보스에서 돌아가셨어요." 그는 현기증을 느끼다 다시 안정을 찾았다. "내겐 언제나 먹을 게 충분치 않았어요." 그는 말을 이으며, 아기를 안은 여자가 남자에게 뭔가 귓속말을 하는 걸 의식했다. 다른 여자는 흔들리는 촛불 빛이 비치는

자리를 벗어나고 없었다. 그는 문득 두 자매가 서로 말을 나누지 않는다는 생각이 들었다. 또한 자신의 이야기가, 그로서는 다리 놓는 법을 결코 배우지 못할, 똑같은 모양의 낡은 틈새들로 가득한, 하찮고 얘기할 가치도 없는 것이라는 생각도 문득 들었다. 그게 아니라면 그가 이야기를 하는 방법과 계속 관심을 끄는 법을 모르는 것일지도. 메스꺼움은 사라졌지만, 갑자기 땀이 식으면서 한기가 들기 시작했다. 그는 눈을 감았다.

"벌써 졸리는 모양이군요!" 낯선 남자가 그의 무릎을 두드리며 말했다. "잘 시간이오! 내일이면 당신은 새로운 남자가 되어 있을 거요." 그가 다시 한번 K를 가볍게 쳤다. "다 괜찮소, 친구." 그가 말했다.

그들은 솔잎을 깔아 잠자리를 만들었다. 가방과 보따리에 침구를 접어서 넣어 다니는 것 같았다. 그들은 K에게 두터운 비닐 시트를 주고, 그걸로 몸을 감싸도록 거들어주었다. K는 비닐에 싸인 채 땀을 흘리는 동시에 와들와들 떨면서, 귀에서 들리는 이명에 괴로워하며 자다 깨다를 반복했다. 그러다 한밤중에 아직 이름도 모르는 그 남자가 그의 앞에서 나무 우듬지와 별을 가린 채 무릎을 꿇고 그를 굽어보는 기척에 잠이 깼다. 그는 생각했다. 너무 늦기 전에 무슨 말인가 해야 한다. 하지만 그는 아무 말도 하지 않았다. 낯선 손이 그의 목을 스치고 작업복 상의 주머니의 단추를 더듬었다. 호박씨 봉지가 너무 요란한 소리를 내는 바람에 못 들은 척하자니 좀 어색했다. 그래서 끙 하는 소리를 내며 몸을 뒤척였다. 남자의 손이 잠시 얼어붙었다. 그리고 남자는 어둠 속으로 물러났다.

K는 남은 밤 동안 나뭇가지 사이로 달이 하늘을 가로지르는 모습을

지켜보며 누워 있었다. 새벽녘이 되자 그는 뻣뻣한 비닐에서 빠져나와 다른 사람들이 누워 있는 곳으로 갔다. 남자는 아기를 안고 자는 여자 옆에 꼭 붙어서 자고 있었다. 그런데 아기가 깨어 있었다. 아기는 어머니의 셔츠 단추를 만지작거리며 전혀 무섭지 않은 듯 K를 바라보았다.

K가 남자의 어깨를 흔들었다. "내 봉지 돌려주겠어요?" 그는 다른 사람들을 깨우지 않으려 나직이 말했다. 남자가 툴툴거리며 돌아누웠다.

K는 몇 미터 떨어지지 않은 곳에서 그 봉지를 찾았다. 그는 엎드려 더듬으며 바닥에 흩뿌려진 호박씨 절반 정도를 다시 봉지에 담았다. 나머지는 포기하고, 봉지에 든 것만 호주머니에 넣은 뒤 단추를 채우며 생각했다. 소나무 그늘 밑에서는 아무것도 자라지 않을 텐데 얼마나 애석한 일인가. 그는 구불구불한 길을 따라 산을 내려왔다.

그러고는 이른 아침의 텅 빈 도로를 지나 해변으로 내려갔다. 해가 아직 언덕 너머에 있어서인지 모래가 차갑게 느껴졌다. 그는 바위 사이를 걸으며 바닷물이 들고날 때 생긴 웅덩이를 자세히 살펴보았다. 그 안에 달팽이와 말미잘이 살고 있었다. 그것도 지치자 그는 비치 로드를 건너 어머니가 옛날에 살던 문 맞은편 벽에 한 시간가량 기대앉아, 거기에 사는 누구라도 밖으로 나오기를 기다렸다. 그리고 다시 해변으로 돌아가 모래 위에 누워 점점 더 크게 울리는 이명을 들었다. 혈관에 피가 흐르는 소리이거나 머릿속에서 생각이 흘러가는 소리일지도 몰랐다. 그러나 그는 그것이 어느 쪽인지 알지 못했다. 자신의 안에 있는 무엇인가가 방출되었거나 방출되는 것 같은 느낌이 들었다. 무엇이 방출되는지는 아직 몰랐다. 하지만 예전에 자신 안에 있다고 생각했던 강인하고 밧줄처럼 팽팽한 무언가가 이제 무기력하고 느슨해져가는 것도 같았다. 두 감정은 서로 관련이 있어 보였다.

해가 중천에 떴다. 해는 눈 깜박할 사이에 그 높이에 가 있었다. 시간이 흐른 게 분명했지만 기억이 없었다. 나는 잠을 자고 있었다, 그는 생각했다. 아니, 그보다 더 나쁜 상태였다. 나는 부재중이었다. 그러나 어디에 가 있었을까? 해변에는 더이상 그 혼자가 아니었다. 비키니 차림의 여자 둘이 모자로 얼굴을 가린 채 그에게서 몇 걸음 떨어진 곳에서 일광욕을 하고 있었다. 다른 사람들도 있었다. 덥고 혼란스러워 그는 비틀거리며 공중화장실로 갔다. 물은 여전히 나오지 않았다. 그는 작업복에서 팔을 빼고 허리까지 옷을 내린 뒤 유사流砂 위에 주저앉아 정신을 차리려 애썼다.

그가 자매 중 두번째라고 생각했던 여자와 키 큰 남자가 함께 나타날 때까지도, 그는 계속 거기에 앉아 있었다. 그가 일어나 나가려고 하자 남자가 그를 끌어안았다. "나의 친구 트리펠러 씨!" 남자가 말했다. "당신을 보니 얼마나 반가운지 모르겠소! 오늘 아침 왜 그렇게 일찍 떠난 거요? 오늘이 당신의 중요한 날이 될 거라고 내가 말하지 않았소? 당신을 위해 뭘 가져왔는지 봐요!" 그는 재킷 호주머니에서 작은 브랜디 병을 꺼냈다. (산에서 사는데 어떻게 그렇게 말쑥할까? K는 놀라웠다.) 그는 K를 모래가 쌓인 곳으로 다시 데려갔다. "오늘밤 우리는 파티에 갈 거예요." 그가 속삭였다. "그곳에 가면 많은 사람들을 만나게 될 거요." 그가 브랜디를 마시고 병을 건네주었다. K도 한입 가득 마셨다. 가슴에 나른한 느낌이 퍼지면서 머리까지 기분좋게 얼얼해졌다. 그러고는 현기증이 나서 누웠다.

속삭이는 소리가 들리더니 이윽고 누군가 작업복의 마지막 단추를 풀고 서늘한 손을 집어넣었다. K는 눈을 떴다. 여자였다. 여자는 그의 옆에 무릎을 꿇고 그의 성기를 애무했다. 그는 그녀의 손을 밀치고 일어서려 했다. 그때 남자가 말했다. "친구, 진정해. 이곳은 시 포인트요. 오늘은 온갖 좋은 일이 일어나는 날이오. 긴장을 풀고 즐겨요. 술도 한 모금 마시면서." 그는 K 옆에 있는 모래에 술병을 놓고 가버렸다.

"당신 오빠는 누구요?" K가 쉰 목소리로 물었다. "그의 이름은 뭐죠?"

"그의 이름은 디셈버예요." 여자가 말했다. 그가 그녀의 말을 제대로 들은 걸까? 그녀가 그에게 말을 한 것은 이번이 처음이었다. "그의 주민증에 그렇게 돼 있어요. 어쩌면 내일은 다른 이름을 갖게 될지도 몰라요. 경찰을 헷갈리게 하려고 다른 주민증에 다른 이름을 갖다붙일지도 모르죠." 그녀는 몸을 숙이고 그의 성기를 입에 넣었다. 그는 그녀를 밀치고 싶었지만, 뻣뻣하고 푸석푸석한 가발을 손가락으로 만지기가 싫었다. 그래서 긴장을 풀고 머리가 빙빙 도는 현기증과 멀리서 느껴지는 축축한 온기에 자신을 맡겼다.

잠시 후 그녀는 여전히 그의 성기를 손으로 잡은 채 옆에 누워 있었다. 그사이 그가 잠들었었는지 그는 알지 못했다. 그녀는 은빛 가발 때문에 나이가 들어 보였지만 사실은 더 젊었다. 그녀의 입술이 아직도 젖어 있었다.

"그러니까 그 사람이 친오빠인가요?" 그는 밖에서 기다리는 남자를 떠올리며 중얼거렸다.

그녀는 미소를 지어 보였다. 그리고 팔꿈치를 괴고 그에게 진한 키스를 퍼부으며 그의 입술 사이로 혀를 밀어넣었다. 그러면서 힘차게 그의 성기를 끌어당겼다.

일이 끝나고, 그는 둘 모두를 위해 무슨 말이라도 해야 한다고 느꼈다. 하지만 그때 모든 말이 그에게서 도망치기 시작했다. 브랜디가 가져다준 평화도 달아난 것 같았다. 그는 술을 한 모금 마시고 술병을 여자에게 건넸다.

그의 몸 위로 뭔가 어렴풋한 형체들이 느껴졌다. 눈을 뜨자 여자가 보였다. 그녀는 이제 구두를 신고 있었다. 옆에는 그녀의 오빠라는 남자가 서 있었다. "친구, 잠을 좀 자둬요." 멀리서 들려오는 듯한 목소리로 남자가 말했다. "오늘밤 다시 와서 내가 약속했던 파티에 데려갈게요. 그곳에 가면 먹을 것도 많고, 시 포인트 사람들이 어떻게 살아가는지도 보게 될 거요."

K는 그들이 마침내 가버렸다고 생각했다. 그런데 남자가 돌아와 그에게 몸을 숙이며 그의 귀에 대고 마지막 말을 속삭였다. "아무것도 원하지 않는 사람에게 친절하기는 어려워요. 당신이 원하는 게 뭔지 두려워하지 말고 얘기하세요. 그러면 가질 수 있으니까. 깡마른 친구여, 그게 내가 당신에게 해줄 수 있는 충고요." 그가 K의 어깨를 가볍게 두드렸다.

마침내 K는 혼자가 되었다. 추워서 몸이 떨리고 목이 탔다. 여자와의 수치스러운 일이 그의 생각 언저리에 그림자처럼 서성거렸다. K는 단추를 채운 다음 화장실에서 나왔다. 해변에는 해가 저물고 있었고 비키니를 입은 여자들이 떠나려고 짐을 꾸렸다. 모래 위를 걷는 게 전보다 더 힘들었다. 한번은 균형을 잃고 옆으로 쓰러지기도 했다. 그는 아이스크림 장수의 종소리를 듣고 뒤쫓아가려다가 수중에 돈이 없다는 사실을 떠올렸다. 잠시, 자신이 아프다는 것을 깨달을 만큼은 머리가 맑아졌다. 그는 체온 조절이 안 되는 것 같았다. 그런 상태가 가능할지 모르겠으나, 그의 몸은 차가우면서 동시에 뜨거웠다. 다시 정신이 흐릿해졌다. 그가 계단 밑에서 난간을 잡고 서 있는데, 두 여자가 시선을 피하며 숨을 참는 듯한 얼굴로 그를 지나쳤다. 그는 계단을 올라가는 그들의 뒷모습을 바라보면서 그들의 부드러운 살결을 손가락으로 파고들고 싶은 충동이 이는 걸 느끼고 스스로 놀랐다.

그는 코트다쥐르 아파트 뒤에 있는 수도에서 물을 마셨다. 물을 마시는 동안 눈을 감고 산에서 드발공원 위 저수지로 흘러내려와, 다시 거리 밑 어두운 땅속에 몇 킬로미터에 걸쳐 묻혀 있는 배수관을 지나 이곳에 이르러 솟아난, 그의 갈증을 해소해주는 시원한 물에 대해 생각했다. 그는 도저히 참지 못하고 오줌을 눈 다음 다시 물을 마셨다. 이제 몸이 너무 가벼워져 발이 땅에 닿는 감각조차 느끼지 못했다. 그는 마지막 햇빛을 등지고 그늘진 복도로 들어가 아무런 망설임 없이 문손잡이를 돌렸다.

어머니가 살았던 방에 가구들이 어지럽게 들어차 있었다. 침침한 어둠에 눈이 익숙해지자 바닥에서 천장까지 쌓인 철제의자 몇십 개, 접혀 있는 커다란 파라솔, 가운데 구멍이 뚫린 흰 플라스틱 탁자, 그리고 문 옆에 놓인 세 개의 채색 석고상 등이 보였다. 석고상은 초콜릿색 눈의 사슴, 담황색 조끼와 짧은 바지 차림에 술 달린 녹색 모자를 쓴 땅의 요정, 그리고 다른 것보다 크고, 기다란 코 때문에 금방 알아볼 수 있는 피노키오 석고상이었다. 그 모든 것 위로 하얀 먼지가 한 꺼풀 덮여 있었다.

K는 냄새에 끌려 문 뒤의 컴컴한 구석을 더 살폈다. 그리고 맨바닥에 깔린 납작한 종이상자들 위에 놓인 구깃구깃한 담요를 손으로 더듬어 찾아냈다. 빈 병이 발에 차여 굴러갔다. 담요에서는 싸구려 포도주, 담뱃재, 오래된 땀냄새가 섞여서 났다. 그는 담요로 몸을 싸고 누웠다. 눕자마자 이명이 들리기 시작했고, 전처럼 머리가 쿵쿵 찧듯이 아팠다.

이제 돌아왔구나, 그는 생각했다.

통금을 알리는 첫번째 사이렌이 울렸다. 그뒤로 다른 사이렌 소리와 호각 소리가 이어졌다. 불협화음이 점점 커지다가 사그라들었다.

그는 잠을 이룰 수 없었다. 생각하지 않으려고 하는데도, 그의 성기 위로 숙인 은빛 머리와 여자가 그의 몸 위에서 애를 쓰며 끙끙대던 소리가 자꾸 떠올랐다. 나는 동정의 대상이 되었구나, 그는 생각했다. 내가 어디를 가든, 그들 나름으로 동정을 행사하려고 기다리는 사람들이 있다. 이 모든 세월 동안 그리고 지금까지 나는 고아의 모습으로 다니고 있다. 그들은 나를, 죄를 짓기에는 아직 너무 어려서 먹을 걸 주고 싶은, 야칼스드리프의 아이들처럼 대한다. 아이들에게서는 더듬더듬 고맙다는 말을 기대하지만, 나에게는 그 이상을 기대한다. 내가 세상에 더 오래 있었기 때문이다. 그들은 내가 마음을 열고 우리에 갇혀 살던 삶에 대해 얘기해주기를 바란다. 내가 마치 잉꼬나 흰쥐, 원숭이라도 되는 것처럼, 갇혀 살았던 모든 우리들에 관해 얘기해주기를 바란다. 만약 내가 헤이스 노리니어스에서 감자 껍질을 벗기고 셈하는 방법 대신 이야기하는 방법을 배웠다면, 만약 그들이 내가 더듬거리지 않고 이야기할 수 있을 때까지 회초리를 들고 닦달하며 날마다 내 삶에 관해 이야기하는 연습을 시켰더라면, 나는 이들을 기쁘게 해줄 방법을 알았을지 모른다. 만약 그랬다면 나는 날마다 그리고 해마다 철조망에 이마를 대고 서서 먼 곳을 응시하며 한 번도 경험해보지 못한 것들을 상상하던, 보초들이 욕을 해대며 내 등짝을 차고 마룻바닥을 문지르라고 명령하던 감옥에서의 삶에 대해 이야기했을 것이다. 내 이야기가 끝나면, 사람들은 고개를 저으며 유감스러워하고 분노하며 내게 음식을 주었을 것이다. 여자들은 나를 자기 침대로 데려가 어둠 속에서 다독여줬을 것이다. 그러나 진실을 말하자면, 나는 정원사였다. 처음에는 시청을 위한, 나중에는 나 자신을 위한 정원사였다. 정원사는 땅에 코를 대고 시간을 보낸다.

K는 종이상자 위에서 불편하게 몸을 뒤척였다. 그는 그 진실을, 자신에 대한 진실을 아무 거리낌 없이 말하고 나서 흥분되는 걸 느꼈다. "나는 정원사다." 그는 다시 한번 큰 소리로 말했다. 그런데 정원사가 파도 소리가 들리는 작은 방에서 잠을 자는 것은 이상하지 않은가?

나는 지렁이를 더 닮았다, 그는 생각했다. 하긴 지렁이도 일종의 정원사다. 아니면 두더지를 더 닮았다. 두더지도 정원사다. 단지 침묵 속에 살기에 이야기를 하지 않는 정원사다. 그런데 두더지나 지렁이가 시멘트 바닥에 있다니?

그는 한때 알던 방식으로 조금씩 몸을 풀려고 노력했다.

적어도, 그는 생각했다. 그래, 적어도 나는 수용소에서 내가 갈퀴처럼 마르고 내 머릿속이 단순해질 때까지 그들이 어떻게 나를 두들겨팼는지에 관한 이야기를 가득 갖고 시 포인트로 돌아올 만큼 영리하지는 않았다. 처음에도 나는 말이 없고 우둔했으며 앞으로도 말이 없고 우둔할 것이다. 단순하다는 건 전혀 수치스러운 게 아니다. 그들은 그 전에도 얼간이들을 가둬놓았었다. 이제 그들은 부모가 달아나고 없는 아이들을 위한 수용소, 발길질을 하고 입에 거품을 무는 사람들을 위한 수용소, 머리가 가분수인 사람과 머리가 작은 사람들을 위한 수용소, 생활을 꾸려갈 뚜렷한 방도가 없는 사람들을 위한 수용소, 땅에서 쫓겨난 사람들을 위한 수용소, 빗물 배수로에서 사는 사람들을 위한 수용소, 둘 더하기 둘도 할 줄 모르는 사람들을 위한 수용소, 깜박 잊고 서류를 집에 두고 온 사람들을 위한 수용소, 산에서 생활하며 밤에 나타나 다리를 폭파하는 사람들을 위한 수용소를 운영한다. 어쩌면 진실은, 수용소 밖에 있는 것만으로도, 동시에 모든 수용소 밖에 있는 것만으로도 충분한지 모른다. 어쩌면 당분간은 그것만으로도 충분한 성취인지 모른다. 하지만 감금당하지 않거나, 출입문에 보초가 서 있지 않은 곳에 사는 사람들이 얼마나 될까? 나는 수용소를 탈출했다. 납작 엎드려버리면, 어쩌면 동정심으로부터도 탈출할 것이다.

돌이켜보니 나의 실수는 둥근호박씨, 페포호박씨, 콩, 당근씨, 근대씨, 양파씨, 토마토씨, 시금치씨 등 서로 다른 씨앗들을 가득 채운 꾸러미를 호주머니마다 챙겨두지 않았다는 것이었다. 길을 가다 강도를 만날 경우를 대비해 구두 속과 옷 안감에도 씨앗을 넣어두었으면 좋았을 것이다. 그리고 모든 씨앗을 한꺼번에 한곳에만 뿌린 것도 나의 실수였다. 몇 킬로미터에 걸친 펠트 곳곳에 손바닥만한 땅을 골라 씨앗을 한 번에 하나씩 뿌리고, 매일 밤 하나하나 찾아가서 물을 줄 수 있게 씨앗 뿌린 자리를 표시한 지도를 갖고 있었어야 했다. 내가 시골에서 알아낸 것이 하나 있다면, 모든 것을 위한 시간은 충분하다는 것이었으니까.

(모든 것을 위한 시간이 충분하다는 것, 바로 이것이 모든 것의 교훈이며 전체 이야기의 교훈일까? 그는 생각했다. 이것이 사건 진행 과정에서 전혀 예상치 못한 때에 교훈이 저절로 나타나는 방식일까?)

그는 생각했다. 농장, 회색 가시나무, 돌투성이 땅, 언덕, 멀리서 보면 보라색과 분홍색으로 보이는 산, 거대하고 잠잠하며 푸르고 텅 빈 하늘, 몇몇 곳을 제외하고 햇빛을 받으면 회색과 갈색빛을 띠는 대지, 자세히 보다보면 갑자기 눈에 들어오는 호박잎과 당근 줄기 끝부분의 선명한 녹색을 생각했다.

그가 이 냄새나는 구석에 자리를 잡고 잠들려 할 때 누군가 통금을 무시하고 찾아와 해변에 사는 게 질렸으니 길을 잘 아는 안내인만 있으면 시골에 가서 휴가를 보내고 싶다고 말하는 상황이 불가능하지만은 않을 것 같았다(K는 그 누군가를, 구부정한 몸으로 옆주머니에 술병을 차고 끊임없이 혼잣말을 중얼거리는, 경찰도 관심을 두지 않을 작달막한 노인이라고 상상해보았다). 전에도 그런 일이 있었으니까. 그들은 오늘밤 같은 침대를 쓸 수 있을 것이다. 그리고 날이 밝는 대로 뒷골목을 돌아다니며 버려진 손수레를 찾고, 운이 좋으면 열시쯤 수레를 몰고 길을 가다 씨앗과 한두 가지 물건을 사고, 가급적이면 불운의 장소인 듯 보이는 스텔렌보스를 피해 갈 것이다.

만약 노인이 수레에서 나와 기지개를 켜고(이제는 일에 속도가 붙고 있었다) 군인들이 폭파해버려 아무것도 남지 않은, 펌프가 있던 자리를 살피며 "물은 어떻게 할 거요?"라고 불평하면, 그는, 그러니까 마이클 K는 호주머니에서 찻숟가락 하나와 기다란 실타래를 꺼낼 것이다. 그리고 펌프 파이프 입구에 놓인 돌멩이들을 치우고, 찻숟가락 손잡이를 구부려 둥글게 만든 뒤 거기에 실을 묶어 땅속 깊이 내려뜨릴 것이다. 그가 그것을 들어올리면, 숟가락에 물이 담겨 있을 것이다. 그러면 그는 말할 것이다. 이렇게 살 수 있지요.

타자 윤리의 서사
—사유의 한 방식으로서의 스토리텔링

"시인을 이해하고 싶은 사람은 누구든 시인의 나라에 가야 한다." 쿳시가 자전 3부작의 중간에 해당하는 『청년시절』의 책머리에 인용한 괴테의 말이다. 괴테의 말은 예술가를 온전히 이해하기 위해서는 예술가가 태어나고 성장해 활동한 공간을 이해할 필요가 있다는 의미다. 또한 예술이 진공이 아닌 특정한 공간에서 태어난다는 의미도 담고 있다. 그리하여 예술은 특정한 공간에서 태어나 그 공간의 의미를 아우르다가 결국에는 그곳을 벗어나 보편적인 의미를 획득하게 된다. 이는 쿳시의 경우에도 마찬가지다. 그는 아파르트헤이트라는 악명 높은 인종차별정책으로 알려진 남아프리카공화국에서 태어나 그 파란만장한 역사를 살아왔고 그것을 바탕으로 예술세계를 구축한 작가다. 우리가 그를 이해하기 위해 남아프리카로 가야 하는 이유다.

남아프리카공화국 최초의 노벨문학상 수상자 네이딘 고디머에 이어 두번째로 노벨문학상을 수상한 쿳시는 고디머와 함께 남아프리카를 대표하는 작가다. 1940년 케이프타운에서 태어난 그는 취업과 학업 등으로 영국과 미국에 머물던 십 년을 제외하고, 2001년 케이프타운대학교 영문과 교수직에서 퇴임해 오스트레일리아 애들레이드대학교 교수로 옮겨가기 전까지 줄곧 케이프타운에서 살았다. 그의 아버지는 남아프리카에 정착한 네덜란드계 백인 즉 아프리카너Afrikaner였고, 그의 어머니는 현재 폴란드에 속한 동독에서 남아프리카로 이주한 백인의 후손이었다. 그래서 출신 배경으로만 따지면 쿳시는 전형적인 아프리카너에 속한다. 남아프리카에서 '아프리카너'라는 것은 자크 데리다가 "세계의 몸에 난 종기" 혹은 "폭력적인 위계질서"라고 일컬은 아파르트헤이트를 통해 인구의 다수에 해당하는 흑인을 비롯한 유색인들을 인권의 사각지대로 몰아넣은 소수 백인식민주의자들의 집단에 속한다는 의미다. 특이한 것은 이러한 인종적 배경에도 불구하고 그가 아프리카너의 언어인 아프리칸스어(Afrikaans, 네덜란드어가 변형된 형태의 언어)가 아니라 영어로 교육을 받았고 자신의 종족에 반하는 자유주의적 성향을 갖고 있었다는 사실이다. 즉 그는 종족적으로는 식민주의자이면서도 이념적으로는 식민주의자이기를 거부하는 작가였다. 그가 오스트레일리아로 이주하기 전에 발표한 『어둠의 땅』(1974)에서부터 『추락』(1999)에 이르는 소설들이 남아프리카 식민주의에 대한 비판적 담론의 형태를 띠고 있는 것은 이러한 이유에서다.

그러나 그가 작품을 통해 식민주의에 대한 비판적 담론을 전개했다고 해서, 식민주의자라는 꼬리표를 자신에게서 완전히 떼어낼 수 있었다는 말은 아니다. 아무리 진보적이고 자유주의적인 입장을 취한다고 해도, 그가 식민주의자의 후손이라는 태생적 한계로부터 자유로울 수 없는 백인이라는 사실에는 변함이 없다. 식민주의의 폭력은 이미 가해졌고 또 가해지고 있는 상태였다. 엎질러진 물을 담을 수 없듯이 역사를 식민주의 이전으로 되돌리는 건 가능한 일이 아니었다. 유럽 백인들에 의한 식민주의 역사는 백인인 그에게는 일종의 원죄 같은 것이었고, 그는 그것을 숙명처럼 여기고 살아야 했다. 그도 그 불편한 진실을 인정하고 받아들였다. 그는 "이전의 가해자가 마음을 바꿔 피해자의 편에 서고 싶어해도 피해자가 이를 받아들인다는 보장은 없다"고 말하며 백인들이 흑인들에게 저지른 "뻔뻔하고 치밀하게 계획된 범죄"로부터 "자신을 분리시킬 힘과 권위가 자신에게 없다"고 자인했다. 이것은 백인으로서 아무리 진보적이어도, 식민주의자들과의 해묵은 공모성이 하루아침에 불식될 수 없다는 자의식을 그가 늘 갖고 있었다는 말이다. 그가 지금까지 발표한 거의 모든 소설들에는 이러한 자의식이 깊게 배어 있다. 그리고 이러한 자의식의 언저리에 죄의식이 아른거리는 것은 당연한 건지 모른다. 그의 소설이 가진 강점은 자신을 예외적인 존재로 여기지 않고 식민주의자들과의 공모성을 자인하면서 그것의 면면을 때로는 자학에 가깝다고 생각될 정도로 응시하고 해부하는 성실성과 윤리성에 있다.

식민주의에 대한 비판적 담론과 공모성의 문제는 『어둠의 땅』 『나라의 심장부에서』(1977) 『야만인을 기다리며』(1980) 『마이클 K의 삶과 시대』(1983) 『포』(1986) 『철의 시대』(1990) 『페테르부르크의 대가』(1994) 『추락』 등의 소설들을 관통하는 핵심 주제라고 할 수 있다. 그

주제가 각 작품에서 각기 독특한 방식으로 변주되어 반복적으로 나타나는 것은 그것이 작가의 주된 관심사였다는 사실을 말해준다. 1983년에 작가에게 첫번째 부커상을 안겨주며 그를 세계적인 작가로 도약하게 만든 『마이클 K의 삶과 시대』도 마찬가지다. 식민주의에 대한 비판적 담론은 이 소설을 끌고 가는 강력한 힘인데, 식민주의자이기를 거부하는 자유주의적 식민주의자의 딜레마는 백인 군의관이 화자로 등장해 마이클 K와의 관계를 서술하는 2부에서 잘 드러난다.

다만 『마이클 K의 삶과 시대』가 쿳시의 다른 소설들과 다른 점이라면 다른 소설들에서는 이 소설의 2부에 나오는 군의관과 흡사한 식민주의자가 대부분 내러티브의 중심에 설정되어 있는 데 반해, 이 소설에서는 그러한 형식의 내러티브가 2부에 다소 짤막한 형태로 배치되어 있을 뿐 나머지 부분, 즉 1부와 3부에서는 마이클 K 즉 피식민주의자를 중심으로 내러티브가 전개된다는 것이다. 다른 소설들은 타자에 해당하는 흑인들을 식민주의자의 입장에서 응시한다는 점에서 그 중심이 식민주의자인 반면에, 이 소설에서는 타자에 해당하는 마이클 K가 중심에 배치되어 있다. 쿳시의 소설을 통틀어 봐도 이만큼 타자가 중심에 배치된 경우가 없다. 이는 타자의 위치에 있지 않음에도 타자를 대변하려 하고 또 그래야 한다고 믿는 리얼리즘 계열의 작가들에게는 당연한 것일지 몰라도, 타자를 재현하는 것을 극도로, 아니 강박적으로 경계하고 자제하는 쿳시에게는 의미심장한 일이 아닐 수 없다.

세계를 가해자/피해자, 식민주의자/피식민주의자, 백인/흑인 등으로 이분화하다보면 타자를 두둔하는 과정에서 자신의 도덕적 우월감을 자기도 모르게 드러내게 된다. 타자의 입장에 있지 않으면서도 타자의 고통과 비극을 언어로 재현해야 한다고 생각하고 또 그렇게 할 수 있다고 믿게 되는 것이다. 그리하여 타자를 위해, 혹은 타자에 관해 말을 할 수 없음에도 불구하고, 자신이 진보적이고 자유주의적인 입장을 갖고 있다는 이유만으로 타자를 재현하려 하는 작가도 있다. 문제는 그러한 의지가 과잉되다보면 일종의 독선으로 흘러 작가 스스로 자신이 체제에 공모하고 있는 현실을 잊게 된다는 점이다.

그렇다면 타자를 중심에 설정하고 있는 『마이클 K의 삶과 시대』를 어떻게 보아야 할까. 이 질문은 이 소설이 2부를 제외하면 쿳시의 다른 소설들보다 훨씬 더 리얼리즘에 가까운 형식을 취하고 있다는 점에서 더욱 중요한 질문이 된다. 쿳시에 대해 비판적 입장을 취하던 고디머가 이 소설에 대해서만큼은 호의적인 입장을 취한 것도 이러한 리얼리즘적인 요소 때문이었다. 그러나 쿳시는 "현실세계를 복사하는 데 자부심을 갖는 리얼리즘에 관심이 없거나, 아니면 그것에 자신을 심각하게 관련시킬 수 없다"며 자신의 반反리얼리즘적인 입장을 누누이 밝혀온 작가다. 즉, 현실세계를 복사하거나 모사하는 리얼리즘은 그의 본령이 아니다. 그의 이러한 미학적 입장은 『마이클 K의 삶과 시대』의 경우에도 마찬가지다. 이 소설이 쿳시의 다른 소설들보다 리얼리즘적인 요소를 많이 갖추고 있음에도 불구하고 리얼리즘 소설일 수 없는 이유가 여기에 있다.

그래서 『마이클 K의 삶과 시대』는 쿳시의 소설 중에서 예외적이면서도 동시에 예외적이 아닌 소설이다. 예외적인 것은 이 소설이 다른 소설에서와 달리, 타자를 중심에 놓고 내러티브를 전개하기 때문이다. 고디머의 말대로 쿳시는 마이클 K를 중심에 놓고 내러티브를 전개함으로써 "백인이 흑인에게 행한 것의 진실과 의미"가 무엇인지를 놀라운 감각으로 형상화한다. 그래서 이 소설에 대해 "남아프리카에서 인간들이 동료 인간들에게 어떻게 하는지에 대해, 이보다 더 잘 할 수 없을 만큼 낱낱이 얘기하는 훌륭한 작품"이라는 평가가 가능해진다. 다른 작가 같으면 타자를 중심에 놓는 것이 대수로운 일이 아닐지 모르지만, 쿳시의 경우에는 『마이클 K의 삶과 시대』를 제외하고는 어느 소설에서도 그런 시도를 한 적이 거의 없기에 특별한 주목을 요한다. 이런 점에서 이 소설은 예외적이다. 그런데 소설은 결국에 가서는 그 예외성을 스스로 무너뜨리면서 작가의 다른 소설들과 흡사한 내러티브로 복귀한다. 즉 타자를 위해, 타자에 관하여 내러티브를 전개하는 것 같던 소설이 결국에 가서는 그러한 내러티브의 허구성에 관한 자기반영적인 소설로 변질된다. 3부로 구성된 소설에서 2부는 이러한 자기반영성을 적나라하게 보여준다. 어쩌면 독자가 이 소설을 읽을 때 겪는 어려움은 이러한 구성과 형식 때문이다. 그러나 그 어려움은 이 소설의 본령이 리얼리즘에 있지 않다는 것을 이해하면 그리 어렵지 않게 해결된다. 마치 리얼리즘 기법을 차용하는 것이 부담스럽기라도 한 것처럼, 소설은 2부에 가면 리얼리즘과는 다른 형식을 취한다. 타자를 계속 비추다가 느닷없이 자기를 비춘다고나 할까.

『마이클 K의 삶과 시대』는 타자에 관한 소설에서 자기반영적인 소설로 넘어가면서, 고디머를 비롯한 남아프리카 작가들이 그들의 미학적 기반으로 삼는 리얼리즘으로부터 거리를 두고 자신만의 독특한 스타일을 드러낸다. 데이비드 애트웰이 그의 소설을 가리켜 "다면성, 형식의 독창성, 내러티브의 생산과 권위에 대한 자기의문이라는 측면에서 남아프리카에는 상대가 없다"고 말한 이유는 바로 여기에 있다. 애트웰의 발언은 쿳시의 소설이 1970년대와 1980년대의 남아프리카에서는 유례가 없었던 대단히 이질적이고 독창적인 메타픽션이라는 의미다. 실제로 쿳시는 다른 작가들이 거의 모두 리얼리즘에 경도되어 있던 1970년대부터 포스트모더니즘 계열의 작품을 썼다. 그가 1974년에 발표한 첫 소설 『어둠의 땅』은 파격 그 자체였다. 두 개의 서로 다른 이야기, 즉 베트남전쟁과 관련된 「베트남 프로젝트」와 18세기 식민지 개척자와 관련된 「야코부스 쿳시의 이야기」를 병치시켜놓은 『어둠의 땅』은 구성도 그렇고 내러티브도 리얼리즘 소설에서는 찾아볼 수 없는 형식이었다. 그래서 1974년은 남아프리카 문학사에서 특별한 해였다. 최초의 포스트모던 소설이 발표된 해였기 때문이다. 쿳시의 실험은 일회성에 그친 것이 아니라 이후의 소설들에 저마다 다른 방식으로 계속된 일종의 프로젝트였다. 『마이클 K의 삶과 시대』도 당연히 그러한 계속적인 프로젝트의 일부였다. 첫 소설인 『어둠의 땅』에서부터 가장 최근에 발표된 『예수의 죽음』(2019)에 이르기까지 쿳시의 소설은 한 번도 메타픽션의 범위를 벗어난 적이 없었다. 이것이 그의 소설을 리얼리즘 소설로 볼 수 없는 이유다.

쿳시는 타자를 재현하는 대신, 역사와 정치를 비롯한 모든 지배이데올로기를 벗어난 자유로운 공간에 마이클 K를 배치하려 한다. 쿳시가 말한 것처럼, 그에게 스토리텔링은 현실을 복사하기 위한 것이 아니라 "사유의 한 방식"이다. 물론 역사와 정치와 지배이데올로기를 벗어난다는 것이 말처럼 그리 쉬운 일도 아니고, 또 그것의 실현이 인종적 불의가 기승을 부리는 남아프리카에서는 쉽게 가능한 일이 아니었지만, 중요한 것은 작가의 사유가 그 지점을 향하고 있다는 사실이다. 마이클 K가 군의관을 비롯한 사람들의 동정심으로부터 탈출하려고 하는 것은 그 동정심이라는 것이 기초하고 있는 허위성으로부터 벗어나고자 함이요, 궁극적으로 자신의 존재를 그 허위성 너머에 위치시키기 위해서다. 동정심이라는 것이 무엇인가. 그것은 표면적으로는 고귀하고 인간적인 것일 수는 있어도, 기존의 잘못된 체제를 의문시하고 전복하기보다는 그 체제 안에서 기득권을 잃지 않으면서 자신의 양심을 무마시키기 위한 자기중심적인 심리적 기제일 수도 있다. 마이클 K가 사람들의 호의나 동정심을 뿌리치고 끊임없이 달아나려고 하는 것은 그러한 체제의 일부가 되지 않으려는 이유 때문이다. 그는 자신이 그들의 호의나 동정심을 받아들일 경우, 그 체제의 일부가 되는 걸 피할 수 없다는 것을 본능적으로 간파한다.

> 나는 동정의 대상이 되었구나, 그는 생각했다. 내가 어디를 가든, 그들 나름으로 동정을 행사하려고 기다리는 사람들이 있다. 이 모든 세월 동안, 그리고 지금까지 나는 고아의 모습으로 다니고 있다. 그들은 나를, 죄를 짓기에는 아직 너무 어려서 먹을 걸 주고 싶은, 야칼스드리프의 아이들처럼 대한다. 아이들에게서는 더듬더듬 고맙다는 말을 기대하지만, 나에게는 그 이상을 기대한다. (244쪽)

> 나는 수용소를 탈출했다. 남의 눈에 띄지 않게 납작 엎드려버리면, 어쩌면 동정심으로부터도 탈출할 것이다. (246쪽)

마이클 K의 그러한 시도가 무기력한 것으로 비칠지는 몰라도, 그러한 시도를 하는 것 자체가 중요하다. 그것을 향한 방향성 자체가 중요하다는 말이다. 마이클 K가 꿈꾸는 것은 결코 거창하지 않다. 거창한 것과는 거리가 멀고 오히려 우스꽝스러울 정도로 미미하다. 그러나 그렇게 미미한 것이기에, 그리고 그러한 것들마저 허용하지 않는 현실이 그 뒤에 아른거리기에 더욱 비애감을 느끼게 한다. 이 소설의 결말은 이 점을 아주 분명히 한다. 마이클 K는 누군가가 자신에게 길을 안내하라고 하면, 자신이 전에 호박을 키워 먹고 살던 농장의 폐허로 그를 데리고 가서 "손바닥만한" 땅뙈기를 찾아 씨를 뿌리며 살겠다고 상상한다. 그 사람이 자신에게 아무것도 남겨두지 않으려고 군인들이 폭파해버린 펌프가 있던 자리를 살피며 "물은 어떻게 할 거요?"라고 불평하듯 물으면 이렇게 응수할 것이라고 상상한다.

> 마이클 K는 호주머니에서 찻숟가락 하나와 기다란 실타래를 꺼낼 것이다. 그는 펌프 파이프 입구에 놓인 돌멩이들을 치우고, 찻숟가락 손잡이를 구부려 둥글게 만든 뒤 거기에 실을 묶어 땅속 깊이 내려뜨릴 것이다. 그가 그것을 들어올리면, 숟가락에 물이 담겨 있을 것이다. 그러면 그는 말할 것이다. 이렇게 살 수 있지요. (247~8쪽)

보는 사람에 따라서는, 손잡이를 구부려 둥글게 만든 찻숟가락에 담긴 물로 갈증을 해소하겠다는 마이클 K의 발상이 터무니없는 것으로 비칠지 모른다. 또한 그런 식으로 결말을 처리한 작가가 못마땅할지도 모른다. 모더니즘을 퇴폐적인 것으로 규정한 게오르그 루카치가 이러한 결말 처리를 보았다면, 그가 사뮈엘 베케트의 소설 『몰로이*Molloy*』(1951)에 대해 했던 말처럼, "좌절당한 개인이 어떻게 해서 점차적으로 현실에 적응하게 되는지를 보여주지 못하고" "인간의 극단적인 퇴화상태, 즉 백치의 식물적인 삶을 우리에게 제시한다"고 생각했을지 모른다. 그러나 우리가 유념해야 할 것은 배가 고플 때마다 호주머니에 든 조약돌을 꺼내 빨아먹는 몰로이를 창조한 베케트나, 폐허가 된 농장에 호박 씨앗을 뿌리고 키워 양식으로 삼고 찻숟가락으로 길어올린 물을 마시며 살겠다는 상상을 하는 마이클 K를 창조한 쿳시가 그러한 인물들을 통해 현실에 대한 대안을 제시한 것은 아니라는 사실이다. 조약돌을 빨아먹는 행위나 찻숟가락으로 길어올린 물을 마시는 것이 결코 현실에 대한 대안일 수는 없다. 그러나 테오도어 아도르노가 말한 바와 같이 "예술이 할 일은 대안들을 제시하는 데 있는 게 아니라, 사람들의 머리에 끊임없이 총을 겨누는 세상의 흐름에 예술적인 형식만을 갖고 저항하는 것"일지도 모른다. 아도르노의 발언을 염두에 두고 소설을 읽는다면 쿳시가 왜 마이클 K라는 인물을 그런 식으로 형상화했는지 조금은 이해할 수 있게 된다.

"진정한 윤리성은 자아를 버리고 타자를 인정하는 것에서부터 출발해야 한다"는 레비나스의 타자관이 쿳시의 소설을 읽을 때마다 큰 울림으로 다가온다. 타자에 관한 한 쿳시의 소설은 가히 종교적이다. 신을 믿느냐는 물음에 "아직은 아니다"라고 말하는 쿳시가 종교를 표방하는 어느 작가보다 더 치열하고 준엄하게 구도적이고 종교적으로 비치는 이유가 여기에 있다. 거기엔 감상이나 타협이 들어설 여지가 없다. 진실을 향한 도스토옙스키적이고 카프카적인 치열함이 있을 뿐이다. 그리고 타자가 고통을 당하는 현실 때문에 "혼란과 무기력에 빠지고 압도당한다"며 자신의 소설을 그것에 대한 "하찮고 우스꽝스럽기까지 한 방어일 뿐"이라고 생각하는 겸손함이 있을 뿐이다. 『마이클 K의 삶과 시대』는 작가의 그러한 치열함과 겸손함, 윤리성을 아낌없이 보여주는 소설이다.

매번 느끼는 것이지만, 간결하고 소박하고 경제적인 산문에서 배어나오는 진실에 대한 쿳시의 치열함과 열망과 성실성은 놀라울 따름이다. 나는 번역자이기도 하지만 문학을 전공하고 가르쳐온 사람으로서 삶과 역사에 대한 깊은 사유가 배어 있고 존재의 중추신경을 건드리는 쿳시의 소설을 대할 때마다 숙연해진다. 나는 쿳시의 소설을 하나도 빼지 않고 높이 평가하지만 그중에서 특히 『마이클 K의 삶과 시대』를 높이 평가한다. 내가 보기에 이 소설은 쿳시가 성취한 문학의 최고봉, 최고 중의 최고에 해당한다. 타자의 재현과 관련해 쿳시가 말하고 암시하고 함의하는 바를 그 어떤 소설보다 밀도 높게 형상화한 소설이기에 더욱 그렇다. 조금 과장해서 말하면, 타자의 재현과 관련된 모든 물음과 답이 이 소설에 있다. 어떻게 이런 소설을 써낼 수 있는지 경이로울 따름이다.

쿳시는 도스토옙스키와 더불어 내가 가장 좋아하고 존경하는 작가 중 하나다. 나는 1998년에 그를 만나기 이전부터 그의 소설에 빠져들었다. 그러니 20년이 훌쩍 넘었다. 그 세월 동안 그의 소설을 지치지 않고 좋아할 수 있어서 너무 좋다. 이렇게 좋아하는 작가를 개인적으로 알고 그의 도움을 받아 번역을 할 수 있다는 사실이 때로는 믿기 힘들다. 그는 신문과 방송의 취재 요청은 외면해도 한국어 번역자의 도움 요청은 외면하지 않았다. 이런 경험을 통해 나는 많은 사람들이 생각하는 것과 달리 그가 실제로는 무척 따뜻한 사람이라는 것을 알게 되었다. 나는 그의 소설의 한복판에 인간을 비롯한 생명에 대한 따뜻한 마음이 있다고 믿는다. 그리고 그것이 그의 소설의 핵심이라고 생각한다.

내 딴에는 최선을 다하려 했지만 그의 글이 지닌 리듬과 감각, 사유의 깊이가 우리말로 제대로 옮겨졌는지 모르겠다. 그래도 2004년에 번역해 내놓았던 『마이클 K의 삶과 시대』를 17년이 지난 시점에 오역을 바로잡아 내놓을 수 있게 되어 조금은 마음이 놓인다. 문학동네 편집자들의 도움에 감사드린다.

왕은철

J. M. 쿳시 연보

1940년 남아프리카공화국 케이프타운에서 변호사인 아버지와 교사인 어머니 사이에서 태어나다. 아버지는 네덜란드 이민자의 후손이었고, 어머니는 폴란드계 독일 이민자의 후손이었다.

1942년 아버지가 남아프리카공화국 군인으로 제2차세계대전에 참전해 중동과 이탈리아에서 복무하다.

1943년 남동생 데이비드 쿳시가 태어나다.

1945년 아버지가 전쟁에서 돌아오다. 가족이 케이프타운 폴스무어에 정착하고, 쿳시는 폴스무어초등학교에 입학하다.

1946년 아버지가 케이프 지방행정청에서 직장을 구하다. 가족이 로즈뱅크로 이사가게 되어 쿳시는 로즈뱅크초등학교로 전학을 가다.

1948년 아버지가 케이프 지방행정청에서 실직하고 우스터에 있는 스탠더드 캐너스사로 자리를 옮기다. 가족이 리유니언 파크로 이사하고 쿳시는 1949년 4월에 우스터초등학교로 전학을 가다.

1952년 아버지가 케이프타운 굿우드에 변호사 사무실을 개업하다. 가족이 플럼스테드로 이사하고 쿳시는 세인트조지프 가톨릭 학교로 전학을 가다.

1956년 세인트조지프 가톨릭 학교 졸업.

1957~1961년 케이프타운대학교에 입학해 영문학과 수학을 전공하다. 하워스 교수의 배려로 문예창작 과목을 수강하고 교내 잡지에 시를 발표하다. 1961년 11월, 사우샘프턴을 향해 배로 떠나

다. 영국에서 케이프타운대학교 문학사학위를 받다.

1962년 런던 IBM에서 컴퓨터 프로그래머로 일을 시작하다. 장학금을 받고 케이프타운대학교 문학석사과정에 등록해 대영박물관 열람실에서 포드 매독스 포드 연구에 매진하다. 하이퍼텍스트 시를 실험하다.

1963년 케이프타운으로 돌아와 학창시절 알고 지내던 필리파 주버와 재회해 6월에 결혼식을 올리다. 포드 매독스 포드에 관한 논문을 완성하여 제출하다. 처음에는 영국의 교사직을, 다음에는 프로그래머로 일자리를 지원하다. 미국의 박사과정에 대해 알아보다.

1964년 필리파와 영국으로 떠나다. ICT사(International Computers and Tabulators, Ltd)에서 일을 시작하다.

1965년 케이프타운대학교와 미국에 있는 대학교의 박사과정에 동시에 지원하다. 케이프타운대학교에서 모더니즘에 관한 박사과정을 제안받지만 거절하다. 풀브라이트 장학금을 받고, 미국 내 여러 대학에서 제안을 받으나 최종적으로 오스틴 텍사스 대학교를 선택하다. 필리파와 함께 미국으로 건너가 오스틴 텍사스 대학교에서 언어학과 문학 박사과정에 들어가다.

1966년 아들 니콜라스가 태어나다.

1968~1969년 사뮈엘 베케트에 관한 논문을 완성하던 중에 뉴욕주립대학교 조교수로 임용되었으나 비자 문제 때문에 계약기간이 제한되다. 캐나다와 홍콩에 임용 지원을 하고, 브리티시컬럼비아대학교에서 제안을 받지만 거절하다. 비자 연장을 받기 위해 노력하나 베트남전쟁 반대 시위에 참여한 전력 때문에 계속 무산되다. 딸 기셀라가 태어나다.

1970년 『어둠의 땅*Dusklands*』 집필을 시작하다. 뉴욕주립대학교 교수 45명이 대학의 경영방식과 캠퍼스 내 경찰 배치에 반대하는 시위로 헤이스 홀을 점령한 '헤이스 홀 사건'에 가담해 불법침입과 법정모독으로 유죄판결을 받다. 그해 12월 필리파와 자녀들은 남아프리카로 돌아가다.

1971년 끝내 비자를 연장하지 못해 남아프리카로 돌아가다. 가족과 함께 쿳시 가문의 농장과 가까운 곳에 정착하다. '헤이스 홀 사건' 유죄판결이 번복되지만 미국 재입국비자를 받을 가능성이 거의 없어지다.

1972년 케이프타운대학교 영문과 교수가 되다.

1973년 『어둠의 땅』 집필을 마치지만 몇몇 출판사로부터 출간을 거절당하다.

1974년 요하네스버그에 있는 출판사 레이번 프레스에서 『어둠의 땅』을 출간하다. '책 태우기'라는 제목의 소설을 집필하기 시작하나, 일 년 후 중단하다.

1975년 네덜란드 소설 『사후의 고백*Een Nagelaten Bekentenis*』을 영어로 번역 출간하다.

1976년 『나라의 심장부에서*In the Heart of the Country*』 집필을 시작하다.

1977~1979년 『나라의 심장부에서』를 출간하고 남아프리카 최고의 문학상인 CNA상을 수상하다. 『야만인을 기다리며*Waiting for the Barbarians*』 집필을 시작해 오스틴 텍사스 대학교, 버클리대학교, 캘리포니아대학교에서 안식년을 보내는 동안 완성하다. 『마이클 K의 삶과 시대*Life & Times of Michael K*』 집필을 시작하다.

1980년 필리파와 이혼. 『야만인을 기다리며』를 출간하다. 후에 평생 반려자가 된 영문과 교수 도러시 드라이버와 만나기 시작하다. 『야만인을 기다리며』로 두번째 CNA상 수상.

1982년 『포*Foe*』 집필을 시작하다.

1983년 『마이클 K의 삶과 시대』를 출간하고 부커상을 수상하다. 아프리칸스어 소설 『바오밥나무로의 탐험*Die Kremetartekspedisie*』을 영어로 번역 출간하다.

1984년 케이프타운대학교 영문과 정교수로 임명되다. '자서전 속의 진실'이라는 제목으로 정교수 취임 기념 강연을 하다. 『마이클 K의 삶과 시대』로 세번째 CNA상 수상.

1985년 『포』 집필을 마치다. 어머니가 세상을 떠나다. 『마이클 K의 삶과 시대』로 에트랑제 페미나 상 수상.

1986년 『포』 출간. 남아프리카 소설가 안드레 브링크와 함께 남아프리카공화국 시 모음집 『부서진 땅*A Land Apart*』을 출간하다. 존스홉킨스대학에서 방문교수로 지내다. 『철의 시대*Age of Iron*』 집필을 시작하다.

1987년 예루살렘상 수상. 회고록 『소년 시절*Boyhood*』 집필을 시작했다가 중단하다.

1988년 아버지가 세상을 떠나다. 당시 케이프타운대학교 영문과 교수로 재직하던 데이비드 애트웰과 함께 『이중 시점: 에세이와 인터뷰*Doubling the Point: Essays and Interviews*』 집필을 시작하다.

1989년 아들 니콜라스가 세상을 떠나다. 『철의 시대』 집필을 마치다. 1980년부터 쓰기 시작한 남아프리카 백인의 글쓰기에 관한 에세이를 모은 『백인의 글쓰기*White Writing: On the Culture of Letters in South Africa*』를 출간하다. 존스홉킨스대학교에서 또 한번 방문교수로 지내다.

1990년 『철의 시대』를 출간하고 선데이 익스프레스 올해의 책으로 선정되다. 필리파가 세상을 떠나다.

1991년 『페테르부르크의 대가*The Master of Petersburg*』 집필을 시작하다. 하버드대학교에서 방문교수로 지내다. 도러시 드라이버와 오스트레일리아에 장기간 체류하다.

1992년 『이중 시점: 에세이와 인터뷰』를 출간하다.

1994년 『페테르부르크의 대가』를 출간하다.

1995년 『추락*Disgrace*』 집필을 시작하다. 『페테르부르크의 대가』로 아이리시 타임스 국제소설상 수상. 오스틴 텍사스 대학교, 시카고대학교 등 여러 대학교에서 정기적으로 방문교수로 지내기 시작하다. 이즈음 오스트레일리아 이민을 알아보기 시작하다.

1996년 『모욕 주기: 검열에 관한 에세이*Giving Offense: Essays on Censorship*』를 출간하다. 〈뉴욕 리뷰 오브 북스〉 등 여러 잡지에 정기적으로 서평을 기고하기 시작하다.

1997년 『엘리자베스 코스텔로*Elizabeth Costello*』에 대한 구상을 시작하다. 『소년 시절』을 출간하다.

1999년 『추락』을 출간하고 두번째 부커상을 수상하다. 프린스턴대학교에서 했던 태너 강연을 토대로 『동물들의 삶*The Live's of Animals*』을 출간하다.

2000년 『추락』으로 커먼웰스상 수상.

2001년 오스트레일리아 대사관으로부터 이민 비자를 받다. 케이프타운대학교 교수직에서 퇴임하다.

2002년 오스트레일리아로 이민. 도러시 드라이버와 함께 애들레이드에 정착하다. 애들레이드대학교 영문학부 명예연구원이 되다. 『청년 시절*Youth*』을 출간하다.

2003년 노벨문학상 수상. 『엘리자베스 코스텔로』 출간. 시카고대학교 교환교수를 겸임하다.

2004년 『슬로우 맨*Slow Man*』을 집필하다. 네덜란드 시집 『뱃사공과 풍경: 네덜란드의 시*Landscape with Powers: Poetry from the Netherlands*』를 번역하고 출간하다. 도러시 드라

이버와 함께 스탠퍼드대학교 방문교수로 초대받다. 『서머타임*Summertime*』 집필을 시작하다.

2005년 『슬로우 맨』 출간. 남아프리카공화국 국가 훈장을 수여받다. 『어느 운 나쁜 해의 일기*Diary of a Bad Year*』 집필을 시작하다.

2006년 오스트레일리아에 귀화하다.

2007년 『어느 운 나쁜 해의 일기』 출간. 2002년과 2005년 사이에 쓴 서평들을 모아 『내면 활동*Inner Workings*』을 출간하다.

2008년 폴 오스터와 교류하기 시작하다.

2009년 『서머타임』을 출간하다.

2010년 동생 데이비드가 워싱턴에서 세상을 떠나다. 네덜란드 국가 훈장을 받다.

2011년 세 권의 허구화된 회고록 『소년 시절』 『청년 시절』 『서머타임』을 모은 『시골생활의 풍경*Scenes from Provincial Life*』 출간.

2013년 폴 오스터와의 서신을 담은 『바로 여기*Here and Now: Letters 2008-2011*』 출간. 『예수의 유년 시절*The Childhood of Jesus*』 출간.

2014년 『세 개의 스토리*Three Stories*』 출간.

2015년 아라벨라 커츠와의 서신을 담은 『좋은 이야기*The Good Story: Exchanges on Truth, Fiction and Psychotherapy*』 출간.

2016년 『예수의 학창시절*The Schooldays of Jesus*』 출간.

2017년 『최근의 에세이*Late Essays: 2006-2017*』 출간.

2019년 『예수의 죽음*The Death of Jesus*』 출간.

문학동네 세계문학전집 발간에 부쳐

세계문학은 국민문학 혹은 지역문학을 떠나 존재하는 문학이 아니지만 그것들의 총합도 아니다. 세계문학이라는 용어에는 그 나름의 언어와 전통을 갖고 있는 국민문학이나 지역문학의 존재를 인정하면서 그것을 넘어서는 문학의 보편적 질서에 대한 관념이 새겨져 있다. 그 용어를 처음 고안한 19세기 유럽인들은 유럽문학을 중심으로 그 질서를 구축했지만 풍부한 국민문학의 전통을 가지고 있는 현대의 문학 강국들은 나름의 방식으로 세계문학을 이해하면서 정전(正典)의 목록을 작성하고 또 수정한다.

한국에서도 세계문학 관념은 우리 사회와 문화의 변화 속에서 거듭 수정돼왔다. 어느 시기에는 제국 일본의 교양주의를 반영한 세계문학 관념이, 어느 시기에는 제3세계 민족주의에 동조한 세계문학 관념이 출현했고, 그러한 관념을 실천한 전집물이 출판됐다. 21세기 한국에 새로운 세계문학전집이 필요하다는 것은 명백하다. 우리의 지성과 감성의 기준에 부합하는 세계문학을 다시 구상할 때가 되었다.

문학동네 세계문학전집은 범세계적으로 통용되는 고전에 대한 상식을 존중하면서도 지난 반세기 동안 해외 주요 언어권에서 창작과 연구의 진전에 따라 일어난 정전의 변동을 고려하여 편성되었다. 그래서 불멸의 명작은 물론 동시대 세계의 중요한 정치·문화적 실천에 영감을 준 새로운 작품들을 두루 포함시켰다.

창립 이후 지금까지 한국문학 및 번역문학 출판에서 가장 전문적이고 생산적인 그룹을 대표해온 문학동네가 그간 축적한 문학 출판 경험을 바탕으로 새로운 세계문학전집을 펴낸다. 인류가 무지와 몽매의 어둠 속을 방황하면서도 끝내 길을 잃지 않은 것은 세계문학사의 하늘에 떠 있는 빛나는 별들이 길잡이가 되어주었기 때문이다. 우리가 자부심과 사명감 속에서 그리게 될 이 새로운 별자리가 독자들의 관심과 애정에 힘입어 우리 모두의 뿌듯한 자산이 되기를 소망한다.

지은이 **J. M. 쿳시**
1940년 남아프리카공화국 케이프타운에서 태어났다. 1974년 『어둠의 땅』으로 데뷔했고, 1977년 『나라의 심장부에서』로 남아프리카 최고 문학상인 CNA상을 받았으며, 1980년 『야만인을 기다리며』로 세계적 명성을 얻었다. 『마이클 K의 삶과 시대』와 『추락』으로 부커상을 두 차례 수상했고, 에트랑제 페미나 상, 예루살렘상 등 많은 상을 받았다. 2003년 노벨문학상을 수상했다. 그 밖의 주요 작품으로 『철의 시대』 『페테르부르크의 대가』 『슬로우 맨』 등이 있다.

옮긴이 **왕은철**
『현대문학』을 통해 문학평론가로 등단했으며 유영번역상, 전숙희문학상, 한국영어영문학회 학술상, 생명의신비상, 전북대학교 학술상, 전북대학교저술상 등을 수상했다. 현재 전북대학교 영문과 석좌교수로 재직중이다. 『피의 꽃잎들』 『페테르부르크의 대가』 『연을 쫓는 아이』 『야만인을 기다리며』 『철의 시대』 등 50여 권의 역서가 있으며, 『문학의 거장들』 『J. M. 쿳시의 대화적 소설』 『애도 예찬』 『타자의 정치학과 문학』 『트라우마와 문학, 그 침묵의 소리들』 『환대예찬』 등의 저서가 있다.

세계문학전집 196
마이클 K의 삶과 시대

초판 인쇄 2021년 5월 27일
초판 발행 2021년 6월 7일

지은이 J. M. 쿳시 | 옮긴이 왕은철

책임편집 이현정 | 편집 정혜림
디자인 강혜림 이원경 | 저작권 김지영 이영은 | 마케팅 정민호 정진아 김혜연 정유선
홍보 김희숙 김상만 함유지 김현지 이소정 이미희 박지원
제작 강신은 김동욱 임현식 | 제작처 영신사

펴낸곳 (주)문학동네 | 펴낸이 염현숙
출판등록 1993년 10월 22일 제406-2003-000045호
주소 10881 경기도 파주시 회동길 210
전자우편 editor@munhak.com | 대표전화 031) 955-8888 | 팩스 031) 955-8855
문의전화 031) 955-8896(마케팅) 031) 955-2652(편집)
문학동네카페 http://cafe.naver.com/mhdn | 트위터 @munhakdongne
북클럽문학동네 http://bookclubmunhak.com

ISBN 978-89-546-7597-0 04840

www.munhak.com

1, 2, 3 안나 카레니나 레프 톨스토이 | 박형규 옮김
4 판탈레온과 특별봉사대 마리오 바르가스 요사 | 송병선 옮김
5 황금 물고기 르 클레지오 | 최수철 옮김
6 템페스트 윌리엄 셰익스피어 | 이경식 옮김
7 위대한 개츠비 F. 스콧 피츠제럴드 | 김영하 옮김
8 아름다운 애너벨 리 싸늘하게 죽다 오에 겐자부로 | 박유하 옮김
9, 10 파우스트 요한 볼프강 폰 괴테 | 이인웅 옮김
11 가면의 고백 미시마 유키오 | 양윤옥 옮김
12 킴 러디어드 키플링 | 하창수 옮김
13 나귀 가죽 오노레 드 발자크 | 이철의 옮김
14 피아노 치는 여자 엘프리데 옐리네크 | 이병애 옮김
15 1984 조지 오웰 | 김기혁 옮김
16 벤야멘타 하인학교-야콥 폰 군텐 이야기 로베르트 발저 | 홍길표 옮김
17, 18 적과 흑 스탕달 | 이규식 옮김
19, 20 휴먼 스테인 필립 로스 | 박범수 옮김
21 체스 이야기·낯선 여인의 편지 슈테판 츠바이크 | 김연수 옮김
22 왼손잡이 니콜라이 레스코프 | 이상훈 옮김
23 소송 프란츠 카프카 | 권혁준 옮김
24 마크롤 가비에로의 모험 알바로 무티스 | 송병선 옮김
25 파계 시마자키 도손 | 노영희 옮김
26 내 생명 앗아가주오 앙헬레스 마스트레타 | 강성식 옮김
27 여명 시도니가브리엘 콜레트 | 송기정 옮김
28 한때 흑인이었던 남자의 자서전 제임스 웰든 존슨 | 천승걸 옮김
29 슬픈 짐승 모니카 마론 | 김미선 옮김
30 피로 물든 방 앤절라 카터 | 이귀우 옮김
31 숨그네 헤르타 뮐러 | 박경희 옮김
32 우리 시대의 영웅 미하일 레르몬토프 | 김연경 옮김
33, 34 실낙원 존 밀턴 | 조신권 옮김
35 복낙원 존 밀턴 | 조신권 옮김
36 포로기 오오카 쇼헤이 | 허호 옮김
37 동물농장·파리와 런던의 따라지 인생 조지 오웰 | 김기혁 옮김
38 루이 랑베르 오노레 드 발자크 | 송기정 옮김
39 코틀로반 안드레이 플라토노프 | 김철균 옮김
40 어두운 상점들의 거리 파트릭 모디아노 | 김화영 옮김
41 순교자 김은국 | 도정일 옮김
42 젊은 베르테르의 슬픔 요한 볼프강 폰 괴테 | 안장혁 옮김
43 더블린 사람들 제임스 조이스 | 진선주 옮김
44 설득 제인 오스틴 | 원영선, 전신화 옮김
45 인공호흡 리카르도 피글리아 | 엄지영 옮김
46 정글북 러디어드 키플링 | 손향숙 옮김
47 외로운 남자 외젠 이오네스코 | 이재룡 옮김
48 에피 브리스트 테오도어 폰타네 | 한미희 옮김

49 둔황 이노우에 야스시 | 임용택 옮김
50 미크로메가스·캉디드 혹은 낙관주의 볼테르 | 이병애 옮김
51, 52 염소의 축제 마리오 바르가스 요사 | 송병선 옮김
53 고야산 스님·초롱불 노래 이즈미 교카 | 임태균 옮김
54 다니엘서 E. L. 닥터로 | 정상준 옮김
55 이날을 위한 우산 빌헬름 게나치노 | 박교진 옮김
56 톰 소여의 모험 마크 트웨인 | 강미경 옮김
57 카사노바의 귀향·꿈의 노벨레 아르투어 슈니츨러 | 모명숙 옮김
58 바보들을 위한 학교 사샤 소콜로프 | 권정임 옮김
59 어느 어릿광대의 견해 하인리히 뵐 | 신동도 옮김
60 웃는 늑대 쓰시마 유코 | 김훈아 옮김
61 팔코너 존 치버 | 박영원 옮김
62 한눈팔기 나쓰메 소세키 | 조영석 옮김
63, 64 톰 아저씨의 오두막 해리엇 비처 스토 | 이종인 옮김
65 아버지와 아들 이반 투르게네프 | 이항재 옮김
66 베니스의 상인 윌리엄 셰익스피어 | 이경식 옮김
67 해부학자 페데리코 안다아시 | 조구호 옮김
68 긴 이별을 위한 짧은 편지 페터 한트케 | 안장혁 옮김
69 호텔 뒤락 애니타 브루크너 | 김정 옮김
70 잔해 쥘리앵 그린 | 김종우 옮김
71 절망 블라디미르 나보코프 | 최종술 옮김
72 더버빌가의 테스 토머스 하디 | 유명숙 옮김
73 감상소설 미하일 조셴코 | 백용식 옮김
74 빙하와 어둠의 공포 크리스토프 란스마이어 | 진일상 옮김
75 쓰가루·석별·옛날이야기 다자이 오사무 | 서재곤 옮김
76 이인 알베르 카뮈 | 이기언 옮김
77 달려라, 토끼 존 업다이크 | 정영목 옮김
78 몰락하는 자 토마스 베른하르트 | 박인원 옮김
79, 80 한밤의 아이들 살만 루슈디 | 김진준 옮김
81 죽은 군대의 장군 이스마일 카다레 | 이창실 옮김
82 페레이라가 주장하다 안토니오 타부키 | 이승수 옮김
83, 84 목로주점 에밀 졸라 | 박명숙 옮김
85 아베 일족 모리 오가이 | 권태민 옮김
86 폭풍의 언덕 에밀리 브론테 | 김정아 옮김
87, 88 늦여름 아달베르트 슈티프터 | 박종대 옮김
89 클레브 공작부인 라파예트 부인 | 류재화 옮김
90 P세대 빅토르 펠레빈 | 박혜경 옮김
91 노인과 바다 어니스트 헤밍웨이 | 이인규 옮김
92 물방울 메도루마 슌 | 유은경 옮김
93 도깨비불 피에르 드리외라로셸 | 이재룡 옮김
94 프랑켄슈타인 메리 셸리 | 김선형 옮김
95 래그타임 E. L. 닥터로 | 최용준 옮김

96 캔터빌의 유령 오스카 와일드 | 김미나 옮김
97 만(卍) · 시게모토 소장의 어머니 다니자키 준이치로 | 김춘미, 이호철 옮김
98 맨해튼 트랜스퍼 존 더스패서스 | 박경희 옮김
99 단순한 열정 아니 에르노 | 최정수 옮김
100 열세 걸음 모옌 | 임홍빈 옮김
101 데미안 헤르만 헤세 | 안인희 옮김
102 수레바퀴 아래서 헤르만 헤세 | 한미희 옮김
103 소리와 분노 윌리엄 포크너 | 공진호 옮김
104 곰 윌리엄 포크너 | 민은영 옮김
105 롤리타 블라디미르 나보코프 | 김진준 옮김
106, 107 부활 레프 톨스토이 | 백승무 옮김
108, 109 모래그릇 마쓰모토 세이초 | 이병진 옮김
110 은둔자 막심 고리키 | 이강은 옮김
111 불타버린 지도 아베 고보 | 이영미 옮김
112 말라볼리아가의 사람들 조반니 베르가 | 김운찬 옮김
113 디어 라이프 앨리스 먼로 | 정연희 옮김
114 돈 카를로스 프리드리히 실러 | 안인희 옮김
115 인간 짐승 에밀 졸라 | 이철의 옮김
116 빌러비드 토니 모리슨 | 최인자 옮김
117, 118 미국의 목가 필립 로스 | 정영목 옮김
119 대성당 레이먼드 카버 | 김연수 옮김
120 나나 에밀 졸라 | 김치수 옮김
121, 122 제르미날 에밀 졸라 | 박명숙 옮김
123 현기증. 감정들 W. G. 제발트 | 배수아 옮김
124 강 동쪽의 기담 나가이 가후 | 정병호 옮김
125 붉은 밤의 도시들 윌리엄 버로스 | 박인찬 옮김
126 수고양이 무어의 인생관 E. T. A. 호프만 | 박은경 옮김
127 맘브루 R. H. 모레노 두란 | 송병선 옮김
128 익사 오에 겐자부로 | 박유하 옮김
129 땅의 혜택 크누트 함순 | 안미란 옮김
130 불안의 책 페르난두 페소아 | 오진영 옮김
131, 132 사랑과 어둠의 이야기 아모스 오즈 | 최창모 옮김
133 페스트 알베르 카뮈 | 유호식 옮김
134 다마세누 몬테이루의 잃어버린 머리 안토니오 타부키 | 이현경 옮김
135 작은 것들의 신 아룬다티 로이 | 박찬원 옮김
136 시스터 캐리 시어도어 드라이저 | 송은주 옮김
137 고독한 산책자의 몽상 장자크 루소 | 문경자 옮김
138 용의자의 야간열차 다와다 요코 | 이영미 옮김
139 세기아의 고백 알프레드 드 뮈세 | 김미성 옮김
140 햄릿 윌리엄 셰익스피어 | 이경식 옮김
141 카산드라 크리스타 볼프 | 한미희 옮김
142 이 글을 읽는 사람에게 영원한 저주를 마누엘 푸익 | 송병선 옮김

143 마음 나쓰메 소세키 | 유은경 옮김
144 바다 존 밴빌 | 정영목 옮김
145, 146, 147, 148 전쟁과 평화 레프 톨스토이 | 박형규 옮김
149 세 가지 이야기 귀스타브 플로베르 | 고봉만 옮김
150 제5도살장 커트 보니것 | 정영목 옮김
151 알렉시 · 은총의 일격 마르그리트 유르스나르 | 윤진 옮김
152 말라 온다 알베르토 푸겟 | 엄지영 옮김
153 아르세니예프의 인생 이반 부닌 | 이항재 옮김
154 오만과 편견 제인 오스틴 | 류경희 옮김
155 돈 에밀 졸라 | 유기환 옮김
156 젊은 예술가의 초상 제임스 조이스 | 진선주 옮김
157, 158, 159 카라마조프가의 형제들 표도르 도스토옙스키 | 김희숙 옮김
160 진 브로디 선생의 전성기 뮤리얼 스파크 | 서정은 옮김
161 13인당 이야기 오노레 드 발자크 | 송기정 옮김
162 하지 무라트 레프 톨스토이 | 박형규 옮김
163 희망 앙드레 말로 | 김웅권 옮김
164 임멘 호수 · 백마의 기사 · 프시케 테오도어 슈토름 | 배정희 옮김
165 밤은 부드러워라 F. 스콧 피츠제럴드 | 정영목 옮김
166 야간비행 앙투안 드 생텍쥐페리 | 용경식 옮김
167 나이트우드 주나 반스 | 이예원 옮김
168 소년들 앙리 드 몽테를랑 | 유정애 옮김
169, 170 독립기념일 리처드 포드 | 박영원 옮김
171, 172 닥터 지바고 보리스 파스테르나크 | 박형규 옮김
173 싯다르타 헤르만 헤세 | 권혁준 옮김
174 야만인을 기다리며 J. M. 쿳시 | 왕은철 옮김
175 철학편지 볼테르 | 이봉지 옮김
176 거지 소녀 앨리스 먼로 | 민은영 옮김
177 창백한 불꽃 블라디미르 나보코프 | 김윤아 옮김
178 슈틸러 막스 프리슈 | 김인순 옮김
179 시핑 뉴스 애니 프루 | 민승남 옮김
180 이 세상의 왕국 알레호 카르펜티에르 | 조구호 옮김
181 철의 시대 J. M. 쿳시 | 왕은철 옮김
182 카시지 조이스 캐럴 오츠 | 공경희 옮김
183, 184 모비 딕 허먼 멜빌 | 황유원 옮김
185 솔로몬의 노래 토니 모리슨 | 김선형 옮김
186 무기여 잘 있거라 어니스트 헤밍웨이 | 권진아 옮김
187 컬러 퍼플 앨리스 워커 | 고정아 옮김
188, 189 죄와 벌 표도르 도스토옙스키 | 이문영 옮김
190 사랑 광기 그리고 죽음의 이야기 오라시오 키로가 | 엄지영 옮김
191 빅 슬립 레이먼드 챈들러 | 김진준 옮김
192 시간은 밤 류드밀라 페트루솁스카야 | 김혜란 옮김
193 타타르인의 사막 디노 부차티 | 한리나 옮김

194 고양이와 쥐 권터 그라스 | 박경희 옮김

195 펠리시아의 여정 윌리엄 트레버 | 박찬원 옮김

● 문학동네 세계문학전집은 계속 출간됩니다